AF387955

Die deutschsprachige Autorin **Melody Rose** hat ihre Leidenschaft für Bücher in die Wiege gelegt bekommen. Schon mit ihrer Mutter ist sie in fremde Welten eingetaucht. Mit dem Schreiben von Fanfictions hat sie begonnen und später ihr Zuhause in dem Verfassen von Romanen gefunden.

Erstausgabe November 2022

© 2022 dp Verlag, ein Imprint der dp DIGITAL PUBLISHERS GmbH

Made in Stuttgart with ♥
Alle Rechte vorbehalten

Winterkuss mit Zuckerstreuseln

ISBN 978-3-98778-150-6
E-Book-ISBN 978-3-98637-655-0

Covergestaltung: Anne Gebhardt
Umschlaggestaltung: ARTC.ode Design
Unter Verwendung von Abbildungen von
stock.adobe.com: © Stekloduv, © V Vadi4ka, © Natalia,
© Sensvector, © Adopik, © FC
shutterstock.com: © Phatthanit
elements.envato.com: © aarleykaiven, © moonery,
© bayurakhmadio
Lektorat: Stefanie Lasthaus
Satz: dp DIGITAL PUBLISHERS GmbH
Druck und Bindung: Books on Demand GmbH, Norderstedt

MELODY ROSE

Winterkuss
mit
Zuckerstreuseln

Für alle, die manchmal Angst haben vor der Meinung anderer. Für diejenigen, die sich manchmal unverstanden fühlen, weil andere Menschen ihren Senf zur Beziehung geben.
Für alle, die stark genug sind, Liebe zu schenken und das Risiko einzugehen, verletzt zu werden.
Hört nie damit auf zu lieben.

Kapitel Eins – Sofia

Besitzerin einer Eisdiele war nie der Wunschberuf, den ich in ein Freundebuch geschrieben habe, doch von nun an ist das wohl meine Berufsbezeichnung. Wie nennt man mich jetzt eigentlich genau? Eiskönigin? Eisherrscherin? Kugelmacherin? Mir fällt kein Wort ein. Ich weiß nur eines: Nie im Leben hätte ich mir ausmalen können, jetzt im Auto zu sitzen mit folgendem Ziel: Clarcton, eine Kleinstadt in den kanadischen Rocky Mountains.

Der Herbst ist schon so weit fortgeschritten, dass aus den hübschen, bunten Blättern Matsch auf den Straßen geworden ist. Bisher war er eher durchwachsen, die Tage unfassbar kalt, und die Blätter hatten kaum Zeit, um sich von ihrer besten Seite zu zeigen. Ich schlucke. Mit meinem Vater ist der Herbst immer besonders gewesen.

Ich weiß noch genau, als ich damals für Biologie eine Blättersammlung vorweisen musste. An den Wochenenden, an denen er keine Schicht hatte, sind wir losgezogen. Oft zu Fuß, weil wir dann länger Zeit miteinander hatten. Mein Dad war mein bester Freund, derjenige, der mich blind verstanden hat. Selbst als das leidige Thema der Mädchenprobleme losging, ist er cool geblieben, auch dafür liebe ich ihn. Meinen ersten Liebeskummer hat er mit mir durchgemacht, mir

Schokolade gebracht, mit mir Schnulzen angesehen und manchmal sogar selbst eine Träne verdrückt. Ich vermisse ihn jeden Tag, und jetzt einen Neuanfang zu starten, ist fast unmöglich, vor allem so weit weg von zu Hause. Aber es ist notwendig für mich selbst.

Vor drei Tagen habe ich erfahren, dass ich nun Besitzerin einer Eisdiele bin. Mein Grandpa, mit dem ich nie Kontakt hatte, weil meine Mutter – seine Tochter – sich für ein anderes Leben entschieden hat, sobald ich eingeschult wurde, ohne mich, ist verstorben. Das Verhältnis zwischen meiner Ma und meinem Grandpa war wohl immer angespannt, weshalb ich ihn nie kennengelernt habe. Ich würde lügen, würde ich sagen, dass ich mich über diese Eisdiele freue. Ich habe weder Ahnung von der Eisherstellung noch von irgendetwas, das mit Leitung eines Ladens zu tun hat.

Ich erinnere mich noch gut an das Telefonat mit dem Notar, das passenderweise direkt nach einem Anruf meines Chefs stattfand, der mir sagte: Es tut mir leid, Sofia, aber ich kann dich nicht weiter beschäftigen. Somit kam die Kündigung zeitgleich mit der neuen Perspektive, ich habe also nicht lange überlegt. Eismachen kann doch nicht so schwer sein, oder? Kurz denke ich darüber nach, was mich in San Diego hätte halten können. In den letzten Jahren ist nicht viel passiert. Ich bin von einem Job in den anderen geschlittert, seit mein Vater gestorben ist, und habe keinerlei Zuhause mehr gehabt. Klar, eine Wohnung, doch die Farben um mich herum waren verblasst, und meine Welt wurde schwarz-weiß. Ich habe eine Zeit lang versucht, meinen Kummer mit Alkohol zu betäuben, was sich als schlechte Idee herausgestellt hat.

Als dann die Erbschaft kam, hat es nicht lange gedauert, bis ich mich diesem Abenteuer stellen wollte. Ich meine, wann bekomme ich noch einmal so eine Möglichkeit? Jetzt kann ich einen Neuanfang wagen, und das in einer Kleinstadt, wo bestimmt alle supernett sind. Ich bin guter Dinge.

Mein Mini Cooper, dunkelgrün, den ich mir von meinem ersten Gehalt in meiner Ausbildung als Bürokauffrau gekauft habe, rattert unter meinem Hintern. Er ist in die Jahre gekommen, war beim Kauf schon acht, mittlerweile ist er neunzehn Jahre alt, aber er fährt noch. Das ist das Wichtigste. Es ist für mich nicht relevant, das schnellste oder neueste Auto zu haben, auf solche Sachen achte ich nicht. Ehrlich gesagt bin ich mir nicht sicher, für was ich überhaupt brenne. Deshalb bin ich auch einfach aufgebrochen. Ich arbeite im Normalfall von zu Hause aus. Bürotätigkeiten. Menschen sind nicht so mein Ding. Einen richtigen Job? Schwierig, ich habe vieles gemacht, von Aushelfen in einer Bar bis zum Kundenservicecenter, aber die Verträge wurden nie verlängert. Ich frage mich oft, ob es daran liegt, dass mein Selbstbewusstsein im Laufe der Jahre durch die vielen Enttäuschungen immer mehr gelitten hat. Ich habe keinen Beruf halten können, weil ich vielleicht nie gut genug für etwas war. Keine Beziehung hat gehalten, weil ich mich immer wieder an *ihn* erinnert habe. Aus dem mutigen Mädchen von damals ist eine Frau geworden, die unsicher und sich nie bewusst ist, was sie leistet. Ich arbeite daran, dass sich das ändert. Vielleicht ist die Reise nach Clarcton der erste Schritt in die richtige Richtung. Eine Berufung habe ich nicht gefunden, und jetzt, mit fast neunundzwanzig

Jahren, wäre es allerhöchste Zeit. Ich puste mir die blonde Strähne aus der Stirn, die sich aus meinem Dutt gelöst hat. Ich liebe meine langen Haare, die mir fast bis zur Taille reichen, doch manchmal stören sie mich auch. Vor allem an heißen Tagen, an denen sie mehr wie eine Decke wirken und mich wärmen wollen.

Während ich an einer Ampel stehe, habe ich Zeit, mich kurz im Rückspiegel zu betrachten. Meine blauen Augen sehen müde aus, die Ringe darunter bestätigen die schlaflosen Nächte. Die Ungewissheit der Zukunft lag wie eine erdrückende Decke auf mir. Meine gewohnten Stresskopfschmerzen sind seit dem Telefonat zu einem dauerhaften Problem geworden. Ich habe Angst davor, zu scheitern, genieße die kleinen Momente, in denen der Mut größer ist als die Zweifel. Beim Beginn der Fahrt war das zumindest noch so, jetzt bin ich mir nicht mehr so sicher.

Mein Gesicht ist etwas rundlich, die Konturen setze ich manchmal in den Fokus, doch für die Fahrt habe ich nur einen Lippenpflegestift aufgetragen. Ich massiere mir kurz meine pochenden Schläfen, um dem Schmerz zu lindern, und es klappt wenigstens für den Moment. Hinter mir hupt es, und ich reiße den Blick von mir selbst los, dann fahre ich weiter.

Einhundert Kilometer später erreiche ich mein neues Zuhause – zumindest ein Zuhause für kurze Zeit, bis ich weiß, ob ich die Eisdiele verkaufe oder mich hier wirklich niederlasse. Als ich an einem Laden mit einem blasslila Schild *Clarctons Cakery* vorbeifahre, lächle ich.

Ich muss schon mal hier gewesen sein, zumindest gibt es Fotos von mir in Clarcton. Ich kann mich aber nicht daran erinnern. Auf einem muss ich ungefähr drei Jahre alt sein. Da stehe ich genau vor diesem Laden mit einem Cupcake in der Hand. Neben mir steht meine Mutter; es ist eines der wenigen Bilder mit ihr, und mein Vater scheint auf den Auslöser gedrückt zu haben. Vermisse ich sie? Keine Ahnung, meine Erinnerung liegen hinter einem dunklen Schleier. Ich weiß nicht mehr viel von der Zeit mit meiner Mutter. Mit sechs Jahren – ich kann mich kaum an mein erstes Schuljahr erinnern, nur an meinen Dad, der oft überfordert gewesen ist – ist sie gegangen und nicht mehr wiedergekommen. Ich bin als Einzelkind groß geworden, alles, was ich hatte, waren meine Eltern. Nein, eigentlich nur mein Dad. Und das Feriencamp, in dem ich war und einen Jungen kennengelernt habe. Anstatt *Sofia* hat er mich oft *Schlumpfmädchen* genannt. Ein Schmunzeln stiehlt sich auf meine Lippen, als ich an ihn denken muss. Ich erinnere mich gut an seine braunen Kulleraugen und dass wir bis in die Nacht geredet haben. Ich vermisse ihn, gleichzeitig bin ich wütend, weil er sich nach dem Camp nie gemeldet hat, obwohl wir das vereinbart hatten.

Ich schüttele den Kopf, um diese Gedanken in die hinterste Ecke zu drängen. Ich fahre weiter durch die engen Gassen der Kleinstadt und kann nicht glauben, dass ich in den kanadischen Rocky Mountains gelandet bin. In San Diego ist das Leben ganz anders als hier. Dort ist immer etwas los, nie Ruhe, und genau das habe ich geliebt. Hier habe ich fast einen Kulturschock. Dennoch war es die richtige Entscheidung, mich hat zu Hause nichts mehr gehalten. Selbst der Begriff fühlt sich schal, irgendwie merkwürdig auf meiner Zunge an.

Mein Papa ist gestorben, da war ich dreiundzwanzig, also schon vor über fünf Jahren. Danach habe ich mich verkrochen, selten zugelassen, richtig zu leben, immerhin konnte er das auch nicht mehr. Ich schlucke, blinzele die Tränen weg und bin kurz davor, alles abzubrechen, weil es sich falsch anfühlt, hier zu sein. Allein, ohne ihn, einen Neuanfang zu wagen, wo er doch keine Chance hatte, einen zu bekommen.

„Sie erreichen Ihr Ziel, es befindet sich auf der rechten Seite." Mein Navigationsgerät erklärt mir, dass wir im neuen Zuhause angekommen sind. Mein Mini und ich.

Die Eisdiele sieht geschlossen aus, die alten Rollläden sind heruntergezogen. *Wegen Trauerfall geschlossen* steht in Handschrift auf einem Zettel. Ich lächele, als ich sehe, wie viele Blumensträuße davor abgelegt worden sind. Wow. Mein Großvater scheint beliebt gewesen zu sein. Das Gebäude ist mintgrün gestrichen, anscheinend relativ frisch, denn die Farbe strahlt im Vergleich zu den anderen Häusern. Keine abgeplatzten Stellen, nichts. An einem Fenster stehen Preise und die Eissorten. Ich kann nur hoffen, dass es irgendwo Rezepte gibt. Ansonsten verkaufe ich Wassereis.

Ich nehme die Blumen vom Boden und stecke den Schlüssel ins Schloss, den ich beim Notar bekommen habe, nachdem er das Testament verlesen hat. Dabei habe ich erfahren, dass meine Mutter wohl ebenfalls nicht mehr lebt. Ich bin also Vollwaise, habe keinen festen Job und stehe vor einem neuen Abenteuer. Ich bin mir nicht sicher, ob ich Furcht oder Vorfreude empfinden soll. Die Blumensträuße auf dem Arm balancierend, trete ich ein, und das Erste, was mir in die Nase kriecht, sind beißende Gerüche von Putzmitteln. Als hätte hier gerade erst jemand sauber gemacht, was aber nicht sein kann. Die Eisdiele muss seit vier Wochen geschlossen sein. Seitdem ist Granddad tot, und die Eisdiele hat auf die Erbin gewartet – so hat es der Notar ausgedrückt. Ich erinnere mich nicht mehr an alles, war gelähmt von den vielen Informationen, die wie Regentropfen auf mich eingeprasselt sind.

Ich schalte das Licht an, und schon erstrahlt die Eisdiele in hellem, warmweißem Licht. Der Boden besteht aus dunklem Holz, es gibt neun Tische im Innenraum. Wahrscheinlich können jeweils vier bis fünf Leute daran sitzen. An den Wänden sind viele Fotos, auf die ich mich jetzt aber gar nicht konzentrieren will. Ich weiß nicht, ob ich heute dafür bereit bin, meinem Opa ins Gesicht zu blicken. Es ist komisch, ihn nicht gekannt zu haben und jetzt hier zu sein. Anscheinend hat er sein Herzblut hier reingesteckt.

Ich streiche mit den Fingern über die kühlen, glatten Tische. Sehe ich mich wirklich hier? Ich weiß es nicht. Hinter der Theke fällt mir wieder einmal auf, wie klein ich wirklich bin, nämlich einen Meter achtundfünfzig. Irgendwie habe ich aufgehört zu wachsen, seit ich ungefähr zwölf bin. Keine sonderlich tolle Sache, aber etwas, das ich einfach nicht ändern kann. Ich gleiche es oft mit hohen Schuhen aus, doch ich kann mir kaum vorstellen, dass meine Füße es aushalten werden, mit Mörderschuhen kilometerweit durch die Eisdiele zu rennen. Nicht, dass ich es nicht liebe, wenn meine kurzen Beine länger wirken, aber meinen Tod sind sie es mir dann doch nicht wert.

Ich reiße die Augen auf, als ich erkenne, dass es bestimmt zwanzig Vorrichtungen gibt, in die man Eisbehälter stellen kann. Ich werde das niemals hinbekommen. „Bitte, wenn es da oben jemanden gibt, bitte sorge dafür, dass irgendwo Rezepte aufgeschrieben sind. Oder Anleitungen, irgendwas …" Ich würde mich nicht als Kochbanause bezeichnen, aber von Eis habe ich einfach keine Ahnung. Ich esse Nudeln mit Ketchup und finde das sogar richtig lecker, ja gut, ich gebe zu, dass ich manchmal zu der Curryvariante des roten Zeugs greife, aber das ist dann auch das Höchste der Gefühle. Wie soll ich es schaffen, besondere Eissorten zu kreieren? Wo bekomme ich überhaupt Zutaten her und generell, wie funktioniert sowas überhaupt? Genau das sind die Fragen, die ich mir in den vergangenen, schlaflosen Nächten gestellt habe. Dennoch war der Stress über die bevorstehende Abfahrt zu groß, als dass ich mir richtig bewusstwerden konnte, was diese Verantwortung bedeutet. Ich schlage die Hände über dem Kopf zusammen, Verzweiflung durchflutet mich in Wellen, und ich kneife mir mit den Fingern in die Nasenwurzel. Schmerz durchzuckt die Stelle, und ich sehe wieder klarer. Den Trick hat mein damaliger bester Freund mir im Feriencamp verraten. Ich erinnere mich noch genau an ihn, als wäre es gestern gewesen und nicht dreizehn Jahre her. Ich war damals fünfzehn und hatte nicht wirklich Lust auf das Camp, er war schon sechzehn, fast siebzehn.

„Wenn du Angst bekommst und dich eine Situation zu übermannen droht …" Er hat mir über die Wange gestrichen und nach einer meiner Haarsträhnen gegriffen. „Dann füge dir ganz leichten Schmerz zu, hier zum

Beispiel." Er hat mir in die Nasenwurzel gekniffen, ich bin zusammengezuckt und habe seine Hand weggeschlagen. Er hat nur schief gelächelt. „Dann wird die Panik weniger, du denkst an etwas anderes. Aber bitte, tue dir nie richtig dolle weh. Damit tust du den Menschen um dich herum mehr an als dir selbst." Ich glaube, das war der erste Moment – ich war wirklich spät dran – in dem ich einen Jungen küssen wollte.

Ein Gähnen entkommt mir und ich streiche noch einmal über die Theke. „Wir werden uns schon anfreunden, oder?", flüstere ich.

Die Müdigkeit steckt mir in den Knochen, angeblich soll praktischerweise über der Eisdiele eine Wohnung liegen. Diese wird mein nächstes Ziel sein.

Der Druck auf meinen Schultern wird zu Schmerz, der sich an meinen Schläfen bemerkt macht. Wie soll ich das alles schaffen?

Die Leitung eines Ladens, von dem ich keine Ahnung habe? Ich stöhne auf, da es sich anfühlt, als hätte ich einen Schlag auf den Kopf bekommen. Der bekannte Stressschmerz wird stärker, und ich lege die Hände auf meine Stirn, massiere gekonnt die Schläfen und versuche, Abhilfe zu schaffen.

Ich muss hier raus, ich kann gerade nicht atmen, ohne dass ich drohe, zusammenzubrechen.

Die Treppen knarzen unter meinen Füßen, die in schwarzen Lederboots, heute mal ohne Absatz, stecken. Meinen Stil würde ich als bequem, leicht rockig beschreiben, obwohl ich ab und an auch ein Blumenkleid mag. Irgendwie wirke ich auf andere ein bisschen durchgeknallt, abgesehen davon, dass ich mich jünger fühle und nicht, als würde ich im Sprint auf die dreißig zuhalten. Ich seufze, weil mir mein Alter manchmal ein wenig Angst macht.

Die Teenagerzeit fand ich gar nicht so schlecht. Freunde hatte ich durch die Schule automatisch, wir haben unsere Hausaufgaben zusammen gemacht, sind mit sechzehn das erste Mal illegal auf Partys gewesen. Keine einzige Freundschaft hat nach dem Abschluss gehalten, und durch die wechselnden Jobs war es unmöglich, neue Kontakte zu knüpfen. Aber so ist das halt, ich war schon immer Profi darin, mich durchzumogeln im Spiel des Lebens.

Kapitel Zwei – Sofia

Ich fühle mich wie ein Einbrecher, obwohl das hier ja eigentlich mir gehört, auch wenn der Papierkram noch nicht ganz erledigt ist. Ich bin mir noch nicht sicher, ob es Angst ist, was ich spüre, oder vielleicht sogar ein bisschen Vorfreude. Ob es im Leben meines Grandpas niemanden gab, der die Eisdiele übernehmen wollte? Warum vertraut er einer fremden Frau so viel an? Vor allem, da ich in diversen Zeitungsartikeln gelesen habe, dass die Eisdiele wirklich alles für ihn war. Sie nennen es einen Akt der Liebe, weil er sie damals für seine Frau, meine Oma also, eröffnet hat. Sie hat so gerne süß gegessen, hat er immer wieder in Interviews betont, zumindest habe ich das noch kurz gegoogelt, bevor ich mich aufgemacht habe. Ich weiß eigentlich gar nichts über ihn, wenn ich ehrlich bin, und trotzdem fühlt es sich an, als könnte ich hier endlich Wurzeln schlagen. Als wäre ich bereit dafür, einen ganz neuen Schritt zu wagen als Eisprinzessin. Nein, auch keine gute Bezeichnung. Daran sollte ich dringend arbeiten.

Ich öffne die Tür, die übrigens nicht knarzt, auch wenn ich mir bei der Treppe nicht sicher war, ob sie mein Gewicht hält. Ich spitze die Ohren. Ist das … ein Bass? In meinem Kopf beginnen die verrücktesten Szenarien zu spielen: ein Grandpa, der wieder auferstanden ist. Eine Falle. „Hallo?" Ich blicke mich im Flur um, der sehr schmal ist. Irritiert stelle ich fest, dass in einem Zimmer tatsächlich Licht brennt. Zumindest kann ich das in dem schmalen Spalt erkennen. Verdammt, hier ist wirklich jemand. Ich schlucke, eine Waffe, ich brauche eine Waffe. Das Einzige, das ich finde, ist ein großer, schwarzer Regenschirm.

Mein Herz pocht mir bis zum Hals, ich kann kaum atmen, weil ich Angst habe. Vielleicht ist es irgendein Obdachloser, der von dem Todesfall erfahren und sich hier häuslich niedergelassen hat? Ein Irrer mit Schizophrenie, der denkt, er wäre mein Grandpa? Ich sollte aufhören damit. Ganz dringend.

Ich atme noch einmal tief durch, genieße es fast, immerhin habe ich keine Ahnung, ob das vielleicht das Letzte war, was ich meiner Lunge spendiert habe.

„Sofia Tremplay, du bist eine starke, junge Frau, außerdem bist du bewaffnet."

Ich blicke verschwörerisch zu meinem Regenschirm und umklammere ihn fester. Erst will ich anklopfen, dann schüttele ich über mich selbst den Kopf. Wenn ich gleich umgebracht werde, dann hat es mir auch nichts gebracht, höflich zu sein, also stoße ich die Tür auf.

Das Erste, was ich erkennen kann, sind breite Schultern. Sie gehören einem Mann, und er wendet mir den Rücken zu. Er trägt nur ein Achselshirt, es klebt an seinem Körper. An der Decke ist ein Art Fitnessgerät angebracht, an dem er Klimmzüge macht. Er bemerkt mich nicht, was eindeutig an seinen Kopfhörern liegt. Er trägt seine dunkelbraunen Haare zu einem Manbun gebunden, und ich frage mich, wie lang sie sind. Ich schüttele den Kopf, warum lasse ich mich von Haaren ablenken?

An der Wade hat er ein relativ neu wirkendes Tattoo, das aussieht wie ein Kompass, es geht über die komplette Wade. Ich schlucke, ich muss ihn jetzt zur Rede stellen. Ich meine, was will er hier? Ich straffe meine Schultern, behalte den Regenschirm vorsorglich in der Hand wie ein Schwert, nur um auf Nummer sicher zu gehen.

Ich räuspere mich erst, dann fange ich wie wild an mit den Armen herumzufuchteln, alles bringt nichts. Irgendwann schreie ich, und auf einmal zuckt er zusammen, lässt sich von dem Gerät gleiten, dreht sich aber nicht um. Ich sehe, wie schnell er atmet, der Schweiß rinnt ihm in Bahnen über den Körper, und ich frage mich, ob er von vorne so gut aussieht wie …

Sofia, das ist ein Einbrecher! Er ist in deinem Haus!

Ich kann nicht fassen, dass er erst einmal das Handtuch nimmt und sich anscheinend – ich sehe es ja nicht richtig – die Mühe macht, sein Gesicht zu trocknen. Wie dreist und arschig kann ein Mensch denn bitte sein?

„Kannst du mir jetzt bitte endlich erklären, was du hier willst?", fauche ich, doch er hat die Stöpsel noch in den Ohren, entweder ignoriert er mich oder er hört mich tatsächlich nicht. Ich warte, traue mich auch nicht wirklich, auf ihn zuzugehen, immerhin habe ich nur Mister Umbrella, und der Kerl erinnert mich von der Statur an Captain America. Die Angst sitzt mir im Nacken. Sind Mörder nicht auch immer so gelassen, weil sie wissen, dass sie mehr Zeit haben als ihr Opfer? Weil es bald zugrunde gehen wird?

To-do-Liste: Nicht mehr so viele Krimiserien gucken, vor allem nicht bei Dunkelheit.

Er nimmt gemächlich die Kopfhörer ab, und dann dreht er sich zu mir um. Das Erste, was mir auffällt, sind seine braunen Augen, in denen ich mich sofort verliere. Sie wirken vertraut, doch wenn ich ehrlich bin – es gibt viele braune Augen, also bilde ich es mir wahrscheinlich ein. Er hat einen Huckel auf der Nase, als wäre sie gebrochen worden, und auf seinen schmalen Lippen liegt ein kleines Lächeln. Ist das sein Ernst? Lächelt dieser Penner mich jetzt wirklich auch noch an? Ich merke, wie sich die Wut in mir aufbaut wie Lava in einem Vulkan. Ich bin kurz davor, zu explodieren.

„Was tust du hier?", fauche ich und reiße mich von dem Anblick seiner breiten Brust los.

„Ich wohne hier", antwortet er charmant, dann aber trifft sein Blick meinen. Ich komme mir vor wie in die Vergangenheit katapultiert. Um uns herum hält die Welt an, sie drückt auf Pause, während wir uns betrachten. Ich bilde es mir ein, das kann nicht sein, dass er ... wirklich *er* ist. Mein Gehirn spielt mir einen Streich, seine Nase hatte damals noch keinen Huckel.

Seine Augen weiten sich im selben Moment wie meine. „Sofia?"

„Theo?"

Ich habe mir in all den Jahren immer vorgestellt, wie es wohl wäre, den Jungen aus dem Feriencamp wieder zu sehen. Theo. Wie oft habe ich von diesem Augenblick geträumt? Ich habe überlegt, dass wir uns in die Arme fallen würden, uns umarmen und nie wieder loslassen. Jetzt zieht er seine dünnen, hellen Augenbrauen zusammen und presst die Lippen aufeinander, als müsste er an sich halten, um nicht zu explodieren. Seine Hände ballen sich zu Fäusten.

„Was tust du hier?", zischt Theo, und nun liegt es an mir, die Stirn zu runzeln.

„Ich? Das sollte ich wohl eher dich fragen. Vor allem du, was machst ausgerechnet du hier?", speie ich ihm entgegen. Ich kann nicht einmal mehr sagen, wieso ich ihn anfauche, obwohl alles in mir danach schreit, ihn zu umarmen und nicht mehr loszulassen. Ich bin verwundert, fast geschockt, es hätte jeder hier stehen können, aber dass es ausgerechnet Theo ist, das wirft mich aus der Bahn.

„Hörst du mir nicht zu? Ich wohne hier." Die Betonung in seiner Stimme liegt eindeutig auf dem *Ich*.

„Das kann nicht sein, ich habe geerbt, ich ... das gehört..."

„Wage es nicht zu sagen, dass das alles hier dir gehört." Er macht mir Angst, wie er auf mich zukommt. Ich lasse den Regenschirm fallen, er plumpst mir einfach aus den schweißnassen Händen. Hoffentlich hat sich meine erste Liebe nicht zu einem Mörder entwickelt.

„Ich habe mich um Arthur gekümmert, als er krank wurde. Ich habe mit ihm die Eisdiele geleitet, seit ich siebzehn bin. Du ... du hast kein Anrecht auf irgendwas. Du hättest das Erbe ausschlagen sollen. Niemals hätte ich gedacht, dass du hier auftauchst."

Er wusste, dass ich komme? Natürlich, der Notar hat es ihm bestimmt gesagt. Schön, dass er sich auf den Moment vorbereiten konnte. Mir war dieses Glück nicht vergönnt. Arthur ist der Name meines Großvaters. Ich will ihm gerade die nächsten bösen Worte entgegen schleudern, als ich etwas Weiches an meinen Beinen spüre.

„Komm her, Loki", murmelt Theo, und auf einmal ist er viel ruhiger. Ich blicke nach unten. Eine Katze. Sie ist komplett schwarz, am Auge hat sie anscheinend eine Verletzung, denn es ist milchig, doch sie sieht mich direkt an. Sie streift noch einmal an meinen Beinen entlang, schnüffelt am Regenschirm und drückt sich erneut gegen mich, wobei ich eine leichte Vibration spüre. Sie scheint zu schnurren. Es fühlt sich an wie ein Sieg. Wie schlimm soll es schon werden mit dem Griesgram, der nichts mehr mit dem Theo in meiner Vergangenheit zu tun hat, wenn mich die Katze oder vielleicht sein Kater mag? Ich grinse Theo an, dann bücke ich mich und streichle die Katze.

„Komm weg von ihr, verstehst du nicht, dass sie uns rauswirft und wir dann auf der Straße sitzen?"

Ich höre Verzweiflung in seiner Stimme, vielleicht bilde ich sie mir aber auch nur ein. Vielleicht bin ich diejenige, die verzweifelt ist. Überfordert trifft es auf jeden Fall, immerhin ist hier Theo, der Junge, an den ich seit verdammten dreizehn Jahren denken muss. Er hat nur nichts mehr mit demjenigen zu tun, den ich in meinem Gedächtnis abgespeichert habe. Rein gar nichts.

Trotzdem ist irgendwas an ihm, das mich fesselt und davon abhält, die beiden rauszuwerfen. Außerdem bin ich kein schlechter Mensch.

„Wie bist du nach Clarcton gekommen? Ich verstehe die Welt gar nicht mehr, wieso du?"

Er sieht mich an, scheint kurz nachzudenken. „Das geht dich nichts an."

Er freut sich nicht einmal ein bisschen darüber, dass wir uns wiedersehen. Ich wechsle das Thema.

„Zeigst du mir die Wohnung?", frage ich stattdessen nur, ernte aber ein Kopfschütteln. „Gut, dann sehe ich sie mir eben allein an", fauche ich, sodass Loki kurz zusammenzuckt.

Theo schweigt einen Moment lang. „Hör zu, ich habe keine Lust auf dich. Du kanntest Arthur nicht mal, hast bestimmt keinen Schimmer von der Geschäftsführung einer Eisdiele. Du weißt sicher nicht einmal, wie man die Geräte anschaltet. Ich verstehe nicht, wie er diesen riesigen Fehler machen konnte und nicht mich ins Testament geschrieben hat."

Ich klappe den Mund auf, dann wieder zu. Er hat den Nagel auf den Kopf getroffen, und ich schätze, das weiß er auch. Ich bin verwirrt – warum hasst er mich denn so sehr? Ich kann auch nichts für den Schlamassel, in den ich hier hineingeraten bin. Mein Herz zieht sich schmerzhaft zusammen. Hat er mich denn überhaupt nicht vermisst? Ist er kein bisschen froh, dass nicht eine völlig Fremde die Eisdiele übernehmen wird?

Ich schüttele nur ungläubig den Kopf, dann straffe ich die Schultern und verlasse den Raum. Loki bleibt bei ihm, natürlich, weil er sein Herrchen ist. Sogar der Kater kennt alles hier besser als ich. Der Enthusiasmus über den Neuanfang ist verflogen, die Flügel sind mir gestutzt worden, und ich fühle mich nicht gut, es ist alles wie ein böser Traum. Dabei habe ich mir in meinem Leben nie etwas sehnlicher gewünscht, als Theo wieder bei mir zu haben, ihn noch einmal zu sehen, um ihm so viele Fragen zu stellen.

Das alles rückt nun in den Hintergrund, weil er einfach ein Idiot zu sein scheint, ein verzweifelter, ja, aber vor allem ein riesengroßer. Ich muss mich beruhigen, ich merke, dass das mir nicht guttut. Wer weiß, welche Bindung er zu meinem Grandpa – nein Arthur, ich habe es nicht verdient, ihn Grandpa zu nennen – hatte. Wer weiß, in welcher der Trauerphasen er sich gerade befindet. Ich versuche, Verständnis zu haben, doch wenn er mir das Leben zur Hölle machen will, wovon ich derzeit leider ausgehen muss, dann werde ich ihm zeigen, mit wem er sich da anlegen will.

Kapitel Drei – Theodore

Feriencamp, vor dreizehn Jahren

„Das Feriencamp wird dir gefallen, Theo. Drei Wochen, dann sehen wir uns doch schon wieder." Ich spüre, wie meine Brust eng wird, ein merkwürdiges Gefühl, als wäre nicht mehr genügend Platz für das Ding namens Herz.

„Ich möchte nicht gehen, lasst mich mit zu Granny fahren, bitte." Ich flehe meine Mutter an, verdammt, ich mache sogar einen Schmollmund, doch sie schüttelt den Kopf. Die Hochzeitsreise, die sie jetzt nach zwanzig Jahren Ehe nachholen wollen, ist ihnen wichtig, und wirklich, das verstehe ich auch, aber wieso muss man mich dann in ein Camp stecken?

„Das funktioniert nicht, du weißt doch wie sie ist, außerdem geht es ihr nicht gut." Mein Vater gesellt sich zu uns, und wieder einmal denke ich, dass ich genau wie er aussehen werde, später, wenn ich älter bin.

„Dann lasst mich doch einfach zu Hause bleiben, ich werde siebzehn in zwei Monaten. Kommt schon, seid nicht solche Spießer."

Ich weiß genau, dass dieses Argument eigentlich immer funktioniert, denn wenn meine Eltern eines nicht sind, dann spießig. Was wohl einzig und allein daran liegt, dass sie die entspanntesten Personen sind, die man sich vorstellen kann. Deshalb wundert es mich umso mehr, dass sie mich nicht einfach drei Wochen mein Leben chillen lassen. Nein, ich soll in ein Feriencamp, als wäre ich zwölf. Ich bin bald erwachsen, fühle mich zumindest so, weshalb ich den ganzen Aufruhr nicht nachvollziehen kann.

„Du wirst Freunde finden und uns danach anbetteln, dass du sie besuchen kannst, glaub uns. Wir beide haben uns bei einem solchen Camp kennengelernt.“ Ich verziehe das Gesicht, als mein Vater meiner Mutter einen Klaps auf den Hintern gibt. „Pack deine Sachen zu Ende, deine Boxershorts hole ich frisch aus der Wäsche. Kondome habe ich schon in die Tasche geworfen.“

„Dad!“, rufe ich, und nun werden meine Ohren doch ein wenig heiß, wahrscheinlich auch knallrot, doch ich kann es nicht verhindern. Ich mag fast erwachsen sein, aber mit meinen Eltern über solche Themen zu sprechen gehört dann doch nicht zu meinen Favoriten. Vor allem, weil die beiden so locker damit umgehen. Sie haben mich damals am Frühstückstisch aufgeklärt, ja, und ich musste mir ansehen, wie sie einer armen Banane ein Kondom übergestreift haben. „Damit die Enkel nicht kommen, wenn wir noch nicht im Großelternalter sind.“ Dann hat mein Dad mir noch zugezwinkert, das Kondom abgestreift und zugeknotet. Ich möchte noch einmal erwähnt haben, wie völlig verrückt die beiden sind, immerhin hat mein Vater die Banane danach gefrühstückt.

„Ihr seid echt ekelhaft.“ Dabei kann ich mir ein kleines Grinsen nicht verkneifen. „Na gut, ich mache meinen Koffer fertig.“ Mom kommt zu mir und kneift mir in beide Wangen, bevor sie mir einen Kuss auf die Stirn drückt. „Du bist ein so guter Junge, Theo.“

Zumindest damit hat sie recht, ich habe Drogen nie auch nur angesehen, keinen Tropfen Alkohol getrunken, obwohl meine Klassenkameraden regelmäßig mehr konsumieren, als gut für sie wäre. Ich stecke die Nase viel lieber in ein Buch. Ich möchte gerne Wissenschaftler werden, in welche Richtung ich gehen will, weiß ich noch nicht, deshalb lese ich viel zu den verschiedensten Themen, um den richtigen Bereich für mich zu finden.

Meinen Eltern gehört ein kleiner Bioladen, in dem fair gehandelte Produkte verkauft werden. Ich finde das ziemlich cool, habe aber schon früh gesagt, dass mehr als ein Aushilfsjob für mich nicht drin ist.

Irgendwie kann ich es nicht leiden, von zu Hause wegzumüssen. Ich mag es hier, ich bin vielleicht einer der wenigen Jugendlichen, die gerne daheim sind. Ich lese dann viel, ja, ich genieße sogar meine Eltern um mich herum, auch wenn sie mir manchmal auf den Geist gehen.

Ich packe die letzten Shirts ein, dann setze ich mich auf den Koffer, um ihn zu schließen. Ist es komisch, wenn ich schon jetzt ein mulmiges Gefühl im Bauch habe? Ich war noch nie drei Wochen weg. Angeblich sollen Handys im Camp zu bestimmten Zeiten erlaubt sein, aber es ist trotzdem was anderes. Vielleicht bin ich ein Muttersöhnchen, aber drei Wochen ohne meine Eltern jagen mir schon ein bisschen Angst ein. Eventuell haben sie auch recht und ich finde wirklich ein paar Freunde. Außerdem haben sie mir letztes Weihnachten einen E-Book-Reader geschenkt, den ich vollgepackt habe mit allen möglichen Büchern. Sogar ein Roman ist mit darauf gewandert, was selten vorkommt. Wenn mir alle anderen auf die Nerven gehen, dann werde ich in die Welt der Wissenschaft abdriften. Ich streiche über die Tasten meines Keyboards, für ein Flügel fehlt leider der Platz. Meine zweite Leidenschaft neben der Wissenschaft ist die Musik. Eher gesagt das Klavierspielen. In der Schule mache ich das oft im Musiksaal, in Absprache mit den Lehrern. Privat dann auf dem elektrischen Teil, auch wenn der Klang nicht annähernd so gut ist wie bei einem richtigen Piano. „Dich kann ich nicht mitnehmen", sage ich wehmütig. Wenn ich das richtig verstanden habe, ist das Feriencamp eine Art Zeltlager. Also nichts mit Stromanschluss für mein Baby hier. Meine Eltern finden es eine gute Idee, um Freunde zu finden. Ich glaube, sie denken, ich wäre unzufrieden mit meinem nicht vorhandenen Freundeskreis, aber dem ist nicht so. Ich habe mein Baby hier, außerdem noch die Wissenschaft. Was brauche ich denn nun mehr?

Ich sehe auf die Uhr, es bleiben noch zwanzig Minuten, bis wir losfahren. Die Anfahrt beträgt zwei Stunden, es wäre also machbar, zur Not nach Hause zu trampen, wenn ich es nicht mehr aushalte. Um sechs Uhr müssen wir dort sein, damit wir die Rahmenbedingungen besprechen können. Was auch immer das bedeuten soll, irgendwie klingt das fast, als müsste ich in ein Gefängnis. Vor meinem inneren Auge sehe ich mich mit einer großen Eisenkugel an einer Kette, die um meinen Knöchel liegt. Nein, so schlimm wird es schon nicht werden. Das Einzige, was total nervt, ist die Tatsache, dass das Camp ab dreizehn Jahren ist. Ich bin mir nicht sicher, was ich mit diesen Kindern anfangen soll.

Ich versuche, mich zu entspannen, meine Finger finden wie von selbst die Tasten auf meinem Keyboard, und dann fange ich an zu spielen. Ich verliere mich in der Welt des Klangs, ich spiele ohne Noten, die kann ich nicht lesen. Ich habe mir alles mit Hilfe von diversen Online-Kursen selbst beigebracht. Wenn ich für etwas brenne, möchte ich es richtig machen, Noten brauche ich dafür allerdings nicht. Ich spüre die Musik, wie sie sich in mir aufbaut, wie sie mich einnimmt. Ich merke, wie ich ihr verfalle, weil sie meine Passion ist und ich spiele, als würde mein Leben davon abhängen.

Kapitel Vier – Sofia

Die Wohnung wirkt moderner, als ich es mir vorgestellt habe. Wenn ich ehrlich bin, dann habe ich mit Holzmöbeln, alten Gardinen und solchen Klischees gerechnet. Davon finde ich nur wenig. Die Küche ist zwar aus Holz, jedoch wirkt sie eher modern, und die Granitarbeitsplatte ist wunderschön. Die Küche geht direkt in den Essbereich über, alles ist groß, hell und einladend. Wenn Theo nicht wäre, dann würde ich mich hier wohlfühlen, doch die Gewissheit, dass sich im Wohnzimmer jemand befindet, der nicht begeistert von meiner Anwesenheit ist, das zieht mich richtig runter. Außerdem verstehe ich nicht, was er hier will, wenn ich doch die Eisdiele geerbt habe. Was zum Teufel treibt er hier? Ich habe mich auf den Neuanfang gefreut, jetzt fühlt es sich an, als wäre ich in die Vergangenheit zurückgereist, und die ist nicht so rosig wie in meinen Erinnerungen.

Ich sehe mir noch das Bad an. Es ist klein, aber ordentlich. Der Geruch von Männershampoo oder -Duschgel liegt in der Luft, und ich gehe in das Schlafzimmer. Das Bett sieht unberührt aus, hier scheint niemand zu wohnen.

„Das wird dein Zimmer sein. Ich habe ein eigenes.“

Ich zucke zusammen und fahre herum, als ich Theos Stimme hinter mir höre.

„Kannst du mich bitte nicht so erschrecken?“, zische ich und lege eine Hand auf meine Brust. Mein Herz pocht viel zu schnell. „Hat er hier geschlafen?“, frage ich nach, weil mir auf der Zunge liegt, ob er auch hier …

„Ja, ich habe alles gewaschen und das Bett vorbereitet. Ich habe mir gedacht, dass du bald auftauchen wirst.“

Ich frage mich, ob er von den vielen Lippen aufeinanderpressen und Hände zu Fäusten ballen bald Krämpfe bekommen wird.

So schnell, wie er gekommen ist, ist er auch wieder verschwunden. Nur Loki steht noch im Türrahmen und sieht mich mit schief gelegtem Kopf an. „Wir werden irgendwie klarkommen, oder?“

Ich flüstere die Worte – es ist mir peinlich, mich mit einem Kater zu unterhalten. Loki maunzt, dann geht er. Keine guten Aussichten. Ich sehe mich im Schlafzimmer um: ein einfaches Holzbett mit einer hohen Matratze. Zwei Nachttische. Außerdem befinden sich verschiedene Kommoden, die ein bisschen zusammengewürfelt wirken, im Raum. Die Wände sind in einem Beigeton gehalten, den ich irgendwann, falls das mein Zuhause wird, überstreichen werde. Ich bin mehr der Mensch für Farben in Zimmern; hier wirkt alles sehr leblos, es fehlen Kontraste. Aktuell bin ich jedoch einfach nur dankbar für ein Bett, eine kurze Minute zum Ausruhen.

Ich traue mich nicht, ins Wohnzimmer zu gehen, weil ich den Tag erst mal verarbeiten muss. Ich streife mir die Schuhe von den Füßen, hänge die Jacke an den Haken, der an der Holztür befestigt ist, und lasse mich dann auf das Bett plumpsen. Ich seufze, das fühlt sich gut an.

Meine Gedanken, die ich bisher zurückgehalten habe, prasseln auf mich ein. Zwei Türen entfernt sitzt Theo, von dem ich jahrelang gehofft habe, ihn noch einmal zu sehen. Ich habe so viele Fragen. Warum hat er sich nicht gemeldet? Wieso hasst er mich jetzt so? Was ist aus dem fröhlichen Jungen geworden, und warum habe ich das Gefühl, dass er tiefe Wunden hat, die er versteckt?

Hat er sich überhaupt gefreut, mich zu sehen? Die Fragen in meinem Kopf werden mehr, mir wird schwindelig, der Kopfschmerz setzt ein. Ich fühle mich, als würde ich auf einem Karussell sitzen, das sich immer schneller dreht.

Ich schließe die Augen, kann nicht verhindern, dass ich den jungen Theo vor mir sehe. Immer, wenn er gelächelt hat, waren Grübchen auf seinen Wangen. Seine Augen, vielmehr das Strahlen in ihnen, hat mich oft vor dem Heimweh bewahrt.

Ich schlucke, vielleicht haben wir auch einfach einen schlechten Start gehabt.

Ist er angestellt in der Eisdiele? Wie lief das denn ab? Dann muss er jetzt arbeitslos sein und anderweitig Geld beschaffen. Ich sollte das dringend ansprechen, immerhin könnte ich Hilfe wirklich gut gebrauchen. Vielleicht könnten wir das einfach alles so belassen, wie es ist. Ich frage mich, wie die letzten Jahre für ihn verlaufen sind. Wir beide sind unseren Weg gegangen, das ist klar, aber ich brenne darauf, mehr von ihm zu erfahren. Was hat ihn geprägt? Spielt er noch Klavier? Ich weiß noch, wie traurig er war, im Feriencamp nicht spielen zu können. Ich habe ihm damals Tasten auf ein Blatt Papier gemalt, und wir haben die verrücktesten

Melodien gesungen, während er mir gezeigt hat, wie ich spielen müsste. Ich habe mir immer vorgestellt, wie es wohl sein würde, mit ihm gemeinsam an einem richtigen Flügel zu sitzen. Ich habe oft davon geträumt, dass er meine Finger in seine nimmt und die Tasten mit mir zum Klingen bringt.

Ich schließe die Augen, um mich in der Erinnerung zu verlieren, mit der Gewissheit, dass es wahrscheinlich niemals wahr werden wird.

Müde blinzele ich, anscheinend bin ich eingeschlafen. Mittlerweile ist es dunkel geworden, mein Magen knurrt. Ich sollte etwas essen, aber ich habe noch nicht eingekauft. Mich einfach bedienen? Nein, das kann ich auch nicht machen.

Ich setze mich im Bett auf, der Pullover ist schweißnass. Ich ziehe den Haargummi aus meinen Haaren, die leicht verknotet sind. Meine Sachen befinden sich noch im Auto. Ich spitze die Ohren, aber keine Geräusche sind zu hören. Ein Blick auf mein Handy zeigt, dass wir zwanzig nach eins in der Nacht haben. Ich werde jetzt bestimmt nicht anfangen, die Koffer durch die Dunkelheit zu schleppen und eventuell noch Theo zu wecken. Wobei er zu mir auch arschig war, er hätte es also eigentlich verdient ... Nein. So darf ich nicht denken, ich werde ihn noch brauchen. Ich weiß nicht einmal, was ich fühle, wenn meine Gedanken zu ihm wandern. Ein kleiner Teil in meinem Herzen klopft noch immer verdächtig, weil es sich einbildet, den Jungen von damals zu erkennen. Der andere Teil, die Seite der Vernunft, die weiß genau, dass es hirnrissig ist. Ich habe ihn bestimmt nur auf dem falschen Fuß erwischt. An diesen

Gedanken klammere ich mich, als ich mich so leise wie möglich auf den Weg ins Bad mache.

Ich möchte mir wenigstens kurz das Gesicht waschen, morgen freuen sich meine Zähne über eine Bürste. Im Bad gehe ich erst auf die Toilette, und als ich mir danach die Hände wasche, spritze ich mir etwas Wasser ins Gesicht. Ich sehe müde und ein wenig verschlafen aus. Ich hätte nie gedacht, dass der erste Tag in Clarcton so verläuft. Wie kann es sein, dass das Schicksal auf diese Weise dafür sorgt, dass wir uns wiedersehen? Warum ist das erste Treffen überhaupt so gelaufen?

Ich horche in mich hinein, ob ich etwas empfinde, doch da ist nur gähnende Leere. Die Überforderung, dass Theo wieder in meinem Leben ist, auch wenn wir heute nicht mehr als drei Sätze miteinander gewechselt haben, sorgt gähnende Leere in mir. Das war schon immer so, sobald ich zu viel erlebt habe und meine Gefühle nicht mehr einordnen kann. Wie ein Luftballon, der die Luft verliert, weil er mit einer Nadel gestochen wurde.

Ich tapse leise zurück ins Schlafzimmer. Mir soll das alles hier gehören, dabei fühle ich mich wie ein Eindringling. Wie sollen das meine eigenen vier Wände werden? Mit einem Zwangsmitbewohner, den ich nicht einfach auf die Straße setzen kann? Ich bin kein Unmensch, auch wenn ich das Gefühl habe, dass mich Theo so sieht. Ich werde morgen das Gespräch mit ihm suchen müssen, doch erst mal schlafe ich weiter und überlege mir dann einen Plan, wie ich rausfinde, warum er so feindselig mir gegenüber ist.

Ich wälze mich im Bett hin und her. Das Laken ist kühl, ich trage nur mein Höschen und das Shirt, das ich unter dem Pullover anhatte. Alles ist neu; in der Stadt war es nie still. Hier höre ich keinen Mucks, und das macht mich nervös. Ich seufze, als ich mich nach gefühlten Ewigkeiten noch mal drehe, um eine angenehme Schlafposition zu finden. Dann greife ich zu meinem Handy. Ich habe nicht mehr viel Akku, doch für ein wenig Musik wird es reichen. Ich starte leichten Regen von Spotify, irgendwas, Hauptsache ich übertöne die Stille, dann lege ich das Handy neben mich. Ich stelle es leise, damit ich niemanden wecke. Das Geräusch von prasselndem Regen sorgt dafür, dass ich endlich in den Schlaf finde und mich entspannen kann.

Ich muss mich kurz orientieren, als ich in dem fremden Bett aufwache. Mein Handy ist verstummt, und als ich es in die Hand nehme, merke ich, dass es ausgeschalten ist. Wahrscheinlich hat der Akku nicht durchgehalten. Ich setze mich auf und reibe mir den Schlaf aus den Augen. Es ist hell draußen, die Sonne kämpft sich durch den Herbstnebel. Ich strecke mich, fühle mich gut ausgeruht. Heute werde ich alle Sachen hochtragen und die Dokumente durchsehen. Auf jeden Fall brauche ich etwas zu essen, mein knurrender Magen ist natürlich nicht durch Zauberhand verschwunden. Auch wenn das manchmal ganz praktisch wäre. Ich überlege, ob es zu früh für einen Cupcake ist, sonst würde ich zur Cakery fahren, entscheide mich dann aber dagegen. Lieber heute Mittag, wenn ich mich schon ein wenig eingerichtet habe. Erst die Arbeit, dann das Vergnügen. Ich möchte heute den Mini leerräumen, immerhin brauche ich dringend Wechselklamotten, will duschen gehen und etwas Vertrautes um mich haben. Ich muss mich bald auch mit den vielen Aktenordnern, die ich gestern entdeckt habe, beschäftigen, doch das hat noch Zeit. Ich kann mich nun mal nicht zerteilen, ein Schritt nach dem anderen.

Ich gehe in die Küche. Der Geruch von Kaffee strömt in meine Nase, und ich atme tief ein, inhaliere ihn. Theo steht mit dem Rücken zu mir und tippt an der Kaffeemaschine herum. „Guten Morgen", sage ich, versuche sogar, ein Lächeln auf mein Gesicht zu zaubern.

Er dreht sich zu mir um, nachdem er zusammengezuckt ist. Sofort versteinert sich seine Miene. Er nickt mir knapp zu, dann tippt er nervös mit dem Fuß auf den Boden und scheint es nicht erwarten zu können, bis seine Tasse durchgelaufen ist.

„Wir sollten heute vielleicht reden", sage ich und ärgere mich über die Unsicherheit in meiner Stimme.

Er schweigt, reagiert nicht, sondern verschwindet einfach mit der Kaffeetasse. Ich seufze, was soll ich denn noch tun?

Ohne Koffein halte ich den Tag nicht durch, also nehme ich mir eine Tasse aus dem Schrank und mache mir auch einen Kaffee. Ich fühle mich nicht wohl damit, schlinge die Arme um meinen Körper. Einsamkeit kommt in mir auf, eiskalte Blitze, die durch meinen Leib schießen. Warum behandelt er mich so? Ich habe ihm nichts getan. Aus der Kälte der Einsamkeit wird die Hitze der Wut.

Er ist derjenige, der sich damals nicht gemeldet hat. Er war schon sechzehn, er hatte ein eigenes Handy, ich nicht. Ich habe Grund, sauer zu sein. Er will mich ignorieren? Das kann ich auch.

Am Mini angekommen, stöhne ich auf. Es ist noch so viel zum Hochtragen, dabei bin ich schon drei Mal gelaufen. Am Anfang hatte ich die kleine Hoffnung, dass Theo vielleicht helfen würde. Mittlerweile muss ich darüber nur noch lachen. Ich habe keine Ahnung, was mit ihm passiert ist, doch er ist zu einem Idioten mutiert.

„Hey, kann man dir helfen?" Neben mir steht ein Paar, die Finger ineinander verschränkt. Er ist breit gebaut, sie eher schmal, beide lächeln mich freundlich an.

„Nein, danke", sage ich mit einem entschuldigenden Blick. Ich kann nicht einfach von zwei fremden Leuten verlangen, mir beim Tragen zu helfen.

„Du kommst nicht von hier, oder?", fragt die Frau, die wie ihr Begleiter in meinem Alter sein muss.

„Nein, ich bin gestern angekommen", sage ich, als ich den nächsten Karton hochhebe und mein Rücken bedrohlich knackt.

„Wohnst du über der Eisdiele?" Der Mann scheint mein Nein nicht zu akzeptieren und nimmt mir die Kiste ab.

„Ja, die gehört jetzt wohl mir."

„Wie bei Clarissa, die hat hier gerade einen Shop eröffnet. Ich bin Amelia, mir gehört die Cakery, falls du davon gehört hast. Das ist mein Mann Jeremia." Dann nimmt auch sie wie selbstverständlich einen Karton. „Wir haben eine Stunde, bis wir die Kids aus dem Kindergarten holen müssen. Da lang und dann die Treppen hoch, oder?"

Ich bin so perplex, dass ich nur nicken kann.

Zu dritt ist das Auto schnell leer – stillschweigend sind die beiden mit mir die Treppen hoch und runter gelaufen. „Wir müssen jetzt los. Kommst du mal in der Cakery vorbei?" Amelia wischt sich den Schweiß von der Stirn, und ich nicke.

„Danke", sage ich, und die beiden zucken mit den Schultern.

„Mach dir darüber keine Gedanken. Hier in Clarcton sind wir eine Familie."

Ich schnaube. „Nicht jeder anscheinend." Meine Stimme klingt verbittert, und Amelia zieht die Augenbraue nach oben.

„Was meinst du?"

Ich schüttele nur den Kopf, ich will mich nicht über Theo beschweren, bevor ich mit ihm gesprochen habe.

„Wie heißt du eigentlich?", fragt mich der Mann, dessen Namen ich mir nicht merken konnte. James oder so ähnlich.

„Sofia Tremplay, ich eröffne hoffentlich bald die Eisdiele wieder."

„Dann bist du die Enkeltochter von Arthur, oder?" Die Kleinstadt scheint einen hervorragenden Buschfunk zu besitzen.

„Ja, genau."

Die beiden wechseln einen stummen Blick. „Dann herzlich willkommen in Clarcton. Wir müssen die Kinder abholen, aber du bist jederzeit in die Cakery eingeladen."

Ehe ich michs versehe, hat Amelia mich in eine Umarmung gezogen. Sie riecht nach Keksteig, was mir ein Lächeln auf die Lippen zaubert. Der Geruch erinnert mich an gute Zeiten – wenn Gebäck im Spiel ist, kann die Welt nicht so schlecht sein. Jeremia winkt mir kurz zu, und dann gehen die beiden, wieder Hand in Hand, und ich sehe ihnen nach.

Haben mir gerade zwei Wildfremde geholfen, während Theo wie ein fauler Sack einfach oben geblieben ist?

Ich werde ihn zur Rede stellen müssen, egal, ob er mit mir sprechen will oder nicht. Ich werde ihn fragen, was sein Problem mit mir ist, und …

In diesem Moment tritt er aus der Haustür, sieht mich nur an, schnaubt wie ein wütendes Pferd, und dann läuft er weiter.

„Wir werden noch reden", rufe ich ihm hinterher, doch er dreht sich nicht um. Alles, was er mir zeigt, ist ein Mittelfinger über die Schulter hinweg. Dieses Mal schnaube ich, denn mir fehlen die Worte. Was denkt er eigentlich, wer er ist?

Kapitel Fünf – Sofia

Ich versinke im Kistenchaos; ich räume nicht alle aus. Ehrlich gesagt traue ich mich nur hier in diesem einen Zimmer, meine Sachen zu verteilen. Mehr als Duschzeug und eine Zahnbürste stelle ich nicht ins Bad. Ich fühle mich irgendwie freier, weil Theo nicht da ist.

Dennoch ist alles fremd und ungewohnt. Klar, ich bin noch keinen ganzen Tag hier, aber die Wunschvorstellung entspricht nicht der Realität. Ich packe gerade den Bilderrahmen aus, in dem das Foto von mir vor der Cakery zu sehen ist, und stelle ihn auf die Kommode. Dann höre ich, wie die Haustür zufällt. Sofort spannen sich die Muskeln in meinem Körper an. Es ist dunkel geworden, schon wieder ist ein Tag verstrichen, ohne das ich es geschafft habe, mir die Eisdiele richtig anzusehen.

Ich hatte mir vorhin vorsorglich schon etwas zu essen gemacht und hier abgestellt. Bescheuert? Ja. Ich kann ihm nicht ewig aus dem Weg gehen.

Ich klappe die leere Kiste zu und schiebe sie unter das Bett. Wer weiß, ob ich sie noch mal brauche.

Es klopft an meiner Tür, und ich zucke zusammen. Wenn Loki nicht gelernt hat anzuklopfen, dann kann es nur Theo sein. „Ja?" Die Unsicherheit in meiner Stimme ist deutlich zu hören, und ich balle meine zitternden Finger zu Fäusten. Warum macht er mich so nervös? Vielleicht weil ich weiß, dass er mich nicht hier haben will?

Die Tür öffnet sich. „Wir sollten reden." Er wiederholt die Worte, die ich ihm vorher noch zugerufen habe. Wie kindisch wäre es, ihm jetzt mit einem Mittelfinger zu antworten, so wie er es getan hat?

Ich sehe ihn an, ziehe die Augenbrauen nach oben. „Jetzt auf einmal?", fauche ich, und seine Augen weiten sich. Wahrscheinlich hat er mit einer anderen Reaktion gerechnet.

„Wann eröffnest du die Eisdiele?", fragt er, und ich zucke nur mit den Schultern. „Ich werde mich wohl erst mal einlesen. Dann alles besorgen, keine Ahnung."

Am liebsten würde ich noch so viel mehr sagen. Ich würde ihm gerne erklären, dass ich nicht hier sein möchte, es aber irgendwie nicht übers Herz gebracht habe, die Eisdiele zu verkaufen, ehe ich sie gesehen habe.

„Du willst dir also Zeit und den Herbst verstreichen lassen, um dann im Winter zu eröffnen?" Sein Lachen ist bitter. Entweder bilde ich es mir ein oder ich kann Schmerz in seinen Worten hören. „Hör zu, ich muss mich erst mal einarbeiten."

Auch wenn es nicht so wirkt: Ich habe mir durchaus ein paar Gedanken gemacht. Ich möchte das Geschäft ja nicht gegen die Wand fahren und es wirklich versuchen.

„Du wirst es nicht hinbekommen. Die Eisherstellung ist kein Kinderspiel. Arthur hatte die meisten Rezepte im Kopf, hat mir das alles beigebracht in den vergangenen dreizehn Jahren, und ich bin wahrlich nicht perfekt. Was denkst du dir? Dass du es in zwei Wochen beherrschst, und das auch noch auf Meisterniveau?" Er ist lauter geworden, seine Worte überschlagen sich.

Dreizehn Jahre? Das muss kurz nach Ende des Camps gewesen sein. Das verstehe ich nicht. Auch wenn es nichts Positives ist, bin ich schon fast froh, dass er überhaupt mit mir redet. Das als Erfolg zu verbuchen wäre zu viel, aber ein kleiner Schritt ist es.

„Ich wusste bis vor einigen Tagen nichts von einer Eisdiele, und ja, bisher habe ich keine Erfahrung in dem Bereich." Ich schlucke, versuche, meinen Mut zu sammeln. „Vielleicht kannst du mir ja einfach helfen?"

Ich zucke zusammen, als ein hartes Lachen aus seiner Kehle bricht. Er lacht mich aus, als hätte ich die absurdeste Idee auf den Tisch gebracht, doch das stimmt nicht. Er will die Eisdiele retten, und ich auch. Das würde sich doch toll ergänzen.

„Ich werde nicht der Diebin helfen, die bald alles zerstören wird." Damit dreht er sich um und knallt meine Zimmertür so fest zu, dass das Bild auf der Kommode umfällt. Glas klirrt, und kann mir denken, dass es zerbrochen ist.

Genauso fühle ich mich auch. Ich bin keine Diebin, immerhin habe ich nicht verlangt, jetzt Besitzerin der Eisdiele zu sein. Er gibt mir die Schuld, dabei bin ich ebenso überrascht wie er.

Ich lausche der Musik, die aus dem Zimmer gegenüber kommt, das ich mir übrigens noch nicht angesehen habe. Ich frage mich, wie lange Theo hier schon wohnt. Er scheint eine enge Bindung zu Arthur gehabt zu haben, doch wie ist es dazu gekommen? Ich versuche, fieberhaft die Fetzen zusammenzufügen, und denke an die vielen Gespräche im Feriencamp. Ich erinnere mich zwar an unzählige gemeinsame Augenblicke, doch nicht an jeden Satz. Dennoch meine ich zu wissen, dass er nicht aus Clarcton kommt. Ich weiß allerdings nicht mehr, woher sonst, aber vielleicht sind seine Eltern hierhergezogen.

Ich liege im Bett und streiche über das Laken, vergrabe meine Finger darin. Es sind so viele unbeantwortete Fragen in meinem Kopf. Ich würde gerne so viel wissen, doch jedes Mal, wenn Theo und ich uns in einem Raum befinden, eskalieren wir beide. Es fühlt sich an, als würden wir in Flammen stehen, und der jeweils andere gießt dann noch Spiritus ins Feuer, damit die Lage noch mehr eskaliert. Das ist nicht gut für uns, das ist mir klar. Vielleicht pendelt es sich aber auch ein.

Wir brauchen einfach Zeit. Auch wenn ich das Gefühl habe, dass er nichts mehr mit mir zu tun haben will. Und ich? Ich suche verzweifelt nach dem Jungen, den ich jahrelang vermisst habe.

Wir gehen uns die folgenden zwei Tage aus dem Weg, und niemand spricht ein Wort, wenn sich unsere Blicke kreuzen. Daher ging es mir nicht so gut, aber heute muss ich allerdings wirklich mal in die Eisdiele. Ich höre Theo immer wieder, er verlässt das Haus, ist oft für ein paar Stunden nicht da. Wahrscheinlich geht er einem Job nach. Als ich allerdings in der Eisdiele stehe, riecht es wieder frisch geputzt. Ich glaube also eher, dass er hier an etwas arbeitet. Natürlich könnte ich nun sauer sein, denn eigentlich hat er kein Recht darauf, hier ein- und auszugehen, aber irgendwie will ich ihn nicht noch zusätzlich verärgern. Er scheint die ganze Zeit so wütend zu sein, auf die ganze Welt und am meisten auf mich. Schweigen ist derzeit die beste Verteidigung, also ignoriere ich die laufende Maschine und gehe in das angrenzende Büro. Die Tür ist verschlossen, doch an dem großen Schlüsselbund hängt der passende Schlüssel, mit dem ich die graue Holztür öffnen kann

Das Büro liegt im Dunkeln. Meine Finger finden den Schalter, und das warmweiße Licht der Lampe erfüllt den Raum. Das Zimmer ist klein und wird beinahe vollständig vom Schreibtisch aus Holz eingenommen. Unzählige Unterlagen liegen darauf, auf denen sich schon eine dünne Staubschicht gebildet hat. Hinter dem Schreibtisch stehen drei Kommoden mit Ordnern darin. Ich schlängele mich dahinter und lasse mich auf dem Stuhl nieder. Ein Bilderrahmen fällt mir ins Auge, und ich nehme ihn in die Hand. Das scheint Arthur zu sein, neben ihm steht ein junger Mann. Er hat den Arm locker um ihn geschlungen, und beide strahlen in die Kamera. Ist das …? Ja. Theo steht neben ihm, er ist um einiges jünger – so ähnlich sah er damals im Feriencamp aus. Das Foto ist vielleicht ein Jahr danach entstanden, würde ich schätzen. Man sieht ihm an, dass das Lachen unecht ist, er hat Ringe unter den Augen. Er hat eine Schürze umgebunden, die viel zu kurz ist. Er sieht anders aus, noch trauriger als jetzt, aber dennoch irgendwie befreiter. Zudem scheinen Arthur und er sich wirklich nah gestanden zu haben.

Ich stelle das Bild wieder ab und mustere dann den Berg Unterlagen. Ich atme tief durch. Wenn ich dem Ganzen hier eine Chance geben will, muss ich mich wohl durcharbeiten. Ich klappe den ersten Ordner auf und fange an zu lesen – auf in eine Welt, von der ich noch keinen Schimmer habe.

Mir raucht der Schädel. Ich weiß nicht, wie viel Zeit vergangen ist. Mir brennen die Augen vom vielen Lesen, ich habe mir Bilanzen und Jahresabschlüsse angesehen. Anscheinend ist die Eisdiele im Sommer gut besucht und finanziert die Wintermonate so mit. Es wäre dennoch wichtig, dass ich schon im Winter eröffne. Dafür steht die Eisdiele, das konnte ich mehrmals rauslesen: keine saisonalen, sondern ganzjährige Öffnungszeiten. Wie hat Arthur das nur allein hinbekommen? Dann fällt mir ein, dass er nicht allein war. Theo hat ihm geholfen, in vielen Aufzeichnungen ist von ihm die Rede. Es ist viel Handschriftliches dabei, als hätte mein Opa eine Art Tagebuch geführt über die turbulenten Geschäftstage. Der Winter könnte eine gute Übung sein, sollte ich das auch tun wollen, bevor mehr los sein wird.

Ich habe bisher keine Rezepte gefunden und bin mir sicher, dass ich nicht einfach danach googeln kann. Wahrscheinlich sind das jahrelange erprobte Zusammenstellungen, an die ein Google-Rezept nicht annähernd heranreicht. Ich seufze, das kann ja lustig werden. Ich muss also noch lernen, wie man Eis macht, und mich mit Lieferanten und anderen Partnern zusammensetzen. Ein Kinderspiel.

Ich rappele mich auf, strecke mich einmal. Der Stuhl ist bequemer, als er aussieht, was mir in die Karten spielt. Ich werde hier wahrscheinlich noch viel Zeit mit der Organisation verbringen. In mir spüre ich etwas Neues, ein Fünkchen Hoffnung. Es ist spannend, all das hierrauszufinden, die Geschichte der Eisdiele zu erforschen und daraus mein neues Leben zu formen. Ich versuche mir einzureden, dass ich das verdient habe und es höchste Eisenbahn ist, endlich irgendwo Wurzeln zu schlagen. Warum also nicht hier? In einer Kleinstadt, an die ich mich kaum erinnern kann?

Ich entscheide, eine Runde spazieren zu gehen, und krame meine Kopfhörer aus der Hosentasche, die ich immer dabeihabe, falls die Welt zu laut wird und ich Musik brauche, um wieder klar denken zu können. Ich mache mich auf den Weg, um Clarcton zu entdecken. Wenn das meine neue Heimat werden soll, dann muss ich mir das wohl auch ansehen.

Ich habe selten eine Kleinstadt erlebt, die einen direkt um den Finger wickelt. Clarcton wirkt auf mich, als wäre es eine alte Dame, die einen mit einem Lächeln überzeugt und in den Bann zieht.

Die Häuser sind älter, aber alle liebevoll und gut gepflegt. An vielen Fenstern sind Blumenkästen. In den buntesten Farben, nur noch teilweise bepflanzt, was an den immer kälter werdenden Tagen liegt. Schon heute ist es frostiger als am Anfang der Woche. Wir haben Mitte Oktober, bisher ist das Wetter noch nicht richtig winterlich. Aber ich spüre, dass der Winter naht. Mein Weg führt automatisch zur Cakery, ohne dass ich ihn bewusst gesucht habe. Ein Lächeln schleicht sich auf meine Lippen, als ich das blassviolette, fast schon vertraute Schild entdecke. Ich war hier als Kind, aber dieses Paar neulich, anscheinend die jetzigen Besitzer, war so lieb, und jetzt vorbeizukommen, fühlt sich einfach gut an.

Kapitel Sechs – Sofia

Als ich eintrete, bimmelt eine kleine Glocke. Mein Blick fällt auf die Ecke, von wo laut glucksende Geräusche kommen. Eine Decke liegt dort auf dem Boden, auf der Amelia mit zwei Babys auf dem Arm sitzt.

„Hey, schön dich zu sehen! Komm rein." Sie lächelt, und ich schließe die Tür hinter mir, während ich darauf achte, nicht zu laut zu sein. Ein Baby scheint gerade einzuschlafen, denn die Äuglein werden ganz klein.

„Hey, was darf ich dir bringen?" Jeremia taucht wie von Zauberhand auf, und nun wandert mein Blick über die feine Auswahl an Törtchen, Cupcakes und Kuchen. Mein Magen knurrt. „Aktuell haben wir nicht alles da, wir sind so viel mit den Babys beschäftigt, aber zumachen möchten wir auch nicht." Amelia kommt zu uns, die Kinder liegen nun in einer Wippe und lachen. Das ist zuckersüß.

„Alles gut, ist doch mehr als genug." Ich sehe sie aufmunternd an. Sie umarmt mich, es fühlt sich herzlich an.

„Und, hast du den Masterplan schon gemacht? Wie eröffne ich eine Eisdiele im Winter?" Ich höre den neckenden Ton in ihrer Stimme und lache auf.

„Schön wäre es, habe mich heute das erste Mal durch die Unterlagen gekämpft. Jetzt brauche ich dringend eine Belohnung."

„Setz dich, wir bringen dir das Special."

Ich lasse mich auf einem Stuhl nieder, nachdem ich die Jacke abgelegt habe. Die Zwillinge schauen mich neugierig an, und ich winke ihnen zu. Ich war immer gerne von Babys umgeben, keine Ahnung wieso. Ob ich je eigene Kinder haben möchte, da bin ich noch unsicher. Ich finde sie am süßesten, wenn ich sie wieder abgeben kann, sobald sie stinken oder nerven.

Es dauert keine fünf Minuten, bis eine dampfende Tasse vor mir steht und der Geruch von frischem Kaffee in meine Nase strömt. Daneben taucht eine kleine Platte mit Gebäck auf, und als ich die Menge erblicke, da sehe ich Jeremia fragend an. „Ihr setzt euch dazu, oder? Ich kann das niemals allein essen."

„Du bist ein großes Mädchen, guten Appetit", lacht er nur.

Ich grinse ihn an und greife zuerst nach einem grünen Cupcake. Als ich hineinbeiße, explodiert der Geschmack in meinem Mund: Crispy Pearls, die durch einen Biss zerbrechen. „Was ist das?", hauche ich, bevor ich noch mal reinbeiße.

„Eine neue Kreation. Feige und Kaktus, dazu eine leichte Nusscreme und weiße Crispy Pearls."

Ich stöhne auf, werde im nächsten Moment rot. „Entschuldigt, aber das ist …" Mir fehlen die Worte, und als ich den letzten Bissen nehme, bin ich fast traurig, dass das Erlebnis schon vorbei ist. „Das ist eine Offenbarung."

Die beiden fangen fast gleichzeitig an zu lachen. „Freut uns, dass es schmeckt. Wir experimentieren derzeit ein wenig mit neuen Kreationen.“

„Ich will mir auch diverse Geschmacksrichtungen überlegen, aber ich weiß ja dann, mit wem ich Brainstorming betreiben kann.“ Arthur scheint nur die klassischen Eissorten angeboten zu haben, zumindest hat mir das die Speisekarte verraten, die ich auf einem der Tische entdeckt habe.

Amelia und ich sehen uns verschwörerisch in die Augen.

„Auf jeden Fall, auf unsere Unterstützung kannst du zählen“, sagt Jeremia, und ich lächele.

Dies ist der erste Ort in Clarcton, an dem ich mich wohlfühle und wo ich einen Anflug von Ankommen und einem Zuhause spüre.

Kurz darauf glaube ich, mir wird schlecht. Ich habe die gesamte Tortenplatte geleert, mein Magen rebelliert, doch mein Herz ist glücklich.

„Du bist echt der Hammer – ich hätte wetten können, wir packen dir was für zu Hause ein.“

Ich lache, dabei vibriert mein Magen, und ich stöhne auf. „Vernunft war noch nie mein Ding“, antworte ich auf Jeremias Worte, der mir ein Grinsen zuwirft. Amelia sitzt bei ihren Kindern und wirkt einfach nur glückselig.

„Ich genieße jeden Moment mit ihnen.“ Sie streicht über die Wange des Zwillingsmädchens, sie hat lockigere Haare als ihr Bruder, weshalb man die beiden auseinander halten kann. „Ich wollte die beiden zwar eigentlich nicht so früh in fremde Hände geben, aber anders geht das mit der Cakery nicht.“

Ich nicke verständnisvoll. Ich kann mir das vorstellen, die Selbstständigkeit wird mich bestimmt auch komplett einnehmen. Oder? „Die beiden lieben dich deshalb aber nicht weniger", sage ich, und Amelia nickt, doch ich kann sehen, dass sie es mir nicht ganz glaubt.

„Du machst das toll, Schatz. Außerdem lernen die beiden dann direkt soziale Interaktion. Wir sind keine schlechten Eltern, nur weil wir unsere beziehungsweise deine Karriere nicht aufgeben." Jeremia nimmt ihr den Kleinen, der ein wenig quengelt, ab.

„Ich finde, ihr macht das großartig, und irgendwie ist es doch auch total cool, dass ihr weiter euren Laden führt. Ich habe nie verstanden, warum so viele Menschen alles aufgeben, sobald sie Kinder haben." Amelia nickt. „Die beiden sind mein Leben, die Cakery bedeutet mir aber auch viel. Ich habe Granny versprochen, dass ich sie nicht aufgebe."

„Und das ist okay", bekräftigt ihr Mann, und ich schlucke. Das ist das, was ich mir immer für mich gewünscht habe. Jemanden an meiner Seite, der mich nicht erdrückt, sondern unterstützt. Der mir Kraft gibt, wenn ich nicht genug davon habe. Damit hatte ich bisher kein Glück, vielleicht auch, weil ich nicht wirklich geliebt habe, sondern eher die Menschen um mich herum toleriert.

„Ihr seid echt ein tolles Paar", krächze ich, weil mir die Tränen kommen. Wie lange habe ich gedacht, ich wäre nicht in der Lage zu lieben, weil ich doch immer wieder an Theo denken musste. Wie lange habe ich mir eingebildet, dass belangloser Spaß meinem Herzen nicht schadet? Jetzt bin ich hier, sehe die beiden, bei denen man die Liebe fast schon greifen kann, und stelle mein gesamtes Leben infrage.

Bisher sah mein Alltag meist gleich aus. Ich bin morgens aufgestanden, habe mich auf den Social-Media-Netzwerken durch Leben gestöbert, die ich gerne hätte, und bin in Selbstmitleid versunken. Dann bin ich zur Arbeit gegangen, in der letzten Zeit oft einfache Bürotätigkeiten. Abends habe ich mir ein schnelles Gericht in den Ofen gehauen und mich von Netflix berieseln lassen.

Was hat diese Stadt nur an sich?

Ich verabschiede mich von den beiden. Meine Gedanken schnüren mir die Luft ab, und ich versuche mich daran zu erinnern, wann ich das letzte Mal solche Probleme mit dem Glück anderer hatte. Normalerweise bin ich mittlerweile Profi darin geworden, meine Gefühle und Gedanken zu akzeptieren. Ich stehe zu mir selbst, habe sogar gelernt, mich selbst zu lieben, und jetzt? Ich fühle mich, als hätte man mich zurückkatapultiert in eine Zeit, in der es mir noch nicht so leicht von der Hand gegangen ist, ich selbst zu sein.

„Sofia – bist du so weit?" Mike steht vor der Badezimmertür und ich sitze auf dem geschlossenen Toilettendeckel. Das grüne Kleid, das er mir extra für diesen Abend gekauft hat, spannt an meinem Bauch. Ich sehe schrecklich aus, ich kann dieses Zimmer nicht verlassen. Heute soll das Essen mit seinen Kollegen stattfinden, er hat mich darum gebeten, mich zu benehmen, keine Fehler zu machen. Jetzt sehe ich aus wie ein grünes Bonbon, das man in den Mülleimer werfen will. Es passiert schon wieder.

„Wir müssen jetzt wirklich los."

Seine Stimme wird wütend, und ich kann mir schon denken, dass er bestimmt ein Glas Martini getrunken hat, um sich auf das Treffen vorzubereiten. Wenn er jetzt sieht, dass ich nicht perfekt bin, dann wird er sauer. Er wird nicht handgreiflich, doch seine Worte werden für Wunden sorgen, die auf meiner Seele langsam aber sicher nicht mehr heilen können.

„Geh allein", sage ich, versuche, die Tränen nicht meine Stimme übermannen zu lassen. Wenn mein Dad jetzt noch hier wäre, dann würde ich ihn anrufen, er würde mir sagen, dass ich perfekt bin, wie ich bin. Es sind vier Wochen, seit er nicht mehr da ist. Zwei Wochen danach habe ich Mike kennengelernt und mich Hals über Kopf in diese Beziehung oder was auch immer es ist, gestürzt. „Jetzt los, Sofia, wir kommen wegen dir nicht zu spät." Er donnert mit der Faust gegen die Tür, und ich zucke zusammen.

Ich weiß im Nachhinein nicht, wie lange ich in diesem Badezimmer saß. Das mit ihm war ein schleichender Prozess. Seine Bemerkungen, dass ich nur noch geschminkt aus dem Haus gehen sollte. Die Tatsache, dass er mir die Klamotten gekauft hat, die ich in der Öffentlichkeit tragen sollte. Die zwei Wochen mit ihm waren die wohl schwersten in meinem Leben, denn zur Trauer kam noch eine Beziehung, in der ich nicht geliebt und mich einfach nur verrannt habe. Das war die Zeit, in der sich meine leichten Zweifel so sehr verstärkt haben, dass ich von da an täglich mit ihnen leben musste.

Nun ist Theo wieder in mein Leben getreten, aber anders, als ich es mir gewünscht habe. Ich denke, genau das verwirrt mich. Ich habe mir im Laufe der letzten dreizehn Jahre oft darüber den Kopf zerbrochen, wie es wäre, wenn wir uns wiedersehen würden. Es war von einer knutschenden Begrüßung bis zum Nichterkennen alles dabei, nur nicht das, was nun eingetroffen ist. Das ist wohl das Worst-Case-Szenario. Er hasst mich, und auch wenn ich versuche, es nachzuvollziehen, fällt es mir schwer. Immerhin hätte er es wahrscheinlich mehr verdient als ich, die Eisdiele zu übernehmen. Doch in seiner Rechnung vergisst er eines. Ich habe es mir nicht ausgesucht, und wenn ich ehrlich zu mir selbst bin: Ganz überzeugt bin ich noch nicht. Dennoch bin ich auch das Mädchen, das seinen ersten Kuss mit Theo hatte, und das jahrelang gehofft hat, ihn wieder bei sich zu haben. Ich kann nicht glauben, dass wir uns jetzt hassen sollen. Warum ist die Welt nur so ungerecht zu uns?

Ich gehe durch den Stadtpark, weil ich mich noch beruhigen muss, bevor ich zurückkehre. Der Himmel ist grau geworden, von den leichten Sonnenstrahlen am Morgen ist nicht mehr viel zu sehen. Ich wusste, dass der Punkt kommen wird, an dem ich den Neuanfang infrage stelle. Jedoch bin ich noch nicht einmal eine Woche hier und scheine schon an meine Grenzen zu stoßen. Ich hoffe, dass es besser wird, wenn ich einen gewissen Überblick habe. Aktuell ist das Chaos um mich herum und in meinem Kopf riesig, und der Berg vor mir wächst, umso mehr ich mich damit beschäftigen will. Jetzt habe ich ein neues Ziel: Die Eisdiele zu meiner Passion machen und das beste Eis der Umgebung herstellen. Mit neuem Mut, weil ich endlich eine Richtung im Leben habe, gehe ich zurück in die Wohnung.

Meine Gedanken sind nun sortiert, ich habe mehrere Seiten meines Kalenders mit Aufgaben für die kommenden Wochen gefüllt.

Außerdem habe ich einen Artikel gefunden, in dem erwähnt wird, dass am ersten Dezember immer ein Winterfest in der Eisdiele gefeiert wird. In der Zeitung steht, dass an diesem Tag extra Leute aus den umliegenden Orten anreisen. Mein Grandpa scheint sich da richtig was überlegt zu haben mit Aktionen wie einem Glücksrad, blauen Eiswaffeln und Sonstigem. Demnach liegt es nahe, die Eröffnung auf diesen Tag zu legen. Ich habe nun also ein festes Datum, an dem ich eröffnen muss, und das muss funktionieren. Ich habe mir einen Berg an Arbeit aufgehalst, ja, aber durch den genauen Plan weiß ich, dass ich es hinbekommen werde. Ich lächle, als ich den Kalender schließe und die Blätter ordentlich in einen Ordner hefte. Es hat mir schon immer geholfen, meine Aufgaben zu sortieren und mir Ziele zu setzen.

Bisher habe ich noch keinen Arbeitsvertrag oder sonstiges für Theo gefunden, aus dem hervorgeht, was seine Aufgaben in der Gelateria waren. Mit ihm reden über den Elefanten im Raum? Noch bin ich nicht sicher, ob das eine so gute Idee ist.

Oft wirkt es so, als wäre ich planlos. Viele Jobs, ein lückenhafter Lebenslauf. Für mein Leben mag ich die Ziele nicht im Griff haben, was vor allem daran liegt, dass man eine Sache braucht, die man nicht planen kann: Glück. Und das war auf meinem Karriereweg bisher einfach nicht vorhanden. Manchmal ist kämpfen nicht genug, und ohne das kleine vierblättrige

Kleeblatt wird es nichts. Deshalb habe ich irgendwann aufgehört zu kämpfen, denn es sinnlos weiter zu versuchen, ist auch nicht erstrebenswert.

Kapitel Sieben – Theodore

Feriencamp, vor dreizehn Jahren

Meine Eltern hören immer komische Musik im Auto. Lieder, die so alt sind wie sie selbst oder sogar älter. Genau deshalb bin ich ihnen so dankbar, dass sie mir Kopfhörer geschenkt haben, mit denen ich ihre Musik ausblenden kann. Seitdem bin ich Profi darin geworden, die Welt um mich herum zu ignorieren. Die Klänge von Gitarren dringen an meine Ohren, und wie von selbst bewegen sich meine Finger, als würde ich an einem Klavier sitzen. Oft spiele ich den Takt auf meinem Oberschenkel. Vor meinem inneren Auge sehe ich das Instrument vor mir, weiß, wie ich spielen müsste, um dem Lied mehr Tiefgang zu geben.

Ich werde aus der Trance gerissen, als ich im Sitz nach vorne in den Gurt gepresst werde. Schnell nehme ich einen Stöpsel aus dem Ohr. „Alles okay?", frage ich leise.

Meine Mutter ist in eine Schimpftirade verfallen, flucht vor sich hin, während mein Vater die Ampel böse anfunkelt, an der wir stehen.

„Du musst besser aufpassen, mein Schatz."

Mein Vater schnaubt als Antwort, und ich gebe mich wieder der Musik hin. Es scheint alles okay zu sein, nur ein kleiner Schock. Ich finde Autofahren gruselig. Alle in meiner Klasse können es nicht erwarten, einen

Führerschein zu machen. Ich bin lieber mit der Bahn unterwegs. Ich bin der Meinung, dass weniger Unfälle mit öffentlichen Verkehrsmitteln passieren als mit Autos. Vor meinem inneren Auge sehe ich ein zerquetschtes Fahrzeug und atme tief durch, ich darf mich nicht immer in so etwas hineinsteigern, sondern sollte unbeschwert sein, wie so viele in meinem Alter. Ich nehme die Kopfhörer aus den Ohren, irgendwie bin ich nicht mehr so entspannt wie noch vor ein paar Sekunden. Ganz anders als meine Eltern, die schon wieder miteinander lachen, als hätten wir nicht vor zwei Minuten noch aufgrund einer Vollbremsung in den Gurten gehangen. Bin ich paranoid?

Die Fahrt verläuft ohne weitere Ereignisse, meine Laune sinkt mit jeder Meile, die wir uns dem Camp nähern. Ich nestele an dem Reißverschluss meines Hoodies herum und versuche, die Nervosität, die mich in Beschlag nehmen will, wegzuatmen. Einundzwanzig Tage gemeinsam mit Menschen, die mir fremd sind. Es klingt wie eine der größten Herausforderungen.

„Alles okay, Theodore?"

„Ich bin nur ein bisschen aufgeregt", antworte ich ehrlich. Sie sieht mich über ihre Schulter hinweg an und lächelt mir zu. „Du schaffst das. Du bist ein guter Junge, vielleicht findest du die Liebe deines Lebens."

„Mom." Ich rolle mit den Augen. Was ist, wenn ich nicht nach dieser einen Liebe strebe? Die Wissenschaft, dafür brenne ich, die Musik, dafür lebe ich. Liebe, andere Menschen, das ist alles nicht so mein Ding. Ich bin auch nicht darauf aus, mich an jemanden bis zum Ende meiner Tage zu binden. Wie soll ich denn versprechen, immer für eine andere Person da zu sein, wenn ich nicht einmal weiß, was ich morgen Mittag essen soll? Ich kann einfach nicht durchrechnen, wie es ist, jemanden für immer zu lieben. Die Wahrscheinlichkeit ist eh gering, also nein, ich werde die Liebe meines Lebens nicht kennenlernen. Vor allem ist statistisch bewiesen, dass die meisten Beziehungen eben nicht von der Jugend bis zum Tod halten.

„Nimm uns als Beispiel", sagt mein Vater, während er parkt, und ich schüttele den Kopf.

„Eure Liebe ist einzigartig und eindeutig eine Ausnahme. Statistisch gesehen ..."

„Die Liebe widerspricht jeder Statistik, denn es geht um Gefühle. Die kannst du nicht berechnen, mein Schatz. Los, wir müssen uns beeilen, sonst kommen wir zu spät."

Meine Mutter klatscht in die Hände, und dann steigen wir aus dem Auto. In unserer Familie ist eines immer klar: Wir kommen niemals pünktlich.

Ich liebe die entspannte Art meiner Eltern, doch irgendwie habe ich das Gefühl, dass ich dadurch weniger gechillt bin. Manchmal fühle ich mich, als hätte ihre Entspannung die meine ausgelöscht und dafür gesorgt, dass ich ernster werde. Klingt komisch? Für mich ist es aber so. Manchmal handele ich sehr erwachsen, wie ich finde, und meine Eltern eher weniger. Wie oft habe ich mich schon für die beiden entschuldigt, weil ich mich geschämt habe? Ich habe keine Ahnung, bei dreißig habe ich aufgehört zu zählen. Dennoch liebe ich die beiden, und es ist doch eigentlich auch normal, dass Eltern peinlich sind.

Ich blicke auf die Uhr, nur fünfzehn Minuten Verspätung, das erinnert fast an einen neuen Rekord. Wir stehen auf einem Parkplatz, irgendwie ist das alles etwas verrückt. Wenn ich das richig erkenne, dann hält weiter vorn jemand eine Rede. Ein Mann, ich denke, er ist um die dreißig Jahre alt, mit Glatze. Ich höre nicht wirklich zu, sondern blicke mich erst einmal um. Vor dem Platz befindet sich ein großer Holzbogen, an dem *Sommercamp* steht. Dahinter kann ich nicht viel erkennen, nur dass wir in einem Waldgebiet sind. Das kann ja was werden.

„Die Kinder sind in guten Händen. Wir werden mit ihnen in die Natur gehen, die Beziehungen auf zwischenmenschlicher Ebene stehen im Mittelpunkt."

Der glatzköpfige Mann wirkt glaubwürdig, vielleicht ein wenig durchgeknallt, denn sein Grinsen geht übers ganze Gesicht und erinnert damit an den Joker. Ich weiß nicht, was ich davon halten soll. Er klingt nicht streng, und ich bin gespannt, ob er seine lockere Art beibehält.

Ich sehe meine Eltern an. „Habt ihr mich für ein Guru-Camp oder so angemeldet?"

„Nein, Schatz."

Meine Laune sinkt kontinuierlich. Was soll das? Vor allem: *die Kinder*? Muss ich vielleicht noch als Babysitter fungieren? Ich schnaube, das werden die schlimmsten drei Wochen meines Lebens. Ich höre nicht mehr hin, sonst werde ich mich noch mehr aufregen, und das ist auch keine Lösung. Meine Mutter legt eine Hand auf meinen Rücken und streicht darüber. Ich bin schon jetzt einen Kopf größer als sie. Meine Eltern fragen sich immer, woher das kommt. Beide sind nicht wirklich groß, deshalb habe ich meine Mutter schon vor zwei Jahren überholt, und Papa kann ich auch schon in die

Augen sehen, ohne den Kopf heben zu müssen. Als ein Applaus um uns herum aufkommt, zucke ich zusammen und erwache aus meiner Trance.

„Wir holen deine Tasche noch aus dem Auto, außerdem das Zelt." Was war das? Ich muss mich verhört haben. „Ihr habt nicht ernsthaft Zelt gesagt, oder?" Meine Eltern sehen sich an; die stille Kommunikation zwischen beiden nervt mich mehr denn je. „Sagt mir nicht, dass ich in den nächsten drei Wochen in einem Zelt pennen werde mit anderen Kindern."

„Die Natur …"

„Scheiß auf die Natur. Ihr steckt mich drei Wochen weg, weil ihr mich nicht bei euch haben wollt. Jetzt erfahre ich, dass das hier was Bescheuertes ist mit Zelten und Natur und was auch immer. Wollt ihr mich verarschen?" Ich hatte gar nicht weiter darüber nachgedacht, dass das hier ein klassisches Sommercamp sein würde. Ich balle die Hände zu Fäusten, meine Stimme überschlägt sich – ich bin in diesem Moment so wütend. Mein Bauch tut weh, weil die Wut sich wie Säure hineinbrennt.

„Theodore", setzt meine Mutter an, und ich unterbreche sie. „Keine Ahnung, warum ihr genau jetzt, wo ich sechzehn bin, eure Flitterwochen nachholen wollt. Ich möchte nicht hier sein. Ich bin erwachsen genug, um allein zu Hause zu bleiben, und ihr steckt mich hier hin, wie einen Hund ins Tierheim." Mein Atem geht schneller, weil ich die Worte nicht so schnell aussprechen kann, wie sie sich in meinem Kopf bilden.

„Bitte beruhige dich", sagt mein Vater. Seine Stimme ist leise, normalerweise wirkt sie immer entspannend auf mich, doch jetzt macht er mich nur noch wütender.

„Ich hasse es, dass ihr mich hierlasst", sage ich, weil ein bloßes *ich hasse euch* dann doch nicht über meine Lippen kommt. Ich nehme meine Sachen aus dem Kofferraum, auch dieses doofe Zelt, dann sehe ich die beiden noch mal an.

„Genießt eure Flitterwochen", zische ich, sehe, wie meiner Mutter eine Träne die Wange hinabrinnt, dann gehe ich. Alles in mir schmerzt. Ich verachte es, mit meinen Eltern zu streiten, das passiert nicht oft. Wenn es aber so ist, dann tut alles weh. Es nervt mich, ich bin verwirrt, sauer und kurz davor, zurückzurennen und mich zu entschuldigen.

Aber nein. Ich bin fast erwachsen, ich darf meine Meinung sagen, und meine Eltern wussten, dass sie mich mit den vielen neuen Sachen hier überfordern.

Dennoch haben sie es getan, um eine schöne Zeit zu haben. Damit sie Ruhe vor mir haben. Es schmerzt mehr als erwartet. Ich bleibe kurz stehen, sehe zurück, doch das Auto steht nicht mehr da. Sie sind gefahren, so schlimm haben sie den Streit also nicht empfunden. Warum fühlt es sich dann so an, als würde ich in der Hölle sitzen und verbrennen?

Kapitel Acht – Sofia

Als ich nach Hause komme, ist Theo nicht da, weshalb ich mir den Luxus erlaube, ins Wohnzimmer zu gehen. Die Couch ist riesig, und als ich meinen müden Körper in die Kissen fallen lasse, seufze ich wohlig auf. Entspannung schleicht sich fast augenblicklich in meine verkrampfen Muskeln, und ich schalte den Fernseher ein, um die Stille zu übertönen. Ich konzentriere mich nicht auf die Bilder vor mir, jedoch lenken mich die Stimmen ab. Ich tippe auf meinem Smartphone herum, durchstöbere Instagram und stoße dann auf den Account der Cakery. Mir läuft das Wasser im Mund zusammen, obwohl ich noch immer von den vielen Leckereien gesättigt bin. Es ist ein liebevoll geführter Account mit hochwertigen Bildern und einem Feed, der einlädt, auf *Folgen* zu drücken. Die Cakery hat jetzt eine Followerin mehr, und ich frage mich unwillkürlich, ob die Eisdiele wohl auch einen Account hat.

Ich gebe die verschiedensten Namen in die Suchleiste ein, doch es gibt keinen Treffer. Ich sollte mir darüber Gedanken machen, in Social Media war ich meistens recht schnell fit. Außerdem nutze ich Instagram privat ebenfalls, auch wenn ich im Laufe der Jahre immer weniger gepostet habe. Die Zeit fehlt, für alle Dinge, umso erwachsener man wird. Ich seufze. Sobald ich weiß, wie man Eis herstellt, kann ich die Werbetrommel aktivieren, immerhin muss ich dafür sorgen, dass die Eisdiele überlebt. Selbst wenn ich sie verkaufen sollte, wäre es von Vorteil, Gewinne nachweisen zu können, um es für den Käufer attraktiver zu machen.

Aktuell kann ich mir nicht vorstellen, die Eisdiele wegzugeben, auch wenn ich keine Gründe habe, sie zu behalten. Dennoch genieße ich das Gefühl, etwas zu besitzen.

Die Tür fällt mit einem lauten Knall ins Schloss und sorgt dafür, dass ich zusammenzucke. Sofort ist von Entspannung keine Rede mehr. Heute werde ich mich nicht in mein Zimmer verkrümeln, das kann er machen. Mir gehören das Haus und die Eisdiele, und wenn ihn meine Anwesenheit so stört, dann soll er gehen.

„Hi", murmelt er nur, und ich bin so verwundert, dass er mit mir spricht, dass mein Mund auf- und zuklappt wie bei einem Fisch, der an Land gespült wurde. Irgendwann schüttele ich den Kopf, um mich zu fangen.

„Hey", antworte ich leise, vorsichtig und bedacht.

Er lässt sich neben mich auf das Sofa fallen. So müssen sich Forscher fühlen, die nach jahrelang unerfüllter Suche ein seltenes Tier entdecken. Er sitzt neben mir, und ich traue mich nicht, ihn anzusehen, weil ein kleiner Teil von mir es genießt, nicht mehr allein zu sein. Wir starren zum Bildschirm, irgendeine Dokumentation läuft.

Es ist komisch, neben ihm zu sitzen, wie ein wahrgewordener Traum. Ich höre seinen gleichmäßigen Atem – er wirkt völlig entspannt – und nehme einen leichten Zitronenduft mit Kräutern wahr. Ich bin nervös, weil das das erste Mal ist, dass wir nicht direkt an die Decke gehen, sobald wir uns in einem Raum aufhalten. Gut, wir reden jetzt gar nicht miteinander, dennoch finde ich es angenehmer, als wenn wir streiten.

Als die Dokumentation endet und die Werbung startet, nimmt Theo wie selbstverständlich die Fernbedienung, und ich mustere ihn. Seine Augenringe sind dunkel, er sieht nicht fit aus, aber mein Gott, er ist noch genauso attraktiv wie damals.

Ich liebe seine Gesichtszüge, immer dieser leicht grimmige Blick, mit dem er mich schon früher angesehen hat, als ich fünfzehn war. Wie lange habe ich mir gewünscht, noch mal neben ihm zu sitzen?

Ich nehme meinen ganzen Mut in mir zusammen.

„Warum hasst du mich so?" Meine Stimme zittert, ich flüstere, weil man manchmal die leisen Worte benötigt, um nicht alles zum Einsturz zu bringen.

Es ist das erste Mal, dass ich das Gefühl habe er sieht mich richtig an. Ich verliere mich in seinen Augen, es ist so vertraut, als hüllt er mich nur durch seinen Blick in eine Umarmung.

„Das größte Problem ist, dass ich dich nicht hassen kann", murmelt er nur, so leise, dass ich mir nicht sicher bin, ob ich ihn richtig verstehe. Er steht auf, verlässt den Raum, und das wohlige Gefühl verschwindet.

Mein Herz klopft zu schnell, und ich versuche, diesen Theo nicht mit dem Jungen in Verbindung zu bringen, der mir mein Herz gestohlen hat. Dennoch bringt mich ein Blick von ihm noch immer um den Verstand, genau wie damals.

Ich wünschte, ich hätte nichts gesagt, dann würden wir noch hier sitzen, zwar schweigend, aber gemeinsam. Die Einsamkeit breitet sich aus, sodass sich eine Gänsehaut auf meinen Armen bildet.

Warum behandelt er mich so, wenn er mich nicht hassen kann? Wieso nur scheine ich ihm mit allem wehzutun, ohne auch nur ein Wort an ihn zu richten?

So viele Fragen in meinem Kopf und keine Antworten darauf, solange er nicht viel mit mir redet. Was würde ich dafür tun, Antworten zu bekommen.

Auf den Weg in mein Zimmer halte ich inne. Das sind … ja, ich bin mir sicher. Pianoklänge. Er spielt ein Lied, und ich weiß genau, welches. Das, was wir damals immer gesungen haben, als er mir die Tasten erklärt hat. Ich spüre, wie sich eine einzelne Träne aus meinem Auge löst und sich den Weg über meine Wange sucht. Die Zeit von damals war schön, gar unvergesslich, und es schmerzt, weil sie nie wiederkommen wird.

Ich liege lange wach, immer wieder überkommen mich Erinnerungsfetzen an die damalige Zeit, vermischt mit Zukunftsängsten.

Am nächsten Morgen fühle ich mich deshalb wie gerädert, als hätte ich nicht wirklich geschlafen, und das habe ich ja auch nicht. Ich ziehe mir meinen Morgenmantel über die Schlafsachen und schlurfe in die Küche, ich brauche dringend Kaffee. An der Kaffeemaschine steht Theo.

„Guten Morgen", nuschele ich, und er dreht sich zu mir um. Er trägt nur eine Boxershorts und ein Shirt, und als mein Blick an den Shorts hängenbleibt, wird mein Gesicht ganz rot.

„Du starrst mich an", knurrt er, und schnell sehe ich ihm in die Augen. „Hier, weiß nicht, wie du ihn magst." Er streckt mir eine Tasse Kaffee entgegen, und ich ziehe skeptisch die Augenbrauen nach oben.

„Womit hab ich denn die Ehre verdient?“, rutscht es mir heraus, und seine Lippen pressen sich aufeinander, fast schon missbilligend.

„Du wirst das mit der Eisdiele gegen die Wand fahren. Arthur hat mir Wohnrecht eingeräumt, also wohnen wir jetzt wohl zusammen.“

Enttäuschung trifft mich, und ich merke, wie meine Finger anfangen zu zittern. Ich sollte nachlesen, ob das stimmt, irgendwie kann ich mich an den Part nicht erinnern. „Du bist dir echt sicher, dass ich es vermassle, oder?“

Loki kommt in die Küche und maunzt uns beide an, als würde er sagen: „Bitte streitet nicht schon wieder.“

„Ja. Du hast keine Ahnung von der Materie. Außerdem scheinst du nicht sonderlich dafür zu kämpfen.“

Ich lache auf, bitter und kalt. „Anstatt dass du mir hilfst, schwingst du nur große Reden. Wenn dir so viel an der Eisdiele liegen würde, würdest du dein Ego herunterschlucken und mit anpacken.“ Er sieht ertappt aus, aber ich bin so wütend, dass ich nicht aufhöre zu reden. „Du erzählst mir, wie toll du bist und wie dumm ich bin. Aber du siehst dabei zu, wie ich es vermassle, anstatt dass du einmal Hilfe anbietest.“

„Du hast keine Ahnung, wovon du sprichst“, murmelt er nur und verlässt dann mit seiner Tasse die Küche.

„Dann erkläre es mir“, rufe ich ihm hinterher. Die einzige Antwort ist ein Türknallen.

Ich seufze. Wenn wir einen Schritt nach vorn machen, dann sofort wieder zwei zurück. Das Leben ist gegen uns oder wir gegen es, auf jeden Fall spielen wir gegeneinander und nicht in einem Team. Wir wollen dasselbe, und niemand tut etwas dafür. Nein, *er* tut nichts, und das ärgert mich maßlos.

Meine Wut ist zu groß für das kleine Zimmer, also ziehe ich mich um und stürme nach unten in die Eisdiele. Ich kann mir nicht vorstellen, dass er ein solcher Idiot ist. Warum hilft er mir nicht einfach?

Ich verkrümle mich ins Büro. Ich werde es Theo beweisen! Wenn schon nicht mir selbst, dann ihm.

Ab jetzt werde ich jegliche Energie und alles, was ich habe, in die Eisdiele stecken, werde lernen, wie man das leckerste Eis in ganz Kanada herstellt, und alles nur für eines: Theos Blick, wenn er sieht, dass ich wie ein Phönix aus der Asche steige und ihm dabei mit dem Mittelfinger zuwinke.

Ich wühle mich durch die Unterlagen, meine Augen brennen, und eigentlich bin ich schon zwei Stunden später total k.o. Dann finde ich einen kleinen Schnellhefter, der zwischen den Aktenordnern klemmt. Er sieht unscheinbar aus, doch irgendwas sorgt dafür, dass ich ihn mir genauer ansehe.

Das ... das darf nicht wahr sein! Ich quietsche auf, als mir klar wird, welchen Schatz ich da in den Händen halte. Ich habe das Wichtigste gefunden, und irgendwie habe ich mir immer vorgestellt, so was wäre in einem Tresor verschlossen. Vielleicht verschlüsselt in irgendeiner Datei, doch anscheinend hat mein Opa großes Vertrauen in seine Mitarbeiter, also Theo, gehabt.

Ich blättere durch die Seiten und bin total erleichtert, dass ich die Handschrift entziffern kann, auch wenn sie schon leicht verblasst ist. Die Seiten fühlen sich alt an, das Papier ganz hart, als würde es bald reißen. Ich schnappe mir schnell mein Handy, um alles abzufotografieren, falls doch was passiert.

Es sind die Rezepte der Eissorten, also genau das, was mir noch gefehlt hat, um richtig durchzustarten.

Ich atme tief durch – ich dachte schon, ich müsste wirklich Google befragen und das Ergebnis dann als professionell verkaufen. Morgen – das nehme ich mir fest vor – werde ich zum ersten Mal Eis herstellen. Natürlich keine großen Mengen, immerhin verkaufe ich es ja noch nicht, doch für mich zur Probe. Ich klatsche freudig in die Hände und merke, wie ein kleiner Stein von meinem Herzen fällt. Es kann ja nicht so schwer sein, ein paar Knöpfe an Maschinen zu drücken. Gebrauchsanleitungen sind bisher fehl am Platz.

„Verdammt", rufe ich, als ich den vierten Versuch starte, die blöde Maschine zum Laufen zu bringen. Ich war heute Vormittag schon einkaufen, in einem kleinen Supermarkt hier in der Stadt. Ich möchte mit Schokoeis beginnen, habe die Tafeln schon geschmolzen und die Crememasse vorbereitet. Prinzipiell habe ich also schon fast Eis, nur eben noch nicht im gefrorenen Zustand.

Die Maschine ist fast so groß wie ich, ein kleiner Hocker sorgt dafür, dass ich die Masse überhaupt einfüllen konnte. Nun gibt es nur ein Problem: Es ist anscheinend nicht so einfach wie gedacht. In meinem Leichtsinn habe ich erwartet, dass ich einen Knopf drücke, und dann geht es los. Danach hätte ich Eis. Die Realität ist das komplette Gegenteil.

Es sind sehr viele Schalter, auch ein Start- und ein Stopp-Knopf sind dabei, doch die Möglichkeiten, die dran stehen, überfordern mich maßlos. Ich kann zwischen Eis Exzellenz, Eis Speed, Eis Hard, Eis Simply, Eis Zero+, Sorbet Zero+, Eis Crystal, Eis Hot, Hot Age, Hot & Cold oder Frucht-Cremolata wählen. Für mich klingt das alles wie Chinesisch. Ich weiß, was Eis ist, eventuell noch Sorbet, aber mit allem anderen kann ich nichts anfangen.

Außerdem finde ich den Einschalter nicht, was das Ganze noch zusätzlich erschwert. Ich frage mich, was *Eis Hot* bedeuten soll. Wird die Masse erhitzt und dann gekühlt oder wird das dann so was wie Eiskaffee? Wobei der auch kalt ist. Ich grübele darüber nun schon seit Ewigkeiten, und irgendwann ist es mir zu doof und ich befrage doch Google. Zumindest finde ich so eine Antwort darauf, wo ich die Maschine einschalte.

Letztendlich entscheide ich mich für das Programm, dass am einfachsten klingt: *Eis Simply* stelle ich ein, und dann fängt die Maschine auch schon an, irgendwas zu tun.

Ich steige von meinem Hocker und setze mich ins Büro. Gestern Abend habe ich noch einen alten Laptop gefunden, der in einer Schublade versteckt war.

Ich will ihn anschalten, doch es geht nicht. Warum lassen mich heute alle Geräte im Stich und bringen mich um den Verstand? Wahrscheinlich ist der Akku leer, keine Ahnung, woher ich ein Kabel nehmen soll. Bisher habe ich keins gefunden. Ich stütze meinen Kopf in die Hände. Ich bin jetzt schon seit einer Woche hier. Sieben Tage, in denen ich mich mit Theo rumstreiten musste. Einhundertachtundsechzig Stunden, in denen ich allein war und niemanden zum Reden hatte. Gut, wenn ich die paar Stunden in der Cakery abziehe, waren es vielleicht nicht ganz so viele Minuten. Ich schlucke die Traurigkeit hinunter. Das Leben hier habe ich mir anders vorgestellt. Ich hatte erwartet, mit offenen Armen empfangen zu werden. Jeder ist willkommen, das ist doch der Ruf einer Kleinstadt, oder? Man freut sich über neue Einwohner, zumindest, wenn diese sich mit in die Gemeinschaft einbringen, was ich mit der Eisdiele eindeutig tue. Eine Träne fällt vor mir auf den Holztisch, und ich versuche, die restlichen wegzublinzeln.

Ist es zu viel verlangt, endlich irgendwo anzukommen? Klar, ich bin noch motiviert, weil ich Theo etwas beweisen will und vielleicht sogar mir selbst. Ich möchte allen zeigen, dass ich etwas erreichen kann. Die Eisdiele ist kein Hirngespinst. Ja, es ist naiv, weil ich nicht wirklich weiß, was ich tue, aber gleichzeitig ist es meine Chance. Der Neuanfang, nach dem ich so lange gesucht habe und den ich so dringend brauche, er ist zum Greifen nah. Ich spüre, dass mir das Ganze allmählich etwas bedeutet. Ich mag es hier, auch wenn Clarcton mich noch nicht zu mögen scheint. Ich gebe mein Bestes und kann nur hoffen, dass es genug sein wird.

Meine Gedanken wandern zu Theo. Wahrscheinlich hätte er das Eis schon fertig und einen genauen Plan. Klingt es komisch, wenn ich zugebe, dass es verletzend ist, wie er mich behandelt?

Ich fühle mich, als hätte ich mich in sein gemachtes Nest gesetzt. Ich bin hier, weil ich dringend eine Perspektive im Leben brauchte, aus meinem Alltagstrotz ausbrechen wollte. Da konnte ich nicht ahnen, was mich erwartet. In gewisser Weise kann ich verstehen, dass er verletzt ist. Ich muss wohl doch mal mehr als drei Worte mit ihm reden, vielleicht kann ich ihm heute Abend sogar eine Kugel Eis servieren und ihm so zeigen, dass ich das hier ernst meine.

Kapitel Neun – Sofia

Es ist kristallin, alles andere als cremig, und ich? Ich bin so enttäuscht, dass ich den Inhalt des Bottichs direkt in die Tonne befördere, weil es dazu auch noch eklig schmeckt. Ich muss etwas falsch gemacht haben. Ich schlucke die Tränen der Enttäuschung hinunter, dann putze ich die Maschine und gehe mit hängenden Schultern nach oben. Ich kann ihm also kein Eis servieren, außer ich würde schummeln und noch welches besorgen. Aus dem Supermarkt. Wahrscheinlich würde er bemerken, weil er gut darin ist, ganz im Vergleich zu mir.

Mir schlägt eine Duftwolke nach Käse und Tomate entgegen. Pizza. Es riecht nach Pizza. Mir läuft das Wasser im Mund zusammen, und ich gehe in die Küche. Theo steht dort, die Hände in Teig vergraben.

„Hey, bist du unter die Pizzabäcker gegangen?" Ich versuche, mir nicht anmerken zu lassen, dass ich enttäuscht vom Tag bin.

„Ja. Manchmal mache ich das ganz gerne; kochen und backen ist für mich Entspannung."

„Ich dachte immer, das wäre die Musik gewesen. Und die Wissenschaft."

Er zieht überrascht die Augenbrauen nach oben, als könnte er nicht glauben, dass ich noch Details von damals weiß. Ich erinnere mich an so vieles mehr als an jede andere Zeit in meinem Leben, weil sie mir mit ihm so viel bedeutet hat.

„Ich spiele immer noch Klavier, auch wenn es für mich nicht mehr denselben Charme hat wie früher." Seine Stimme klingt verbittert, er ballt die freie Hand zur Faust und knetet mit der anderen energisch weiter.

„Wieso?" Im nächsten Moment merke ich, dass es die falsche Frage war, und schlage mir in Gedanken mit der flachen Hand vor die Stirn. Er erinnert mich an ein verletztes Tier, sobald man ihm zu nah kommt, macht er dicht, obwohl man ihm nur helfen möchte. Ihn verstehen will. Er holt eine Pizza aus dem Ofen. Wir sind wieder in Schweigen verfallen. Damals haben wir geredet, stundenlang, über alles, was uns eingefallen ist. Liegt es wirklich nur an all den Jahren, dass wir uns so auseinandergelebt haben, oder ist es eher die Tatsache, in welcher Konstellation wir aufeinandergeprallt sind? Egal was es ist, es sorgt dafür, dass ich Schmerz empfinde, wenn ich an damals zurückdenke. Aus dem Rettungsanker, der mich aus dem dunklen Meer der Gedanken geholt hat, ist etwas geworden, das mich noch tiefer hineinzieht. Ich schlucke, setze mich an den Tisch und starre auf die Platte. Bitte, ich möchte nicht schon wieder einen Abend allein verbringen.

„Bist du Vegetarierin geworden? Damals warst du es nicht."

Ich meine, ein Lächeln in seiner Stimme zu hören. „Nein", antworte ich nur und traue mich nicht aufzusehen, als er zustimmend brummt. Es dauert nicht lange, bis vor mir auf dem Tisch zwei große Pizzen erscheinen und Theo sich neben mir niederlässt. Ich versuche, mir die Verwunderung nicht anmerken zu lassen. Es ist blöd, doch irgendwie denke ich sofort, dass er mir den nächsten Schlag verpassen will.

„Guten Appetit", murmelt er, und ich sehe ihn an.

Unsere Blicke treffen sich, und für einen Augenblick bleibt die Welt stehen. Auf einmal sind wir nicht mehr hier am Küchentisch in Clarcton, sondern wieder im Camp. Theo und Sofia, genau wie damals. Ich schlucke, weil ich ihm näherkommen will, ich will noch einmal seine Lippen auf meinen spüren. Fühlt es sich immer noch so an wie früher? Könnte ich mich immer noch mit nur einem Blick in ihn verlieben, wie es damals geschehen ist? Ich erinnere mich an seine Lippen, wie vorsichtig unser Kuss war, weil er genau wusste, dass er für uns der erste war. Auch wenn wir uns jetzt gegenseitig oft weh tun, mit Worten, dann wird er immer derjenige bleiben, der mir den ersten Kuss gestohlen und mein Herz das erste Mal gebrochen hat.

„Dir auch", sage ich, als die Stille unangenehm wird, und fange an zu essen. Die Pizza ist nur noch lauwarm, doch sie ist lecker.

„Kannst du mir erklären, wie du im Laufe der letzten Jahre zum Profikoch geworden bist?" Ich lache dabei, weil ich mich noch genau daran erinnere, wie er mir gesagt hat, er hätte Angst vor dem Studium, weil er eventuell umziehen und dann selbst kochen müsste.

„Ich habe viel früher kochen gelernt als gewollt. Irgendwie habe ich dann doch erkannt, wie entspannend das sein kann." Er lächelt mir kurz zu, und am liebsten würde ich deshalb vor Freude schreien. Aber ich kann mich in seiner Gegenwart nicht verhalten wie damals mit fünfzehn, es sind viele Jahre vergangen, und ich bin reifer geworden. Er auch.

„Wieso musstest du es früher lernen? Wegen deines Studiums?“

„Das geht dich nichts an“, murmelt er, und ich verschlucke mich fast an dem Randstück der Pizza. Da ist sie also wieder, die Mauer, die er um sich herum errichtet und deren Ursache ich nicht kenne.

„Danke für die Pizza“, flüstere ich. Meine Enttäuschung wächst, weil ich dachte, wir gehen aufeinander zu.

„Wollen wir uns noch eine Dokumentation ansehen? Es gibt eine über Eisherstellung, die könnte dir helfen.“ Sein Blick sucht meinen. Mein zerschundenes Herz sorgt dafür, dass ich nicke, weil ich die Zeit mit ihm genieße.

Wir setzen uns kurz darauf auf die Couch, und ich bin so vollgefressen, dass ich das Band meiner Jogginghose öffne. „Die Pizza war super, aber mächtig.“ Ich lache, und Theo nickt.

„Da hast du recht, aber mich freut es, dass es dir geschmeckt hat. Jetzt aber zum Geschäftlichen.“ Er öffnet Netflix und die Dokumentation. Ich grinse, weil es so gar nicht zu einem klassischen Meeting passt.

„Hast du dir die Maschine schon angesehen?“, fragt er, und ich nicke nur. Ich werde ihm jetzt mein Versagen nicht auf dem Silbertablett servieren. „Sie ist ziemlich kompliziert. Vor allem, weil Arthur nirgends aufgeschrieben hat, welches Programm du für was nutzt. Google kann dir nicht wirklich weiterhelfen. Ich habe schon oft das Internet durchforstet und finde wirklich gar nichts darüber.“

„Weißt du das alles?“, frage ich voller Hoffnung, und er schüttelt den Kopf.

„Nicht einmal ansatzweise, aber ich habe Arthur oft über die Schulter geschaut. Die Herstellung hat er gemacht, ich war für die Konzepte der Becher zuständig.“

„Wir könnten das zusammen machen“, sage ich, enthusiastisch und voller Freude.

„Nein. Ich habe mit der Eisdiele nichts mehr zu tun. Sobald ich eine Wohnung gefunden habe, bin ich weg.“

Mein Herz zieht sich zusammen, und ein Stechen durchfährt meine Brust. Ich suche nach Worten, doch finde keine. Die Stille ist laut um uns herum. Sie wird unerträglich, deshalb nehme ich ihm die Fernbedienung aus der Hand. Meine kalten Finger berühren seine, und es fühlt sich an, als würde ein Blitz durch meinen Körper ziehen. Wir sehen uns kurz an, es lädt sich alles um uns auf, dann sehe ich weg. Ich starte die Dokumentation und balle die Hand zur Faust. Meine Fingernägel vergraben sich in meiner Handinnenfläche, und ich genieße den Schmerz. Er lenkt mich davon ab, dass ich wieder Hoffnung hatte, die aber im Keim erstickt wurde.

Die Dokumentation ist spannend, und vor allem habe ich Glück, dass einige Einblicke gezeigt werden, die mir helfen, dieses Business besser zu verstehen. Die neunzig Minuten vergehen rasch, und als der Abspann einsetzt, wende ich mich an Theo. „Danke, dass du mir die Doku gezeigt hast. Ich kann bestimmt etwas davon für die Eisdiele mitnehmen.“

„Wir nenne sie Gelateria. Clarctons Gelateria ist der Name, italienisch angehaucht.“

Kurz flackert Schmerz über sein Gesicht, und ich frage mich, wie nah er Arthur stand. War er für ihn vielleicht ein Großvater, und er trauert noch um ihn?

Ich versuche ja, ihn zu verstehen, aber er verrät mir nicht, was er fühlt.

„Ich kümmere mich um die Gelateria. Aber mit dir gemeinsam würde es bestimmt leichter gehen."

Meine Worte stehen noch im Raum, als ich aufstehe und Theo verlasse. Noch öfter als drei Mal kann ich es ihm nun wirklich nicht anbieten.

Heute mache ich mich noch mal an die Eisherstellung und kontaktiere vor allem die Lieferanten. Ich finde die Eröffnung ideal im Dezember und werde nicht so viel bestellen, dennoch sollte ich einen Grundstock der Zutaten dahaben. Gestern Nacht habe ich noch lange gegoogelt, wie man Eis cremig bekommt und ohne diese Eiskristalle, auf die Elsa neidisch wäre. Ich werde mich heute daran machen, cremiges Eis herzustellen, und das wird am Abend Theo serviert. Jetzt verstehe ich, wieso hier auch ein Herd steht. Man muss die Masse erst erhitzen, *zur Rose abziehen* nennt man das. Die Bezeichnung klingt romantisch, als würde man ein Dinner vorbereiten. Stattdessen benutze ich den Herd, meine Stirn ist schweißbedeckt. Damals in der Schule, als wir eine Schokoglasur herstellen mussten, hat meine eher an Teig erinnert. Ich war also noch nie Profi. Das Wasserbad ist bereit, und die Schüssel steckt wackelnd darauf. Nun wird ein Eigelb reingegeben, gemeinsam mit Sahne, Milch und Zucker. Ich werde eine Emulsion erzeugen, der damalige Theo hätte das total gefeiert. Wissenschaft war seine Leidenschaft. Ich seufze, irgendwas muss passiert sein, sonst wäre er kein emotionsloser Klotz geworden.

Als ich einen Löffel in die Masse tauche und puste, sieht es so aus wie im Internet beschrieben, und ich bin stolz. Jetzt kommt die Masse zu den anderen Zutaten in die Maschine, und dann wird das hoffentlich gut. Ich habe mich heute für ein Vanilleeis entschieden, wobei mir die frische Vanille zu teuer war. Für den Eigengebrauch habe ich also Bourbon-Vanille-Aroma benutzt, später in der Gelateria wird das natürlich anders sein. Ich seufze, nun muss ich wieder warten. Die Eisherstellung braucht Geduld, und davon habe ich nicht allzu viel, ich war schon immer ein nervöser Mensch. Ich binde meine Haare erneut zu einem Dutt zusammen, da mir schon wieder einzelne Strähnen ins Gesicht hängen, und gehe dann ins Büro.

Heute werde ich die Listen für die Lieferanten vorbereiten, ich muss ja niemandem verraten, dass ich noch keinen Schimmer von der Herstellung habe. Ich habe mit ihnen telefoniert, und sie wussten auch schon vom Todesfall, weshalb ich nicht viel erklären musste. Ich werde wohl nicht so viele Sorten im Winter anbieten, vielleicht sogar Winter-Editionen, das werde ich aber erst testen können, wenn ich die richtige Konsistenz hinbekomme. Klar, sie ist unterschiedlich, je nach Zutaten. Ich mag kein Gourmet sein, aber ein Fruchteis ist selten so cremig wie ein reines Milcheis. Genau deshalb stemme ich mich aus dem Schreibtischstuhl und mache mich auf den Weg zurück in den Eisraum, so werde ich ihn wohl nennen. Als ich den Deckel der Maschine öffne, bin ich so aufgeregt wie schon lange nicht mehr. „Jaa", jauchze ich, als ich sehe, dass sich dieses Mal keine Eiskristalle gebildet haben und alles gut aussieht.

Jetzt muss ich es noch richtig kaltstellen, damit ich heute Abend Theo überraschen kann.

Ich weiß nicht, wieso ich mir so Mühe gebe, aber ich ziehe einen Rock an, der mir bis knapp übers Knie geht. Er ist rostfarben, dazu trage ich ein schlichtes schwarzes Oberteil mit V-Ausschnitt. Ich lege sogar ein leichtes Make-up auf, und das alles nur, um Theo mein Eis zu präsentieren. Ich habe es schon hochgeholt und im Tiefkühlfach verstaut. Theo ist seit einigen Minuten zu Hause. Keine Ahnung, wo er den ganzen Tag war, es ist ja nicht so, als würden wir viel miteinander sprechen. Ich gehe in die Küche und hole zwei Schalen, dann nehme ich den Eislöffel aus der Geschirrschublade. Ich kenne mich in der Küche kaum aus, weil ich bisher nicht oft hier war. Ich versuche, zwei Kugeln zu formen, doch es funktioniert nicht so gut. Ich hoffe wenigstens, es schmeckt. Zuckerstreusel finde ich keine.

„Na super", murmele ich, als ich die Katastrophe im Becher betrachte. Es sieht aus, als hätte jemand das Eis schon gegessen und dann wieder ausgespuckt. Schmecken wird es hoffentlich besser als es aussieht, aber an der Ästhetik muss ich noch arbeiten. Ich gehe ins Wohnzimmer, bestimmt ist er dort, und ich habe recht: Theo sitzt auf der Couch, sein Laptop auf den Beinen; nebenher läuft was im Fernsehen.

„Bist du bereit für einen Sofia-Spezial-Becher?"

Er sieht auf, ein Lächeln zupft an seinen Mundwinkeln, und er nickt. „Ich wappne mich für eine Lebensmittelvergiftung."

Wenn er nicht grinsen würde, hätte ich ihm den Satz echt übelgenommen. Showtime.

Kapitel Zehn – Theodore

Feriencamp, vor dreizehn Jahren

Die Betreuer sehen eigenartig aus. Immerhin trägt einer von ihnen einen Overall in Tarnfarben, hat zwei grüne Striche auf der Wange und sogar einen Hut auf. Um seine Hüften liegt ein Gürtel, an dem er alles mögliche an Werkzeug befestigt hat. Ich bin im Irrenhaus – nein im Irrenwald – gelandet und mir nicht sicher, ob meine Eltern mich verarschen und gleich wieder abholen oder ob das hier ihr Ernst ist.

„Willkommen im Feriencamp, es werden die aufregendsten drei Wochen in eurem Leben werden. Ihr werdet eins mit der Natur."

Neben mir höre ich ein helles Kichern und drehe den Kopf. Das Mädchen muss jünger als ich sein. Auf seinen Wangen sind Sommersprossen, die Haare gehen ihm bis zu den Schultern. Es trägt eine Brille auf der Nase, die sein halbes Gesicht versteckt. Das Kichern geht mir bis ins Mark, irgendwas berührt es in mir, und ich schmunzele über mich selbst. Ich trete einen Schritt zur Seite und damit näher an das Mädchen heran.

„Freust du dich schon, eins mit der Natur zu werden?", flüstere ich, und es lacht laut auf. Die Köpfe um uns herum drehen sich uns zu, und sofort wird der Blick des Mädchens grimmig, bevor es ihn senkt. Anscheinend steht es nicht gern im Mittelpunkt. „Tut mir leid, ich wollte dich nicht in die Ecke drängen", flüstere ich, und es sieht zu mir auf. Ich habe noch nie blauere Augen gesehen, sie erinnern mich an das Schlumpfeis, das ich so gerne esse. Die Lippen sind voll, irgendwie schön, die Nase schmal. Es sieht einfach gut aus, nur ein bisschen traurig.

„Alles gut, ich mag es nur nicht, wenn jeder mich ansieht", antwortet es leise, und die Geräusche um uns herum verschwinden.

„Dabei ist es großartig, dich anzuschauen." Ich lächele und merke, wie meine Ohren heiß werden, genau wie meine Wangen. Das Mädchen schmunzelt nur, dann setzt sich die Gruppe um uns in Bewegung, und wir laufen automatisch mit, um nicht überrannt zu werden. Anscheinend gehen wir nun in Richtung Zeltplatz, und ich kann nur hoffen, dass ich in der Nähe des Schlumpfmädchens lagern werde. Das könnte die Tage erträglicher machen.

Ein Zelt aufzubauen, habe ich mir immer leichter vorgestellt. Vor allem, wenn es ein Wurfzelt ist und in der Anleitung etwas von einfach und praktisch steht. Ich sehe das etwas anders, denn ich brauche anstatt der angegebenen fünf Minuten schon fast fünfundzwanzig, und neben mir beziehen die ersten Grüppchen schon ihre Zelte, während meines noch nicht mal steht. Bisher ist dieses Feriencamp einfach nur nervig. Wütend werfe ich das Zelt auf den Boden und setze mich davor, verschränke die Beine und lege die Anleitung auf meinen Oberschenkeln ab. Ich werde sie mir jetzt ganz in Ruhe durchlesen, darin liegt doch die Kraft. So lautet das Sprichwort, oder?

„Kann ich dir helfen?“ Ich blicke nach oben. Schlumpfmädchen, ich sollte dringend den Namen dieser jungen Dame in Erfahrung bringen, steht vor mir. Ihre Hände hat sie in die Hüften gestemmt, und sie sieht viel größer aus, was nur daran liegt, dass ich sitze. Denn sie ist ein recht kleiner Mensch, vielleicht wächst sie noch, doch irgendwie finde ich es cool, dass ich mindestens zwei Köpfe größer bin als sie.

„Falls du Zeltexpertin bist, ja“, antworte ich und rappele mich auf. Ich klopfe mir den Staub von der Hose, und sie nimmt mir die Anleitung aus den Händen.

„Das ist ein Wurfzelt, das sollte nicht länger als fünf Minuten dauern.“

„Das weiß ich, aber es lässt sich eben nicht werfen“, antworte ich, und sie sieht mich herausfordernd an.

„Stell dir eine Uhr, in zehn Minuten ist deine Unterkunft einzugsbereit.“

Ich sehe auf meine Armbanduhr. „Drei, zwei ...“

Sie braucht acht Minuten und dreiundvierzig Sekunden, bis sie den letzten Hering in den Boden geschlagen hat und mich anlächelt.

„Ich ... du ... wie?“, stammele ich, weil mir wirklich die Worte fehlen, das passiert sonst eher selten.

„Werfen, Heringe, einziehen“, schmunzelt sie, und als sie mir ein Lächeln schenkt, bilden sich Grübchen auf ihren Wangen. „Vielen Dank.“ Ich grinse und will sie noch nicht gehen lassen – sie dreht sich schon um, doch ich rufe ihr hinterher.

„Wo ist dein Zelt?“, frage ich, weil mir nichts Besseres einfällt.

„Es ist pink, eine Hello Kitty ist darauf. Du kannst es nicht übersehen.“ Sie zwinkert, und dann tanzt sie von dannen. Nachdem ich den Schlafsack ausgerollt, meinen Rucksack verstaut und mein Zelt, auch wenn es minimalistisch ist, ein wenig eingerichtet habe, kann ich es nicht erwarten, mich auf den Weg zum Zelt der Unbekannten zu machen. Es ist wirklich pink, und zwar so knallig, dass ich mir nicht sicher bin, ob es einem die Augen ausbrennt, sobald Sonne darauf knallt.

„Du kommst mich aber früh besuchen", ertönt eine bekannte Stimme hinter mir, und ich drehe mich zu ihr um. Sie hat sich umgezogen, denn sie trägt nun eine Jeans-Short und ein weißes Top, auf dem bunte Blumen gedruckt sind. Ihre zarten Füße stecken in Flip-Flops, die dieselbe Farbe wie ihr Zelt haben.

„Magst du Pink?", frage ich das Offensichtliche, und zu meiner Überraschung schüttelt sie den Kopf.

„Mein Dad denkt, ich mag die Farbe, dabei ist das nicht so. Ich glaube, er mag Klischees." Sie zuckt mit den Schultern, und ich traue mich nicht, nach ihrer Mutter zu fragen. Ich bin nicht bereit, in ein Fettnäpfchen zu treten.

„Was ist dann deine Lieblingsfarbe?" Warum stelle ich so belanglose Fragen? Weil ich mehr von ihr erfahren will, vielleicht sogar alles.

„Gelb, ein bisschen heller als Sonnenblumen, mehr so pastellfarben, verstehst du?" Wow, wie ausführlich kann man eine Farbe beschreiben?

„Nicht so wirklich." Ich lache, und sie lächelt. Diese Grübchen!

„Und deine?", fragt sie.

„Grün."

Sie lacht ebenfalls, und in diesem Moment bleibt die
Welt stehen, weil sie so wunderschön aussieht und ich
noch nie eine schönere Melodie gehört habe.

Kapitel Elf – Sofia

Ich sehe ihn an, nein ich starre regelrecht, um seine Reaktion nicht zu verpassen.

„Und?", frage ich.

„Hast du schon probiert?", fragt er zurück, und ich schüttele den Kopf.

„Tu es", meint er, und ich stecke meinen Löffel ins Eis und danach in meinen Mund.

Wir sehen uns dabei in die Augen und fangen dann gleichzeitig an, laut zu lachen.

„Es ist viel zu süß", nuschele ich.

„Eine Kugel, und man muss zum Diabetologen", antwortet Theo, und Lachtränen stehen in seinen Augen.

„Das Vanillearoma gepaart mit dem Vanillinzucker und normalem Zucker war wohl keine so gute Idee", krächze ich, und Theo zieht beide Augenbrauen nach oben.

„Sag mir nicht, du hast keine frische Vanille genommen. Sofia!" Er hält inne und sieht mich ernst an. „Das ist ein Verbrechen, darauf steht Höchstverrat. Den Paragrafen findest du im obersten Gesetzbuch der Gelateria."

Er sagt die Worte so ernst, dass ich ihm kurz Glauben schenke, doch dann beugt er sich zu mir.

„Das muss bestraft werden", raunt er, dabei ist er mir so nah, dass ich seinen Atem auf meinem Gesicht spüre.

Ich schlucke, es wären nur Zentimeter, die ich überwinden müsste, um noch einmal seinen Kuss zu spüren.

„Kitzelattacke", schreit er auf einmal, und im nächsten Moment wirft er sich schon auf mich.

Ich realisiere nicht einmal, was er gesagt hat, dann fängt er auch schon an, mich durchzukitzeln. Ich lache, wie ich schon seit Jahren nicht mehr gelacht habe, bekomme keine Luft mehr und schlage wild um mich.

„Hör auf", japse ich atemlos und versuche mit aller Kraft, ihn wegzustoßen. Ich schaffe es, doch er zieht mich an sich, und auf einmal hören wir auf zu gackern wie die Hühner, denn ich sitze auf seinem Schoß. Wir atmen beide schwer vom Lachen, dem Spaß, den ich schon lange nicht mehr hatte. Wir sehen uns an, ich verliere mich in seinen Augen und spüre, wie er die Hände an meine Hüften legt. Unsere Blicke verweben sich miteinander, um uns bleibt die Welt stehen, es gibt nur noch uns beide.

„Ich wünschte, ich könnte dich küssen." Seine Stimme ist nicht mehr als ein Krächzen, doch voller Schmerz.

„Warum tust du es nicht?", hauche ich und komme ihm dabei noch näher.

„Weil ich dich dann nie wieder loslassen kann." Mit diesen Worten hebt er mich leicht hoch, nur um sich unter mir wegdrehen zu können. Ohne ein weiteres Wort steht er auf und verlässt das Wohnzimmer. Er lässt mich zurück mit schmerzhaft klopfendem Herzen. Ich bin verwirrt, meine Gedanken überschlagen sich. Ich sehe zu den zwei Schalen, das Eis ist geschmolzen, gemeinsam mit der Hoffnung, meinen Theo zurückzubekommen.

Ich weiß nicht, wohin mit mir. Aus seinem Zimmer dringen Pianoklänge, die so voller Schmerz sind, wie ich mich fühle. Ich wasche in der Küche die Schüsseln aus. Das Eis werde ich dennoch essen, auch wenn es zu süß ist. Wenigstens etwas lief heute gut, die Konsistenz ist wirklich super, und ich bin stolz auf mich.

Ich schließe die Augen. Theos Worte haben mich verwirrt, seine Taten noch mehr. Was wäre so tragisch daran, wenn wir uns näherkommen würden? Wie schlimm kann es schon sein, mich zu küssen?

Ich blinzele die Tränen weg. Ich bin nicht nach Clarcton gekommen, um mich erneut in meine Jugendliebe zu verknallen, sondern um etwas für mich selbst zu tun. Ich muss diesen Moment vergessen. Theo ist immer noch der Idiot, der mir nicht helfen will.

Ich stelle die Schüsseln ab, damit sie trocknen können, und verkrümele mich dann in mein Zimmer. Ich muss vergessen, dass wir uns für einen kurzen Augenblick wieder einander angenähert haben. Für einen Wimpernschlag war es fast so, als wären wir wieder das Schlumpfmädchen, wie er mich immer genannt hat, und Theo, der mich zum Lachen bringen konnte, wenn ich eigentlich weinen wollte.

Am nächsten Tag regnet es, nein, es schüttet aus Eimern, und aus meinem Plan, die Cakery zu besuchen, wird nichts. Stattdessen habe ich Zähne geputzt, den Pyjama gleich angelassen und mich ins Bett verkrümelt. Um kurz nach sieben höre ich die Haustür zuknallen. Heute gehe ich Theo noch bewusster aus dem Weg als sonst.

Ich habe meinen Laptop rausgekramt, und er liegt schon hochgefahren auf meinem Schoß. Ich möchte mich heute dran machen, eine Instagram-Seite für die Gelateria zu erstellen. Ich habe schon öfter in Marketingabteilungen gejobbt, es hat mir allerdings mehr Spaß bereitet, kreativ zu sein als Insights zu überprüfen. Deshalb arbeite ich aktuell auch mit Canva, einem Bildbearbeitungsprogramm, an den Beiträgen für den Feed. Ich bin Fan von einheitlichen Farbbildern.

Ich muss dringend Fotos machen – bis dahin werde ich wohl mit Memes, Umfragen und Interaktionen arbeiten müssen. Ich werde auch von mir aktuelle Fotos machen, denn ich bin der Meinung, dass man bessere Reaktionen erhält, wenn man ein Gesicht zeigt.

Es dauert rund zwei Stunden, bis ich ein Farbkonzept entwickelt habe, das mir gefällt. Ich arbeite mit meiner Lieblingsfarbe, Pastellgelb, und mit diversen Eissymbolen, die ich in die Hintergründe einarbeiten konnte. Ich lächle, als ich durch die verschiedenen Vorlagen blättere. Darin bin ich besser als in der Eisherstellung.

Ich zucke zusammen, als es urplötzlich an meiner Zimmertür klopft. Ich bin nicht in der Stimmung für Besuch, habe mir nicht einmal die Haare gekämmt.

„Hm", brumme ich deshalb nur und starre die Holztür an.

Natürlich ist es Theo, der seinen Kopf reinsteckt. Er sieht müde aus, außerdem ist er patschnass.

„Bist du draußen gewesen?", frage ich, obwohl es offensichtlich ist.

Er öffnet die Tür und zeigt mir eine Papiertüte, die auch nass ist. Auf ihr ist das Logo der Cakery zu sehen, und ich runzele die Stirn.

„Was willst du mir damit sagen?“

„Entschuldigungstörtchen.“ Er zuckt mit den Schultern und zieht einen Mundwinkel nach oben.

„Bist du durch den Regen in die ganze Stadt gelaufen, um Gebäck zu besorgen?“ Ich bin verwundert. Mein bescheuertes Herz findet seine Geste toll, denn ich habe das Gefühl, dass es mir gleich aus der Brust springt.

„Ja. Ich war ein Idiot. Ich will mich entschuldigen, und heute Abend koche ich uns etwas. Okay?“

Wie kann ich denn Nein sagen, wenn er da patschnass steht mit einer Tüte Gebäck in der Hand und dem süßesten Hundeblick auf Erden?

Deshalb nicke ich.

„Als Mitbewohner macht man so was“, sagt er dann und nimmt mir wieder die Hoffnung, dass wir uns näherkommen könnten. Botschaft verstanden, aber lieber Mitbewohnerin sein, als ihn wegen eines doofen Beinahe-Kusses zu verlieren.

Ich rappele mich also doch noch hoch, kämme mir die Haare und ziehe mir einen Pullover und eine Leggings an. Man merkt, dass es draußen kühler wird. Das Haus scheint nicht so gut isoliert zu sein. Ich würde nicht behaupten, dass es kalt ist, doch drei Grad wärmer würden nicht schaden.

Auf dem Wohnzimmertisch stehen zwei dampfende Tassen Kaffee. Das Gebäck, unter anderen drei Stücke Kuchen und zwei Cupcakes, ist ein wenig eingedellt.

„Sie müssen an regenfesten Verpackungen arbeiten“, murrt Theo, und ich beiße mir auf die Lippe.

„Es ist perfekt“, sage ich. Mein Herz schlägt zu schnell, und mir ist bewusst, dass das hier nicht gut für mich ist. Wir werden nie wieder dieselben sein wie damals.

Dennoch, weil ich es nicht aushalte, ihn nicht zu berühren, gehe ich zu ihm und ziehe ihn in eine Umarmung.

„Danke", hauche ich an sein Ohr, als seine Hände über meinen Rücken streifen und mich an sich drücken.

Was würde ich dafür tun, genau jetzt die Pausentaste zu drücken und diesen Moment einzufangen? Ich kann meinen Gedanken nicht einmal zu Ende führen, da löst er sich schon von mir. Er wischt sich die Hände an der grauen Jogginghose ab, die locker auf seinen Hüften hängt.

„Kuchen?"

„Die Antwort wird nie nein sein", grinse ich, und wir setzen uns nebeneinander.

Ich hätte nie gedacht, dass man sich, während man sich Kuchen teilt, gegenseitig sexuell anziehen kann. Aber ich habe das Gefühl, die Luft lädt sich immer mehr auf. Wenn ich kurz aufblicke, sieht er mich entweder intensiv an oder aber schnell weg. Spürt er das auch? Irgendwas hat sich seit gestern verändert, und ich weiß nicht, ob ich das gut finde.

Ich ignoriere das mulmige Gefühl in meiner Magengrube, denn ich bin mir nicht sicher, was es mir sagen will.

„Dein Eis war übrigens sehr cremig", sagt er, während er den Kirschcupcake zur Hälfte isst und mir die andere überlässt.

„Ja die Konsistenz war super", antworte ich mit vollem Mund. Der Zitronenkuchen mit Frischkäsefrosting ist köstlich, zerfällt auf der Zunge.

„Vielleicht können wir ja mit den Geschmacksrichtungen ein wenig herumprobieren."

Ich ziehe die Augenbraue nach oben. „Wir?", frage ich, ungläubig, vorsichtig.

„Ich werde nicht mit dir Seite an Seite arbeiten, denn eigentlich steht mir die Eisdiele zu und nicht dir. Jedoch kann ich dir Tipps geben, damit sie nicht direkt bankrott geht."

Seine Stimme ist kühl. Wie soll ich jetzt reagieren? Mich bedanken, dass er mir doch hilft, und gleichzeitig anschreien, weil er nicht an mich glaubt?

Ich schweige lieber und kümmere mich um den Schokoladenkuchen mit dem flüssigen Nugatkern. Schokolade ist die Lösung, das war schon immer ein ungeschriebenes Gesetz.

Die Stille wird nach wenigen Minuten ohrenbetäubend. Vermutlich ist er beleidigt, weil ich mich nicht bedanke, und ich bin bockig, da er gleich wieder klar gemacht hat, dass er etwas Besseres ist.

Ich nehme also die Fernbedienung vom Tisch. „Brooklyn Nine-Nine?", frage ich, und er zuckt mit den Schultern.

„Kenne ich nicht", meint er dann, und ich verdrehe die Augen.

„Bildungslücke. Ich zeig dir jetzt mal, wer Jack und Amy sind, und du wirst sie lieben."

Drei Stunden später haben wir fast die erste Staffel durch, und ich liebe es, mit Theo Serien zu gucken. Wir lachen an denselben Stellen, aber ich zucke öfter zusammen als er, wenn ich mich erschrecke. Wenn ich ehrlich bin, beobachte ich ihn mehr, als dass ich etwas von der Serie mitbekomme. Zum Glück kenne ich sie schon, sonst könnte ich der Handlung nicht folgen.

„Wie konnte mir das bisher entgehen?" Theos Mund steht offen, er ist total in der Serie gefangen, und ich freue mich, dass wir uns in diesem Punkt so ähnlich sind.

„Es ist eine Verschwendung, wenn man die beiden nicht kennt, das Revier nicht liebt."

„Da kann ich dir nur recht geben."

Mein Magen knurrt.

„Du hast dich nicht verändert, so viel, wie du isst. Wohin geht das alles?" Er lacht, und die entspannte Stimmung zwischen uns ist wieder da. Ich genieße jede Sekunde, denn wahrscheinlich wird das bald wieder anders sein.

„Ich habe einen guten Stoffwechsel", antworte ich und strecke ihm die Zunge raus.

„Weißt du noch, unser Stockbrot-Spektakel?", fragt er, und in meinem Kopf kommen sofort die Bilder hoch.

„Ich habe so Hunger gehabt und das doofe Brot hat ewig gedauert." Ich verschränke die Arme vor der Brust, ziehe einen Schmollmund, und Theo legt locker den Arm um mich. Tröstend, wie damals. Ich bette den Kopf auf seine Schulter, und wir erinnern uns gemeinsam an die alte Zeit.

Kapitel Zwölf – Theodore

Feriencamp, vor dreizehn Jahren

„Stockbrot, was soll das sein?", fragt Sofia – mittlerweile kenne ich ihren Namen. Er ist genauso schön wie sie. Schlumpfmädchen gefällt mir trotzdem besser.

Der erste Nachmittag ist vergangen, und das Wetter sieht nicht gut aus. Außerdem scheint heute nicht Sofias Tag zu sein. Beim Fußball heute Mittag, wo sie im Tor stand, war sie irgendwann ziemlich genervt. Die kleinen Kinder haben sie gestresst. Die Wolken sind grau, und ich bin mir sicher, dass es noch anfängt zu regnen. Super, ein Zeltlager mit Regen, es wird immer schlimmer.

„Das ist Teig, den man um einen Stock wickelt. Dann kommt der über das Feuer, und man wartet, bis es gar ist. Anscheinend gibt es auch noch Gegrilltes."

Sofia sieht mit sehnsüchtigem Blick auf die drei Grills, die schon mit Wurst und Fleisch bestückt sind. Ich hatte mich als Hilfe angeboten, doch als Kind, wie sie mich hier betiteln, sollte ich mich lieber von Feuer fernhalten. Die Betreuer-Gurus gehen mir gegen den Strich; zum Glück verbringen Sofia und ich jede Sekunde miteinander. Nach den wenigen Stunden ist sie schon der Grund dafür, dass ich mich nicht zu Fuß auf den Weg nach Hause mache.

„Das dauert doch ewig", stöhnt sie und fängt an, Brot an ihren Stock zu kleben.

„Ja, dafür braucht man Geduld." Ich folge ihrem Beispiel.

„Ich habe Hunger", schmollt sie und stampft dabei sogar mit dem rechten Fuß auf den staubigen Waldboden. Wahrscheinlich würden die Bäume und auch der Boden sich im Vergleich zu mir über Regen freuen.

„Ist bestimmt gleich fertig. Was ist denn heute los gewesen?" Ich versuche, das Thema zu wechseln, um sie von ihrem Appetit abzulenken.

„War einfach nicht mein Tag", murmelt sie, während sie ihr Stockbrot in die Hitze hält.

„Magst du drüber reden?"

„Ich habe heute ein wenig Heimweh gehabt, und irgendwie lief alles schief. Kennst du solche Tage?"

„Ja. Gut genug. Manchmal merkt man direkt, dass sie beschissen werden. Aber dann gibt's Lichtblicke. Dich zum Beispiel." Meine Wangen werden heiß, was nicht nur am Lagerfeuer liegt.

„Spinner", grinst sie nur, und damit habe ich schon alles bewirkt, vielleicht habe ich ihren Tag ja ein wenig besser gemacht.

Spoiler: Das Stockbrot ist nicht gleich fertig. Sofia wird immer quengeliger, was mich ein bisschen nervt, gleichzeitig finde ich es süß. Ihr Brot bekommt nicht genug Hitze, weshalb es noch immer leicht roh aussieht, als sie es aus dem Feuer nimmt, um es zu betrachten.

„Wenn du das jetzt isst, dann bekommst du Bauchweh." Ich klinge schon wie meine Mutter. „Aber du kannst natürlich", schiebe ich hinterher, weil ich nicht möchte, dass sie denkt, ich würde sie bevormunden wollen oder so. Dazu habe ich kein Recht.

„Ich werde unerträglich, wenn ich Hunger habe", schmollt sie wieder. Da kommt mir eine Idee.

„Warte kurz, hältst du eben meinen Stock?"

Sie nickt, dann nimmt sie ihn mir aus der Hand, und ich gehe ins Zelt. Hier muss irgendwo ... ja. Ich nehme die Packung und gehe zurück zu ihr.

Sofia steht da, Tränen strömen ihr über die Wangen. „Was ist passiert?" Ich war nicht lange weg, was ist los?

„Dein Stockbrot ist ins Feuer gefallen", schluchzt sie laut, und ich werfe die Chips, die ich besorgt habe, damit sie nicht mehr solchen Hunger hat, auf den Boden. Erst jetzt fällt mir auf, dass sie keine Stöcke mehr in der Hand hat.

„Und deins?", frage ich.

„Es ist fertig." Auf dem Holzstamm, den wir als Bank benutzen, steht ein Pappteller mit einem deformierten Stockbrot. „Ich hab deins fallen gelassen", heult sie weiter, und ich bin verzweifelt. Ich kann damit nicht umgehen, wenn jemand weint. Vor allem nicht ein Mädchen, das ich kaum kenne.

„Darf ich dich umarmen?", frage ich dann und fühle mich wie der größte Trottel.

Eine Antwort bleibt sie mir zunächst schuldig, doch als sie sich stürmisch in meine Arme wirft und ich Mühe habe, stehen zu bleiben, da weiß ich, dass Worte nicht nötig sind.

„Scheiß doch auf das Stockbrot", hauche ich an ihr Haar und streiche ihr beruhigend über den Rücken.

„Aber du hast es mir anvertraut und ich ... es ist einfach runtergefallen." Sie japst nach Luft, ihre Schultern beben, die Hände hat sie zu Fäusten geballt. Weint sie etwa vor Wut?

„Gar nicht schlimm, es ist noch ganz viel da. Außerdem ist es wichtiger, dass deins nicht weg ist, sonst wirst du noch zur Diva vor lauter Hunger."

Sie sieht mich an, und die Tränen sorgen dafür, dass ihre Augen noch mehr glänzen. Ich wische sie ihr mit meinen Daumen vom Gesicht.

„Natürlich bekommst du mein Brot", schnieft sie. „Ich habe das Problem, dass ich heulen muss, wenn ich wütend bin."

„Wir teilen, außerdem habe ich dir Chips mitgebracht."

Nun lächelt sie mich an, bevor sie einen Kuss auf meine Wange drückt.

Stunden später spüre ich ihn noch, als wir beide gesättigt sind und ich allein im Zelt bin. Ich halte mir meine Wange, schließe die Augen und denke an das Schlumpfmädchen, das mich irgendwie berührt.

Kapitel Dreizehn – Sofia

Es ist komisch, mit ihm Zeit zu verbringen. Wir schwelgen beide noch in der Stockbrot-Erinnerung, dem ersten Abend von einundzwanzig, die wir miteinander verbracht haben. Ich weiß noch genau, wie ich ihn damals zum ersten Mal angesehen habe. Niemals hätte ich mir vorstellen können, wie eng unsere Verbindung wird. Dennoch haben wir immer die Nähe zueinander gesucht, bis wir uns dann verloren haben.

„Hast du eigentlich schon einen Eröffnungstermin geplant?" Theo durchbricht die angenehme Stille.

„Den ersten Dezember finde ich ganz gut."

Er schüttelt den Kopf. „An dem Tag eröffnet hier ein Petshop, da gehst du mit der Wiedereröffnung unter. Denkst du, du schaffst den ersten November?"

„Ich denke nicht", murmele ich, und Theo zieht beide Augenbrauen nach oben.

„In der Weihnachtszeit werden die Leute nicht so viel Ruhe haben, um Eis essen zu gehen. Im November wäre das praktischer."

Ich gebe es ungern zu, aber ich denke, er hat recht. Ich werde die Ärmel hochkrempeln und Gas geben müssen, doch ich werde es schaffen. Nun nehme ich mir also den ersten November vor, irgendwie muss ich es schaffen.

„Am neunundzwanzigsten November ist ein Wintermarkt in Clarcton. Da kannst du dich den Nachbarn
vorstellen. Außerdem die Werbetrommel rühren, dass
du geöffnet hast."

Ist es Schmerz, der in seiner Stimme mitschwingt?

Ich denke ja. Aber wieso? Er könnte doch ein Teil der
Gelateria sein, mit mir gemeinsam. Er möchte aber
nicht, und zwingen kann ich ihn nicht.

„Wollen wir gemeinsam etwas kochen?", frage ich,
und Theo sieht mich an. Immer wenn er das tut, durchfährt mich ein Blitz. Als würde er mich nur durch einen
Augenaufschlag in Flammen setzen können.

„Hast du etwa schon wieder Hunger?" Er lacht, und
ich reibe mir über mein Bäuchlein.

„Ja. Du nicht?"

„Doch, ehrlich gesagt schon. Aber wir sind immer
noch im Entschuldigungsprozess."

Ich zucke mit den Schultern. „Und?", frage ich, weil
ich nicht weiß, worauf er hinauswill.

„Du bleibst liegen, genießt deine Ruhe, immerhin hast
du bald genug Stress, und lässt dich von mir bekochen."
Sein Grinsen erinnert mich an sein jugendliches Lächeln, und ich genieße das, weil es mich an die alten
Zeiten erinnert.

„Ich kann helfen", sage ich, doch er schüttelt nur den
Kopf.

Ich kann es mir noch nicht wirklich vorstellen, wie es
sein wird, aber ich denke, er wird recht behalten. Deshalb lege ich demonstrativ die Beine auf die Couch und
nehme die Fernbedienung in die Hand.

„Man bringe mir einen Wein", rufe ich und muss ein Lachen unterdrücken, als er mir wirklich kurz darauf einen Weißwein bringt.

„Bist du noch zu haben?", rufe ich in die Küche.

„Single wie eh und je", schreit er zurück. Ich sollte dringend sehen, ob man irgendwo ein Herz reparieren lassen kann, denn es schlägt zu schnell.

Ich gucke eine neue Serie, doch ich folge dem Inhalt nur halb. Die Müdigkeit schlägt wie ein Blitz ein, und ich bin ratlos. Wie soll ich das denn alles schaffen? Ich werde früher eröffnen müssen, denn an die vorweihnachtlichen Stressausbrüche habe ich gar nicht gedacht.

Ich bin noch nie ein Weihnachts-Fan gewesen. Klar, mein Dad und ich haben uns immer eine schöne Zeit gemacht, aber das war es dann auch schon. Mehr als eine Kleinigkeit als Geschenk ging finanziell nicht, und mir war die Zeit mit ihm sowieso immer wichtiger. Klassische Weihnachtsfeste kenne ich deshalb gar nicht, denn ein besonderes Essen oder so gab es bei uns nie. Wir hatten schlichtweg keine Lust, und was hätten wir auch feiern sollen? Die Liebe zueinander haben wir jeden anderen Tag des Jahres auch zelebriert.

Ich schlucke, weil ich meine Trauer gerade wahrlich nicht gebrauchen kann. Ich bin so in Gedanken versunken, dass ich zusammenzucke, als Theo ins Wohnzimmer kommt und das Besteck auf den Tisch wirft.

„Alles okay? Die Folge ist seit mehreren Minuten vorbei."

Ich blicke auf den Bildschirm, an dem der Abspann bereits beendet ist.

„Es ist alles viel, viel zu viel", hauche ich, und Theo sieht mich an. Auch sein Blick bedeutet mir viel zu viel.

„Du schaffst das. Auch wenn ich nicht ganz will, dass du es tust, wirst du es bestimmt hinbekommen."

Ich setze mich auf. „Warum willst du, dass ich scheitere? Welchen Vorteil hast du, wenn ich am Boden liege? Trittst du dann nach?" Wut und Überforderung werden zu einer toxischen Mischung, die wie Säure in mir hochkommt.

„Nein. Aber vielleicht siehst du dann einfach, dass man eben nicht einfach mal so eine Eisdiele übernehmen kann."

„Du verstehst es nicht, oder?", speie ich ihm entgegen.

„Was verstehe ich nicht?", ruft er zurück.

„Das hier soll mein Neubeginn sein. Außerdem habe ich die Eisdiele geerbt, ich habe Arthur nicht erpresst, dass er sie mir überlässt, okay?" Die Worte kommen so schnell heraus, dass ich nicht einmal weiß, ob er jedes davon verstanden hat.

„Und das verstehe ich auch einfach nicht, wieso er das getan hat! Ich hätte es verdient."

Ich horche in mich, und er hat recht, natürlich wäre es so besser gewesen, doch ich habe geerbt, wieso auch immer. Ich muss das dringend herausfinden.

„Du könntest auch einfach weiterhin für die Gelateria arbeiten, das war doch bisher auch so, oder nicht?" Ich erwähne nicht, dass ich bisher keine Verträge gefunden habe.

„Ich werde niemals für dich arbeiten."

„Dann lass es bleiben", schreie ich.

Mit erhobenem Haupt und gestrafften Schultern gehe ich aus dem Wohnzimmer, ignoriere selbst meinen knurrenden Magen und die Tränen auf meinen Wangen. Warum nur hatte ich kurz die Hoffnung, dass wir es einen Tag schaffen, ohne uns zu streiten?

Weil vielleicht ich die Idiotin bin und nicht er der Idiot.

Die nächste Woche verfliegt schnell, und es sind nur noch drei Wochen bis zur Eröffnung. Ich bin im Dauerstress. In der vergangenen Woche habe ich die letzten Bestellungen getätigt, ich habe mich erst einmal an Arthurs bisheriger Karte orientiert.

Mit Theo spreche ich gar nicht mehr, wir gehen uns aus dem Weg, wenn wir uns dann doch mal sehen. Ansonsten vermeiden wir das aber eher.

Heute möchte ich der Cakery mal wieder einen Besuch abstatten, außerdem würde ich mir gern mehr von der Kleinstadt ansehen. Ob ich die Besitzerin dieses Petshops vielleicht antreffe? Sie steckt bestimmt auch schon knietief in den Vorbereitungen. Vielleicht wäre es ganz schön, sich mit jemand anderem auszutauschen, eventuell hat sie mehr Ahnung als ich.

Ich gehe nach unten durch den Laden. Heute scheint die Sonne, dennoch ist es sehr kalt, und ich habe zum ersten Mal in diesem Jahr eine Mütze übergezogen. Ich wünschte, ich hätte meinen Drahtesel mitgenommen. Er hat nicht in den Kofferraum gepasst, doch ein Fahrrad wäre jetzt super. Aus meinen Großstadtzeiten bin ich es gewohnt, das Auto stehen zu lassen. Clarcton ist nicht groß, aber schmiegt sich in die Umgebung. Als ich durch die Gassen schlendere, fühle ich mich wohl. Außerhalb der Gelateria merke ich, dass es mir besser geht. Im Gebäude ist es so, dass die Wände mich erdrücken. Theos Anwesenheit, auch wenn wir uns nicht sehen, fühlt sich an, als würde sich jemand auf meine Brust setzen und darauf warten, dass ich ersticke. Die Arbeit macht es mir noch zusätzlich schwer. Ich gehe morgens nach dem Aufstehen nach unten und abends, wenn die Sonne untergegangen ist, gehe ich wieder hoch. Schlafen, eventuell etwas essen, doch auch das kommt oft zu kurz, und dann arbeiten und wieder schlafen. Ich kann nicht glauben, dass ich innerhalb der wenigen Wochen, die ich hier bin, schon so eine Veränderung durchlebt habe. Ob sie mir gefällt? Ich bin mir noch nicht sicher.

Ich streife durch die Gassen und entdecke einen Spielwarenladen, der sehr alt aussieht, aber Charme hat. Innen sitzt ein älterer Herr, der glücklich aussieht. Er hat ein Lächeln auf den Lippen und streicht gerade über den Kopf eines Schaukelpferds. Sollte ich eines Tages ein Spielzeug brauchen, dann werde ich dorthin gehen.

„Sofia, was machst du denn hier?" Auf einmal steht Amelia vor mir. Sie hat einen Kinderwagen bei sich, in dem die Zwillinge liegen.

Ich lächle sie an. Sie trägt eine weiße Jeans, dazu ein blaues Hemd, das bestimmt ihrem Mann gehört, die roten Haare hat sie zu einem hohen Zopf gebunden. Ein richtiger Mommy-Look. Sie hat sich einen Schal um den Hals geschlungen; alles in allem sehen ihre Klamotten bequem aus, aber irgendwie wirkt sie auch sehr schick. Ich frage mich, warum ich sie so anstarre, und dann fällt mir auf: Seit ich in Clarcton bin, habe ich nicht mehr wirklich viel Kontakt zur Außenwelt. Ich rede mit niemandem mehr. Zu Hause war ich zumindest manchmal unterwegs. Wenn ich so weitermache, vereinsame ich noch irgendwann. Ich zucke zusammen, als Amelia vor meinem Gesicht schnippt.

„Ich wollte der Cakery einen kleinen Besuch abstatten." Lächelnd versuche ich zu überspielen, dass ich sie gerade wie eine Verrückte angestarrt habe.

„Und wo hast du Theo gelassen?" Sie sieht ehrlich verwundert aus, dabei bin ich es, die die Stirn runzelt.

„Keine Ahnung was er macht, wieso auch?" Ich puste mir eine Strähne aus der Stirn, die sich aus der Mütze gelöst hat.

„Er hat dir Gebäck geholt und ich dachte, ihr habt euch miteinander angefreundet oder so." Sie sieht ehrlich bestürzt aus, wie sie die Lippen schürzt und mich anblinzelt.

„Ach so, ja. Weißt du, das ist alles etwas kompliziert."
Ich finde keine Worte, um unsere Geschichte zu beschreiben. Wie auch? Wir sind nicht gut füreinander, dann sind wir uns zu nah gekommen, danach war wieder Funkstille. Reden mit ihm ist unmöglich, außerdem ist er nicht mehr der Theo, den ich jahrelang vermisst habe.

„Die Kinder sollten schlafen, Jeremia übernimmt für zwei Stunden die Cakery, damit ich mit den beiden Quälgeistern hier spazieren gehen kann. Ich habe also Zeit." Sie grinst, und ich nehme das Angebot dankend an, auch wenn ich hoffe, sie erzählt vielleicht etwas von sich und ich muss nicht alles erklären, was Theo und mich betrifft.

Wir gehen durch den Park, die Babys schlafen noch nicht, sondern scheinen sich mehr für alles um sie herum zu interessieren. Amelia wirkt allerdings nicht genervt, sondern sehr geduldig.

„Warum kommt ihr nicht miteinander aus?“, fragt sie nach einem kurzen Moment der Stille.

„Ehrlich gesagt habe ich keine Ahnung“, platzt es aus mir heraus. „Wir kennen uns von früher, danach haben wir uns nie wieder gesehen. Es waren drei Wochen, ich war fünfzehn, aber weißt du was?“ Ich ziehe die Nase hoch. „Ich glaube, ich habe danach nie wieder jemanden so geliebt wie ihn damals.“

Amelia bleibt kurz stehen. „Warte – du bist hier gelandet, um eine Eisdiele zu übernehmen, und bist dabei in eine WG mit deiner Jugendliebe gezogen?“ Ihre Stimme überschlägt sich fast.

Ich muss kichern, weil ich es von der Seite noch nie betrachtet habe. „Ja, irgendwie schon. Du vergisst in deiner romantischen Ausführung nur eines. Er hasst mich.“ Verzweifelt werfe ich die Arme in die Luft und lasse die Schultern hängen.

„Das glaube ich nicht. Vielleicht redet ihr auch nur zu wenig miteinander. Er hat einen großen Verlust erlitten, und du machst einen Neuanfang.“ Ein Seufzen entfährt ihr. „Es ist bestimmt schlimm für ihn.“

Ich nicke. Sie hat recht. Vielleicht erinnere ich ihn sogar immer daran, dass Arthur nicht mehr da ist. „Ich habe aber keine Zeit, um geduldig zu sein. Er weiß genau, dass ich seine Hilfe bräuchte, und er gibt sie mir einfach nicht. Ich habe ihm sogar angeboten, dass er einfach weiter für mich arbeiten könnte.“

Amelia wippt den Kinderwagen, um die Babys in den Schlaf zu wiegen. „Helfen ist schwer. Jeremia war da auch nicht so gut drin, wenn der Deal nicht gewesen wäre, im Gegenzug ein Date mit ihm zu haben.“

Wie sehr sich ein Gesicht aufhellen kann! Ein Lächeln, das man nicht beschreiben kann, schleicht sich auf ihre Lippen, wenn sie über Jeremia spricht, und ihre Augen fangen an zu leuchten.

„Vielleicht ist aber auch er derjenige, der dich braucht?“

Meine Antwort ist klar und deutlich: Ich schüttele sofort den Kopf. „Nein, das kann ich mir nicht vorstellen. Er geht mir aus dem Weg, sobald er kann. Dann nähern wir uns an und prallen aufeinander, küssen uns fast, und danach wieder Eiszeit.“

„Warte, ihr habt was?“

Ups. Das hatte ich in der kurzen Ausführung wohl vergessen. Ein Schulterzucken muss Antwort genug sein.

„Sofia, wir haben eindeutig noch viel zu besprechen. Die Kinder sind eingeschlafen, perfekt.“ Sie strahlt mich an, und dann erzähle ich ihr alles, damit ich endlich jemanden habe, den ich vielleicht irgendwann zu meinen Freunden zählen kann.

Kapitel Vierzehn – Sofia

Als ich am Abend nach Hause komme, fühle ich mich besser als in den gesamten letzten Wochen. Ich gebe es ungern zu, doch Amelia hat mich heute aus einem ganz tiefen Loch geholt und mich aufgebaut. Eine Superkraft, die nur die Freundschaft hat.

Sie hat mir noch einiges von der Cakery eingepackt, weshalb es zum Abendessen heute einen New York Cheesecake, einen Schinkenbagel und ungefähr fünf Cupcakes gibt.

Zu viel für eine Person?

Ja.

Will ich teilen?

Nein.

Als ich die Wohnungstür aufschließe, merke ich, wie meine Schultern sich direkt wieder anspannen – und ich fahre zusammen, da Theo vor mir steht.

„Hey", sagt er und streift sich die Schuhe ab. Wahrscheinlich ist er kurz vor mir gekommen.

„Hi", antworte ich und stelle meine Schuhe neben seine. Es sieht lustig aus, weil er mindestens vier Größen mehr hat als ich.

Wir verfallen wieder in Schweigen, und ich nehme meinen Mut zusammen, denn es ist unerträglich. Ich kann das nicht mehr.

„Ich habe Kuchen mitgebracht, magst du etwas?"

Ich teile zwar nicht, aber mit ihm ist es eine Ausnahme.

„Nein danke, ich hab schon gegessen. Morgen kommt Matthew vorbei, ich kenne ihn von der Feuerwehr. Dort haben wir schon oft Eis vorbeigebracht als Dankeschön."

„Klar", murmele ich.

Er hat einen Freundeskreis, ich nicht.

„Wir würden ins Wohnzimmer gehen."

Ich verstehe genau, was er meint. Ich soll mich in diesem Zeitraum nicht dort aufhalten, doch das hatte ich auch nicht vor. Ohne noch mehr zu sagen, gehe ich in mein Zimmer – das Gewicht auf meiner Brust ist wieder da.

Ein komisches Geräusch an meiner Tür weckt mich auf. Ich gähne herzhaft und strecke mich, dann stehe ich auf und öffne die Tür.

„Loki", murre ich. Der schwarze Kater kommt einfach in mein Zimmer, als wäre es sein Reich.

Ich kuschele mich zurück ins Bett, lehne die Tür an. Kaum ziehe ich die Decke über mich, spüre ich, wie ein Gewicht auf meinem Bauch landet. Ich keuche auf. Dieser Kater!

„Loki, wirklich?" Ich grinse ihn an, verschlafen und verdattert. Er maunzt und tritt dann mit den Pfötchen auf meinem Bauch herum, bevor er sich zusammenrollt und es sich bequem macht. Ich bin froh, heute noch nichts gegessen zu haben, sonst hätte ich mich möglicherweise noch auf ihm erbrochen.

Ich streiche ihm über das weiche Fell; die Vibrationen an meinem Bauch vom Schnurren sind angenehm, und so falle ich noch mal in einen tiefen Schlaf.

Ich verbringe den Tag damit, mich an Slush zu versuchen, weil ich mehr für Kinder anbieten möchte. Überraschenderweise ging das viel einfacher als die Herstellung von Cremeeis. Ich habe mittlerweile einen Rezepteordner angelegt, in dem ich Tipps und Tricks notiere sowie genaue Mengenangaben.

Loki ist gestern irgendwann verschwunden, und vor circa zehn Minuten habe ich gehört, dass dieser Feuerwehrmann wohl zu Besuch gekommen ist. Nun sitzen die beiden im Wohnzimmer, und ich höre sie so laut lachen, dass ich in meinem Zimmer einfach nur kotzen möchte. Ich fühle mich einsam, ungewollt und frage mich, wieso ich Theo noch kein einziges Mal dazu gebracht habe, so zu lachen.

Loki kommt auch nicht zurück, wahrscheinlich hat selbst der Kater die Nase voll von mir. Ich werde mir später noch eine Pizza in den Ofen werfen, mein Magen knurrt schon, und dann sollte ich mir endlich einen Fernseher für dieses Zimmer zulegen. Bis dahin muss mein Laptop reichen.

Ich lächle, als ich auf die Vorlagen auf dem Bildschirm blicke. Der Instagram-Feed steht, zumindest in der Planung ist er schon in den Startlöchern. Ich habe mir mehrere Fragen überlegt, mit denen ich die Interaktion steigern will. Keine Ahnung, wieso ich überhaupt so viel Herzblut in diese ganze Sache stecke. Ich arbeite jeden Tag, nur um alles zu perfektionieren. Es gibt nicht einmal die Garantie, dass ich etwas erreichen und Gäste haben werde. Vielleicht verkaufe ich nicht eine Kugel Eis und muss nach einem Monat wieder schließen, da eine Eisdiele im Winter einfach nicht gut besucht ist.

Ich schlucke, die Zweifel kommen in Schüben, dann ziehen sie mich in das dunkle Meer nach unten. Wie soll das nur werden, und reicht meine Mühe überhaupt aus?

Die Angst sitzt mir im Nacken. Ich habe schon oft in meinem Leben versagt. Vielleicht verlange ich mir jetzt zu viel ab. Ich öffne ein neues Dokument – früher hat es mir oft geholfen, wenn ich meine Gedanken niedergeschrieben habe, also tue ich das auch jetzt.

Es wird immer dunkler, und auch wenn ich sonst das Zehn-Finger-System beherrsche, sehe ich die Buchstaben nicht mehr richtig auf den Tasten. Ich habe vier DIN-A4-Seiten vollgeschrieben, und mein Kopf fühlt sich endlich leerer an.

Wir haben schon Mitternacht, mein Magen knurrt, und ich habe keine Lust mehr, mir was zu essen zu machen. Ich versuche, mich daran zu erinnern, was ich meinem Magen heute gegönnt habe. Die zwei Cupcakes, die noch von gestern übrig waren. Außerdem habe ich drei bis zehn Slushs probiert, bis die Konsistenz perfekt war. Ich sollte also dringend noch etwas zu mir nehmen.

Ich ziehe mir meinen Bademantel über, immerhin trage ich schon meinen Pyjama. Dann tapse ich so leise wie möglich in die Küche – im Wohnzimmer läuft der Fernseher. Wer weiß, vielleicht sehen sich die Männer ja einen Film an. Ich ziehe eine Pizza Hawaii aus dem Tiefkühlfach und schiebe sie in den Ofen. Ich bin Fan von süß und herzhaft in einem – während andere sich schütteln bei Ananas auf der Pizza, bin ich einfach nur begeistert davon. Generell bin ich froh, dass ich nicht mäkelig oder verzogen bin, was Essen betrifft. Dad und ich waren froh über alles, was im Haus war. Wir waren beide nie sonderlich gut darin, zu kochen – ich, weil ich es nie gelernt habe, und mein Dad, weil ihm schlichtweg die Zeit gefehlt hat.

und das Poltern hinter mir lässt mich zusammenzucken. Ich drehe mich um: In der Tür steht Theo. Er hat gerötete Wangen, und das Küchenlicht scheint ihn zu blenden, denn er versucht, mit einer Hand die Augen abzuschirmen.

„Alles okay?", frage ich, weil er ein bisschen verloren aussieht.

„Nein, seit du hier bist, ist nicht mehr alles gut", nuschelt er und ... lallt er etwa? Hat sich Theo betrunken? Ich hebe eine Augenbraue und wende mich dann ab, ich habe keine Energie dafür, mich mit einem angetrunkenen Kerl zu unterhalten.

„Hörst du mir überhaupt zu?", ruft er und versucht, auf mich zuzugehen. Wanken wäre eine zutreffendere Beschreibung.

„Was willst du, Theo? Es ist mitten in der Nacht, ich habe einfach nur Hunger und keine Lust, jetzt mit dir zu streiten."

Ich gebe mein Bestes, ruhig zu klingen und nicht laut zu werden.

„Ich will auch nie streiten, aber immer, wenn du auftauchst, dann bringst du alles durcheinander." Er spuckt mir die Worte förmlich ins Gesicht, und ich zucke nicht einmal zusammen.

„Geh schlafen", murmle ich.

„Du machst mich verrückt. Ich habe mich jahrelang danach gesehnt, dich noch einmal zu sehen und jetzt …" Er atmet tief durch. „Ich habe mich damals direkt in dich verliebt, und nun … du bist wieder da, nach so vielen Jahren und bringst alles durcheinander. Es ist nicht gut, dass du hier bist."

Nun kocht doch die Wut in mir hoch. „Hörst du dir überhaupt zu? Du hast dich nicht mehr gemeldet, okay? Und ich habe dich nicht gefunden. Jetzt sehen wir uns wieder, und ich habe immer gedacht, wenn das passiert, dann würden wir unser verdammtes Happy End bekommen. Aber stattdessen?" Ich lege eine kurze Pause ein, um Luft zu holen für die nächsten Worte. „Du bist die ganze Zeit wütend auf mich, vor allem, weil du in mir nur ein Monster siehst, das dir etwas wegnehmen will, das dir nicht gehört. Dabei bin ich immer noch das Schlumpfmädchen."

Ich werfe die Arme in die Höhe, und er fängt sie ein, seine Hände umschließen meine Handgelenke und halten sie über meinem Kopf zusammen. Er kommt mir näher, zu nah. An meinem Hintern spüre ich die Hitze des Ofens. Theo drängt sich an mich.

„Du bist Gift für Clarcton und eine Abrissbirne für die Mauer um mich herum."

Ich will widersprechen, als seine Lippen auf meine prallen.

Der Kuss ist aggressiv und fordernd.

Wie oft habe ich mir das in den vergangenen Jahren gewünscht? Wie sehr habe ich mich danach gesehnt, noch einmal seine Lippen auf meinen zu spüren? Ich habe es mir immer romantischer vorgestellt in den kitschigen Träumen eines Teenagermädchens. Wir würden irgendwo stehen, nicht in einer Küche, so viel ist klar. Alkohol sollte auch keine Rolle spielen, doch jetzt verliere ich mich einfach nur darin, ihn noch einmal in meinem Leben küssen zu können.

Er schmeckt nach Bier. Die Wärme seiner Lippen geht auf mich über, und als er sein Becken an meines drückt, keuche ich. Er lässt es kreisen. Unter meinem Bademantel trage ich nicht viel außer der dünnen Schlafhose samt Oberteil. Ich spüre genau, wie er mich reizen will.

Wir sollten das nicht tun, er ist zu betrunken, ich zu nüchtern. Im Vergleich zu ihm weiß ich genau, was ich tue, und ich bin mir nicht sicher, was schlimmer ist.

Mein Herz schlägt doppelt so schnell wie zuvor.

„Ich wollte das schon tun, seit ich gewusst hab, dass du sie bist." Er löst sich nur kurz für diese Worte von mir, dann erobert er meine Lippen erneut. Während er meine Arme immer noch nicht freigibt und nun mit einer Hand festhält, sucht seine andere den Weg zu meiner Hüfte, um mich noch enger an sich zu ziehen.

Ich spüre genau, was der Kuss mit ihm macht. Mit uns.

„Wer bin ich?", hauche ich, als wir uns kurz lösen, um zu Atem zu kommen.

Seine Nasenspitze berührt meine, wir keuchen beide, atmen zu schnell, zu heftig. Die ganze Situation ist zu viel, das Pochen zwischen meinen Beinen lässt mich nicht mehr klar denken.

„Das einzige Mädchen, das ich je geliebt habe." Seine Stimme bricht bei den Worten, und ich kann den Schmerz fast spüren, so sehr ist er auf einmal präsent.

Theo lässt meine Arme los, als hätte er sich an mir verbrannt, doch er tritt nicht zurück. Ich lege die Hände an seine Hüften, weil ich mich an ihnen festklammern will, denn ich drohe zu ertrinken. Er ist mein Rettungsring, das war er schon immer.

„Warum hast du dich nicht gemeldet?", hauche ich, nah an seinen Lippen. Ich widerstehe den Drang, sie mit meinen Zähnen zu erkunden, ihm Schmerz zuzufügen, damit er etwas anderes als seine Dämonen im Inneren fühlt. Ich bin mir sicher, dass dort etwas sein muss. Es muss lange gedauert haben, die dicken Mauern um ihn herum zu errichten. Werde ich es jemals schaffen, hinter ihnen den Theo zu finden, den ich damals so sehr geliebt habe?

„Ich konnte nicht, Sofia. Verstehst du nicht?"

Seine Unterlippe bebt. Ich hebe meinen Blick, um ihm in die Augen sehen zu können. „Was verstehe ich nicht?", hauche ich. Ich kann nicht nachvollziehen, warum er sich nicht gemeldet hat.

„Auf dem Rückweg vom Feriencamp gab es einen Unfall." Seine Schultern fangen an zu beben, das Lallen in seiner Stimme ist fast verschwunden. Manchmal bringt ein Kuss mehr Realität zurück als eine kalte Dusche. „Sie sind gestorben. Ich nicht."

Ich runzle die Stirn, bringe etwas Abstand zwischen uns, was leicht ist, weil Theo zurückweicht.

„Wer?" Allein diese Frage reicht, dass er seine Arme um sich selbst schlingt, fast als würde er versuchen, sich zu trösten. Das Bild schmerzt mich, denn wie er dort steht, hat er nichts mehr gemein mit dem starken Mann, der er vorgibt zu sein. Er ist der gefallene Junge, der anscheinend jemanden verloren hat.

„Meine Eltern. Wir haben uns vor dem Camp gestritten. Der Unfall geschah circa fünf Meilen von dort entfernt, als sie mich abgeholt haben, ich hatte nicht mal Zeit, mich für mein dummes Verhalten vor den Ferien zu entschuldigen."

Nun strömen Tränen über seine Wangen. Sie schmerzen mich, weil er gerade komplett zerbricht. Ich bin schuld, denn auch wenn ich Antworten verdiene, hätte ich darauf verzichtet, um ihn jetzt nicht so sehen zu müssen.

„Es ist viel verlorengegangen bei dem Unfall. Der Zettel mit deiner Nummer. Sogar meine Schuhe, weißt du noch, die weißen Airmax?"

Ich erinnere mich daran, also nicke ich. Ich hatte sie verziert, vollgemalt, und anstatt genervt zu sein, hat er sie voller Stolz getragen. Ich habe alles Mögliche drauf gekritzelt, nicht dass ich gut malen konnte. Nein, eher das Gegenteil, aber irgendwie hatte ich den Drang, Erinnerungen zu schaffen. Irgendwas, an das er sich klammern kann, wenn ich nicht mehr bei ihm sein würde.

„Ich hatte nichts mehr von dir, und du hast dich auch nicht gemeldet. Danach ging alles bergab, bis ich hierherkam." Ich habe versucht, ihn zu finden, doch das weiß er nicht. Ich wusste nur seinen Vornamen. Ein Schatten huscht über sein Gesicht. „Bis der nächste Mensch gestorben ist, den ich geliebt hatte. Jetzt kommst du hierher, als würde alles dir gehören, dabei habe ich es mir erkämpft, hier zu sein." Nun wird er wieder lauter. Ich weiß nicht, ob noch der Alkohol aus ihm spricht oder die Trauer. „Ich kann dir nicht näherkommen, denn dann wirst auch du sterben. Außerdem hast du die Eisdiele nicht verdient, sondern ich. Es sei denn, Arthur hat mich doch nicht geliebt, das wird es gewesen sein." Er schreit auf, als hätte man ihm ein Messer in die Brust gerannt, dann verlässt er fluchtartig die Küche.

Ich bleibe zurück, der Backofen qualmt, ich stehe in Flammen, und gleichzeitig tut mir alles weh.

Seine Eltern sind gestorben, und ich habe jahrelang gedacht, er hätte kein Interesse mehr an mir. Ich bin nie darauf gekommen, dass etwas so Schreckliches passiert sein könnte.

Ich Idiotin. Wieso bin ich nur nie auf die Idee gekommen? Ich bin davon ausgegangen, dass ihm das mit mir nicht so viel bedeutet hat. Eine Schwärmerei, hat es mein Vater genannt – Jugendlieben vergisst man wieder. Es war eine Lüge, ich habe jedes Jahr an ihn gedacht. Ich habe ein Tagebuch geführt, in dem ich ihm Briefe geschrieben habe. Hätte ich erahnen können, was er durchmacht, hätte ich ihn gesucht.

Er hat recht, ich habe es nicht verdient, hier zu sein.

Kapitel Fünfzehn – Theodore

Feriencamp, vor dreizehn Jahren

Ich habe die halbe Nacht wachgelegen, es ist zu heiß im Zelt, und dauernd hatte ich diese blauen Augen vor mir, die mich seit gestern nicht loslassen. Sofia Tremplay. Ein junges Mädchen – ja die zwei Jahre machen einen gewaltigen Unterschied –, das mich nach nicht einmal vierundzwanzig Stunden in den Bann gezogen hat. Sofias blonde Haare umrahmen ihr wunderschönes Gesicht, ich könnte fast alles wiedergeben, was sie mir gestern erzählt hat. Ich muss wahrlich verrückt sein, verrückt nach ihr. Ich überlege derzeit, wie ich ihr eine Freude machen kann. Der Drang danach ist so groß, doch ich habe nichts Sonnengelbes, und auch sonst sind meine Möglichkeiten hier im Zeltlager begrenzt. Ich schlucke, weil ich mich in den Gedanken nach ihr verliere. Sie ist das Meer, in dem ich am liebsten schwimme. Diese Macht der Gefühle, die ich nicht kenne, die macht mir Angst.

Die Luft ist stickig, die Sonne ist noch nicht einmal aufgegangen, und ich schwitze schon. Es hat keinen Sinn, ich werde nicht mehr schlafen können. Schnell schlüpfe ich in ein ärmelloses Shirt und eine kurze Jogginghose, dann öffne ich den Reißverschluss meines Zeltes. Die Flip-Flops, die ich extra für das Camp bekommen habe, stehen davor, und ich ziehe sie an.

Woah! Ich zucke zusammen, als Sofia neben mir steht. Sie hat das Talent, wie aus dem Nichts aufzutauchen.

„Stalkst du mich?" Ich lache, und sie zieht einen Schmollmund als Antwort.

„Ich konnte nicht schlafen, es war so stickig, und da dachte ich, wir könnten einen Spaziergang machen oder zum See gehen."

Die Sonne strahlt bereits auf uns herab; es ist keine Option, ins Zelt zurückzukehren, also nicke ich.

„Klar." Ich lächle, und sie kommt auf mich zu, nimmt ganz selbstverständlich meine Hand in ihre. Ihre kleinen Finger verschwinden beinahe in meinen. Mein Herz schlägt schnell; ich glaube, sie kann das Pochen sogar sehen. Man hört nur die Geräusche des Waldes, hier und da ein Zirpen, manchmal ein Zwitschern.

Sofia läuft neben mir, elegant wie ein Engel, ihre Haare wehen im Wind, und ihre Finger fühlen sich so weich an. Es ist augenscheinlich noch keine Menschenseele wach, weshalb vermutlich niemand bemerkt, dass wir uns wegstehlen.

Unter den Bäumen ist es kühler, jedoch nicht kalt.

„Weißt du, wie viel Uhr wir haben?", frage ich, als mir ein Gähnen entweicht und ich mich kurz strecke, um meine Muskeln zu entspannen.

Sofia blickt auf ihre Armbanduhr, sie ist rot und das Armband mit Pferden bedruckt. Als sie meinen Blick bemerkt, stiehlt sich ein Grinsen auf ihre Lippen. „Frag nicht. Mein Vater denkt, sein Mädchen wäre ein Pferde-Fan." Sie würgt, und ich lache.

„Ich denke, eine gelbe Uhr würde besser passen", schmunzele ich, nachdem ich mich beruhigt habe.

„O ja. Aber mein Dad gibt sich Mühe. Es ist übrigens sechs Uhr."

Ich nicke. Wann war ich das letzte Mal morgens um sechs Uhr spazieren? War ich es jemals? Ich bin kein Freund davon, laufen zu gehen oder spazieren. Ich weiß selbst nicht warum, eigentlich mag ich die Natur. Wenn ich dann aber mal früher wach bin, nehme ich mir Zeit für mein Keyboard. Irgendwie ist mir die Musik wichtiger oder aber die Nase noch in ein Buch zu stecken, als rauszugehen.

Als ich merke, wie ich mich entspanne, weil die Natur guttut und Sofia immer wieder kichert, wenn sie was entdeckt, überlege ich, vielleicht mal eine Runde laufen in meinen Alltag zu integrieren.

„Du weißt, dass du auch ... na ja klopfen oder so hättest können?" Meine Stimme ist noch leicht rau, da ich nicht viel Schlaf bekommen habe.

„Ja, aber ich wollte dich nicht wecken. Warten macht mir nichts aus." Sie zuckt mit den Schultern und wird dann im nächsten Moment von irgendwas abgelenkt. Sie ist so anders, besonders, zerbrechlich, und ich weiß nicht, wie sie es schafft, dass ich mich so gut in ihrer Nähe fühle.

Die Bäume schützen uns vor der Sonne und der Weg ist breit, sodass man gut darauf laufen kann.

„Hörst du das Rauschen? Hier ist bestimmt irgendwo Wasser in der Nähe."

Sofias Augen leuchten bei meinen Worten auf, und ich würde sie am liebsten umarmen. Ich scheine komplett durchzudrehen, nur so kann ich mir meine Reaktion auf sie erklären. Auf jeden Fall ist es schön, dass sie mir das Camp hier so leicht macht. Irgendwie werden die Tage mit ihr bestimmt verfliegen.

Es dauert nicht lang, da finde ich den Ursprung für das Rauschen. Ein kleiner See liegt vor uns, und es gibt sogar einen kurzen Steg.

„Ich liebe das Wasser." Sofia ist schnell aus ihren Flip-Flops geschlüpft und steht schon bis zu den Knien im See. Sie ist nicht sonderlich groß, bei mir geht das Wasser wahrscheinlich nur bis über die Knöchel.

„Das sieht man", lache ich.

Ein Funkeln liegt in ihren Augen, sie wirkt so glücklich, dass ich mir etwas vornehme: Jedes Mal, wenn ich nicht glücklich bin, dann werde ich mir ins Gedächtnis rufen, wie sie hier steht.

Sie streckt die Arme aus und dreht sich im Kreis. „Komm zu mir", ruft sie, und ich streife mir meine Schuhe ab, dann gehe ich auf sie zu. Sie hält mir beide Hände hin, die ich sogleich ergreife. Wir stehen gemeinsam im Bach. In diesem Augenblick könnte die Welt untergehen, und wir würden es nicht bemerken.

Das Wasser ist kalt und ich bekomme eine Gänsehaut.

Ich grinse, weil mir da eine Idee kommt. „Lust dich abzukühlen?", stelle ich die rhetorische Frage, denn im nächsten Moment spritze ich sie nass. Das empörte Kreischen sorgt dafür, dass ich ebenfalls lachen muss.

Wir foppen uns gegenseitig, bis wir pitschnass sind. Mir tut der Bauch weh, und mein Herz schlägt schnell.

„Time-out", ruft sie irgendwann und wischt sich die nassen Strähnen aus dem Gesicht.

„Sicher?" Ich bin gerade dabei, meine Hände erneut mit Wasser zu füllen, um sie damit zu duschen, als sie ans Ufer tritt. „Komm zu mir", sagt sie, wie schon einmal zuvor, als sie sich auf den Steg legt. Sie zieht ihr Kleid aus und lässt sich von der Sonne trocknen.

Ich schlucke. Sie weiß nicht, was dieser Anblick mit mir macht. Wie sie dort liegt, die helle Haut wird von der Sonne angestrahlt, sie trägt einen weißen BH ... Ich versuche wirklich, nicht zu starren, aber bei Gott, ist sie schön. Sie bemerkt meinen Blick, aber sie scheint es zu genießen.

Ich sollte damit aufhören, sie ist zu jung, und ich auch. Ich merke, wie ich ein Problem bekomme und bleibe lieber noch kurz im Wasser.

Ob es hilft sich irgendwas anderes vorzustellen? Etwas ... Hässliches?

Nein. Immer wieder kommt sie mir in den Sinn.

„Nimmst du mich in den Arm?", fragt sie, zuckersüß, unschuldig.

Ich würde gerne so viel mehr tun, aber das sage ich natürlich nicht. „Ich bin ganz nass", flüstere ich, ein wenig atemlos.

„Komm jetzt her", murrt sie, und dann schlinge ich meine Arme um sie.

Wenn ich mir je wünschen könnte, einen Augenblick noch einmal zu erleben, dann wäre es dieser, in dem Sofia Tremplay zum ersten Mal in meinen Armen lag.

Kapitel Sechzehn – Sofia

Ich stehe wie gelähmt in der Küche, die Pizza ist verbrannt, doch ich habe sowieso keinen Hunger mehr. Das schlechte Gewissen liegt mir schwer im Magen.

Ich muss mit Theo sprechen, ich kann das Gesagte nicht einfach so im Raum stehen lassen. Was wäre ich für ein Monster, wenn ich jetzt nicht für ihn da wäre? Er mag zwar eins in mir sehen, doch die Realität und die Illusion sind keine guten Freunde. Ich wäre gerne mehr für ihn da und wünschte, er könnte mir einen kleinen Platz in seinem Leben gewähren. Ich weiß ja selbst nicht einmal wieso.

Weil du einsam bist.

Manchmal ist die innere Stimme ein ehrliches, aber idiotisches und schmerzhaftes Vieh.

Ich atme noch einmal tief durch, dann mache ich mich auf den Weg zu seinem Zimmer. Ich klopfe an und hole mir dabei fast einen Splitter, weil die Holztür schon etwas älter ist.

Es kommt keine Reaktion aus dem Inneren, doch ich ignoriere für einen Moment meine Manieren und öffne leise die Tür. Nein, ich versuche es leise, denn das Knarren ist nicht zu überhören.

Es ist dunkel im Raum, und als ich das Schnarchen höre, weiß ich, dass es ein schlechter Zeitpunkt ist, um mit ihm zu sprechen. Ich bleibe noch einen Moment stehen, um ihn zu betrachten. Lediglich der Mond erhellt den Raum ein wenig. Er beleuchtet Theo, und ich kann mir ein Lächeln nicht verkneifen.

Er liegt auf dem Bauch, eine Hand streift fast den Boden, die andere ist unter seinem Kissen. Er hat mir mal erzählt, dass er es nicht mag, flach zu liegen, ich weiß aber gar nicht mehr, warum.

Ich gehe auf leisen Sohlen zu ihm, um seine Decke hochzuziehen. Er seufzt im Schlaf, und ich würde alles dafür geben, um mich neben ihn zu legen. Die Sehnsucht in meinem Herzen ist groß, ich kann fast nicht atmen, weil ich mich nicht traue, laut zu sein. Wenn er jetzt aufwacht, würde ich noch mehr kaputtmachen.

Mein Herz zieht sich zusammen. In diesem Moment ist er einfach nur mein Theo. Sein Schnarchen klingt fast wie damals, und ich bin mir sicher, dass ich niemals wieder jemanden so sehr lieben werde. Ich atme tief ein und aus, dann streiche ich ihm die Strähnen aus der Stirn.

Es fühlt sich gut an, ihn zu berühren. Mir ist bewusst, dass wir bis vor wenigen Stunden noch rumgeknutscht haben, aber das hier ist einfach anders.

Ich will sie wegziehen, als er danach greift. Seine breiten Finger umfassen mein Handgelenk mühelos, und ich quietsche leise auf, weil ich mich so erschrecke.

„Bleib", nuschelt er, und ich bin mir nicht sicher, ob ich ihn richtig verstanden habe. Als er dann aber zur Seite rutscht und die Decke hebt, die Augen noch immer geschlossen, da weiß ich, was er will.

Es ist der Alkohol, da bin ich mir sicher, doch ich sehne mich so sehr nach ihm. Ich möchte neben ihm einschlafen, auch wenn es mir morgen wahrscheinlich das Herz brechen wird. Will ich mir das antun? Ich wäge meine Möglichkeiten ab: Ich könnte gehen und diesen Abend aus meinem Gedächtnis streichen. Andererseits scheint Theo gerade Nähe zu brauchen, und ich benötige sie noch viel mehr. Ehe ich also noch mehr zerdenke und mich verrückt mache, gehe ich noch einen kleinen Schritt auf ihn zu.

Ich ziehe meinen Morgenmantel aus, meine Hausschuhe stelle ich neben sein Bett. Mein Herz schlägt fast genauso schnell wie damals, als ich ihn das erste Mal gesehen habe.

Ich sammle meine gesamte Kraft, dann kuschele ich mich an ihn. Wie selbstverständlich schmiegt er sich von hinten an mich, und der Arm, der gerade noch unter seinem Kissen gelegen hat, schlingt sich um meine Brust. Die andere Hand ruht auf meinem Bauch, und ich umklammere seine Arme. Seinen Kopf bettet er auf meinem Rücken, ich spüre seinen gesamten Körper. Ich bekomme kaum Luft, weil ich mich nicht traue, zu atmen.

„Entspann dich", murmelt er und klingt so nüchtern und klar, dass es mir nicht so vorkommt, als hätte er noch viel Alkohol im Blut.

Ich brauche ihn, jede Faser meines Körpers sehnt sich danach, bei ihm zu sein, hier in seinen Armen zu liegen.

Er brummt. „Du bist noch genauso klein wie damals, wenn ich dich halte."

Ich grinse über seine Worte und merke, wie ich mich entspanne. Bald atmen wir im selben Takt.

„Ich kann nicht glauben, dass ich hier bin", flüstere ich. Als Antwort zieht er mich noch näher an sich.

„Ich wünschte, wir könnten für immer hierbleiben." Er küsst meine Schulter, und ich schlucke die Tränen hinunter. „Können wir vielleicht?", frage ich, leichtsinnig, ein wenig naiv, aber vor allem verliebt.

In diesem Moment wird mir bewusst, dass ich nie aufgehört habe, ihn zu lieben. Ich habe ihn damals gesehen und gewusst, er ist etwas Besonderes. Jetzt, wo ich ihn wiederhabe, da kann ich ihn nicht loslassen. Ich kann nicht zulassen, dass das Leben noch einmal gegen uns spielt.

Bitte, schreib uns eine schöne Geschichte, wir brauchen dieses Happy End beide so dringend.

Ich höre sein leises Schnarchen, spüre seinen Atem auf meiner nackten Schulter, der Träger ist hinuntergerutscht. Während er schon ins Land der Träume geflogen ist, bin ich hellwach.

Meine Sinne sind geschärft, ich rieche einen Hauch Alkohol, spüre seine Hände, die mich halten.

Sein Bein liegt auf mir, und das Gewicht drückt mich in die weiche Matratze. Ich schließe die Augen und will mich entspannen, doch irgendetwas hält mich wach.

Es gibt diese Momente, die nicht schnell vorbeigehen sollen. Man schnipst einmal, und schon sind die schönsten Augenblicke vorbei. Wenn ich jetzt einschlafe, dann wird der Morgen mich überkommen, er wird mich wie eine Welle mit sich reißen. Theo wird mich ins Wasser werfen, in dem ich drohe zu ertrinken. Ich muss diesen Augenblick in die Länge ziehen, und wenn ich jetzt einschlafe, dann ist er vorbei.

Also bleibe ich wach und kämpfe gegen die Müdigkeit an. So lange, bis ich verliere und mir die Augen zufallen.

Mein letzter Gedanke ist: ich will nicht schlafen, denn gerade ist die Realität schöner als alles, was mich erwarten könnte. Ich liege in Theos Armen, und er hat mich schon damals daran erinnert, wie gut das Leben sein kann. Ich kann nicht glauben, dass ich die Möglichkeit bekomme, noch einmal neben ihm einzuschlafen und hoffe, diese eine Nacht wird nicht enden.

Irgendwas ist anders. Ein Gewicht liegt auf mir, etwas ist in meinem Gesicht, und ich muss husten, als ich bemerke, dass es Lokis Schwanz ist, der mir gerade die Nase kitzelt.

Was ist dann das andere Gewicht? Als ich die Augen aufschlage und das Keyboard sehe, das an der gegenüberliegenden Wand steht, da wird mir klar, wo ich bin. Verdammt, da war ja was. Ich schlucke, das ist nicht gut, ganz und gar nicht.

Hinter mir bewegt sich Theo, und ich habe keine Zeit mehr, um mich rauszuschleichen und so zu tun, als wäre das hier nie passiert.

„Guten Morgen", murmelt er, und ich kann nicht verhindern, dass ich mich verkrampfe, weil ich Angst habe, dass er gleich toben wird.

„Ich kann das ..."

„Hör auf. Ich war zwar betrunken, aber nicht so sehr, dass ich nicht mehr wusste, dass du hier schläfst."

Ich drehe mich zu ihm um, damit ich ihn ansehen kann. Er hat verquollene Augen, außerdem zeichnet sich sein Bart immer mehr ab, weil er sich nicht rasiert.

„Es tut mir ..."

„Was tut dir leid? Dass wir um der alten Zeiten Willen eine Nacht hier gemeinsam geschlafen haben? Reg dich ab, Sofia. So etwas kann passieren." Er zuckt nicht einmal mit der Wimper, klingt kühl, und gleichzeitig liegt sein Arm noch immer um mich.

„Der Kuss ..."

Wieder unterbricht er mich. „Bereust du ihn?" Er dreht sich zu mir um, wir sehen uns ins Gesicht, und es wäre ein Leichtes, mich zu ihm zu beugen und das von gestern zu wiederholen. Doch heute fehlt mir schlicht und einfach der Mut dazu, deshalb antworte ich nur mit einem Kopfschütteln. Natürlich nicht, immerhin wollte ich es, ich wollte noch einmal spüren, wie es ist, ihn zu küssen. Es war genauso atemberaubend wie vor dreizehn Jahren.

„Siehst du, ich auch nicht. Das bedeutet nicht, dass wir das wiederholen können, jedoch auch kein schlechtes Gewissen. Wir sind praktisch zwei Fremde, die sich hilflos daran klammern, was sie damals füreinander waren."

Ich schlucke, Tränen brennen in meinen Augen. Er hat zwar recht, doch es tut weh.

„Hey, das ist nun mal so, wenn das Leben dazwischenkommt. Es spaltet die besten Teams." Seine Worte klingen nach dem Abschied, der das hier ist. Das schmerzt, doch es ist besser, wenn wir das einmal durchziehen und mein Herz dann Zeit bekommt, um zu heilen.

„Wieso gibst du uns nicht noch eine Chance?", hauche ich, die Verzweiflung spricht aus mir.

„Weil es zwecklos ist." Seine schonungslose Ehrlichkeit hat mich schon damals beeindruckt, er hat oft gesagt, was er denkt, und nie gelogen.

„Okay", sage ich und will aufstehen, da hält er mich fest.

„Ich weiß nicht, wann ich eine Wohnung finde, doch wir sollten uns irgendwie arrangieren."

Ich nicke, beiße mir auf die Lippe. „Wir könnten ein so gutes Team werden, auch in der Eisdiele."

Sein Kopfschütteln sorgt für weitere Risse in meinem Herzen.

Es zerspringt, als er mir einen federleichten Kuss auf die Lippen drückt und dann mit einem Nicken in Richtung Tür zu verstehen gibt, dass ich gehen soll.

Alles in mir schmerzt, als ich das Zimmer verlasse. Ich verstehe ihn nicht, ganz und gar nicht, ich weiß nicht, warum er mich nicht an sich ranlässt. Klar ist: Wenn ich nicht aufhöre, mich zu öffnen und bei ihm gegen Mauern zu rennen, dann wird nicht mehr viel von mir übrig bleiben. Also gilt es nun, mich auf mich selbst zu konzentrieren, und das bedeutet, die Gelateria zu eröffnen und zu vergessen, dass Theo eben Theo ist.

Kapitel Siebzehn – Sofia

Ich hasse es, dass ich immer weinen muss, wenn etwas nicht nach Plan läuft. Noch mehr verachte ich es, dass ich dieses Mal nicht dafür verantwortlich bin.

Wir haben den ersten November, doch anstatt freudestrahlend in der neueröffnenden Gelateria zu stehen, sitze ich vor dem Laptop, und die Tränen verschleiern meine Sicht.

Eine Maschine, die ins Alter gekommen ist, hat letzte Woche den Geist aufgegeben. Bisher sah alles gut aus, doch jetzt ist das Ersatzteil nicht lieferbar. Ich kann keine einzige Eissorte herstellen.

Mit Theo habe ich in den letzten Wochen nicht viel gesprochen, und aktuell ist er nicht da. Ich glaube, er wollte sich nicht ansehen, wie ich die Gelateria neu eröffne. Also habe ich gearbeitet, die Rezepturen verbessert, Eiskugeln geformt wie eine Irre und mich immer mehr mit Amelia angefreundet. Wir gehen mittlerweile einmal die Woche einen Kaffee trinken, meist zwar in der Cakery selbst, doch das Ritual ist schön. Ich hatte mir erst überlegt, für die Gelateria einen Ruhetag festzulegen, mich dann vorerst dagegen entschieden. Am Anfang kann ich mir keine Pause leisten, und da ich nicht erwarte, dass mir die Bude eingerannt wird, werde ich zwischendurch genug Verschnaufpausen haben.

Ich knalle den Laptop zu, nachdem ich noch schnell einen kurzen Informationspost gesetzt habe. Mittlerweile habe ich die einhundert Follower geknackt, was für eine Kleinstadt super viel ist. Ich hasse es, diese Leute jetzt schon enttäuschen zu müssen, doch ohne Maschine kein Eis.

Ich habe gestern mit dem Notar telefoniert, jetzt gehört alles offiziell mir. Auch das hat länger gedauert als erwartet. Außerdem ist mein Erbe höher als ich jemals erwartet hätte. Ich habe jetzt also einen großen Geldbeutel, eine Eisdiele, die ich nicht eröffnen kann, und ganz viel verletzten Stolz. Das sind doch die besten Voraussetzungen dafür, mir hier etwas aufzubauen.

Mein Handy vibriert und zeigt eine Nachricht von Amelia an. Ich habe ihrem Namen ein Kuchenstück-Emoji hinzugefügt und finde es mehr als passend.

Warum kannst du nicht eröffnen? Was ist los?

Ich schluchze, dann tippe ich die Nachricht.

„Die Maschine ist kaputt gegangen. Das Ersatzteil ist nicht lieferbar. Zwei Wochen dauert es wohl, neuer Eröffnungstag ist dann Samstag, der fünfzehnte November.

Dann machen wir dafür groß Werbung, okay? Zwei Wochen später eröffnet der Petshop, das passt doch.

Stimmt, da wollte ich auch mal vorbeisehen, bin aber nicht dazu gekommen. Amelia hat mir schon erzählt, dass die Inhaberin ihre Sachen selbst herstellt und da ein paar schöne Dinge geplant hat.

Ich bin fast schon neidisch auf ihren Ehrgeiz, wobei ich mich gebessert habe in den vergangenen Wochen.

Nachdem Theo und ich uns fast schon theatralisch voneinander verabschiedet haben, ist es nicht einfacher für mich geworden. Mein Herz ist ein Verräter, denn es denkt zu oft an ihn. Die Wunden sind noch nicht vernarbt, und jeden Tag warte ich darauf, dass sie sich langsam schließen.

Ich bin wütend, könnte schreien, doch ich bin zu traurig dafür.

Du schaffst das, kommt in dem Augenblick Amelias Nachricht, und ich schenke ihr den Glauben, denn ich brauche das. Ich bin stark.

Morgen eröffne ich die Gelateria, alle Vorbereitungen sind getroffen, und heute Nachmittag findet der Wintermarkt statt. Ich habe Flyer drucken lassen, die ich noch unter die Leute bringen möchte. Ich werde sie unauffällig auf Tischen liegen lassen und mir dann keine Gedanken mehr darum machen.

Die ersten Schneeflocken fallen auf die Straßen und sorgen dafür, dass sie aussehen, als hätte man Puderzucker darauf gestreut. Amelia hat vor Kurzem gesagt, dass es hier schön ist, wenn der Winter einbricht. Clarcton erwacht dann richtig zum Leben, denn die Kleinstadt ist ein Paradies für alle, die den Winter lieben. Ich kann mir nicht vorstellen, was an dieser kleinen Stadt erwachen soll. Sie wirkt wie ausgestorben, aber immerhin halten die Einwohner zusammen, auch wenn ich davon bisher nicht so viel mitbekommen habe.

Bisher habe ich lediglich in der Cakery – die überraschenderweise immer gut besucht ist, was wohl unter anderem am Internetauftritt liegt, den Jeremia in den letzten zwei Jahren groß gemacht hat – Leute kennengelernt. Mehr als Small Talk hat sich allerdings nie ergeben, weil ich einfach nicht gut darin bin, mich mit Fremden zu unterhalten.

Da könnte ich mir eine Scheibe von Amelia abschneiden, wie in so vielem. Sie ist ein großes Vorbild für mich, sowohl in der Geschäftsführung als auch im Umgang mit ihren Kunden. Sie ist stets freundlich, und wenn sie genervt ist, dann zeigt sie es nicht. Sie ist ein Allroundtalent, und ich strebe danach, mit der Gelateria mal so glücklich zu sein wie sie mit ihrer Cakery.

Der Wintermarkt startet um fünf. Wie schön es gewesen wäre, mit Theo dorthin zu gehen! Keine Ahnung, wo er ist oder wann er wieder auftaucht. Ab und an erwische ich mich dabei, wie ich in der Messenger-App nachsehe, wann er zuletzt online gewesen ist, nur um zu wissen, ob er noch lebt.

Ich vermisse ihn, alles an ihm. Auch wenn wir nicht viel reden, habe ich mich an seine Anwesenheit gewöhnt. Es ist nicht schön, erneut von ihm getrennt zu sein, der Abschied tut noch weh, und ich weiß nicht, wie ich es machen soll, um endlich nicht mehr über ihn nachzudenken.

Ich krame in meinem Kleiderschrank. Mittlerweile habe ich alles ausgeräumt. Was soll ich heute Abend nur anziehen? Ich würde gerne etwas haben, das mich wärmt, aber mir gleichzeitig auch gefällt. Ich finde aber nichts und entscheide mich für eine Thermostrumpfhose, dazu einen kurzen Rock, meine Daunenjacke und einen schwarzen Pullover. Dazu werde ich eine graue Mütze tragen, und die Schuhe müssen einfach nur warm sein. Ich habe keine Moonboots oder etwas in der Art, aber dickere Winterstiefel, die mir bis unter die Knie gehen. Das kann sogar noch relativ gut aussehen. Ich werde es nachher feststellen.

Ich schwinge mich unter die Dusche, danach lege ich sogar leichtes Make-up auf. Die morgige Eröffnung sorgt dafür, dass ich den ganzen Tag schon ein flaues Gefühl im Magen habe. Das Eis ist hergestellt, sogar gut geworden. Natürlich habe ich alle zehn Sorten probiert, und die Slushmaschine, die ich bestellt habe, ist schon geputzt. Ich habe sogar Servietten, die an Eishörnchen erinnern. Ich weiß, dass ich gut vorbereitet bin, doch wenn ich ehrlich bin, habe ich einfach nur Angst, morgen allein da zu stehen. Was mache ich denn, wenn niemand kommt? Wenn die Eisbecher, die ich mir so mühevoll überlegt habe, keine Abnehmer finden?

Ich möchte Klassiker servieren, aber auch frischen Wind hineinbringen. Die Kinderkarte habe ich um Helden meiner Kindheit wie Winnie Pooh ergänzt und umgeschrieben, weil ich eine persönliche Note reinbringen wollte. Ich habe mir Mühe gegeben und hoffe, dass es dann nicht heißt: Sie war stets bemüht, doch am Ende hat es alles nichts gebracht. Mein Kopf tut weh von all den Gedanken, die Angst zu versagen ist greifbar. Zum Glück kann ich sie beiseiteschieben.

Ich wasche mir gerade das Shampoo aus den Haaren, als die Haustür schlägt. Theo? Erleichterung durchströmt mich, als ich seine leicht poltrigen Schritte höre.

Als ich fertig bin mit duschen, trockne ich mich ab.

Mist, ich habe keine Klamotten mit ins Bad genommen – nur das kleine Handtuch, das gerade zum Abtrocknen reicht. Ich habe heute erst Wäsche gewaschen, und die befindet sich noch im Trockner. Verdammt.

Ich lasse mir Zeit damit, mich abzutrocknen, und föhne mir die Haare. Ich kann doch nicht nackt durch den Flur und in Gefahr laufen, dass Theo mich sieht. Mir wird aber nichts anderes übrigbleiben, falls ich heute noch los möchte.

Ich atme noch einmal tief durch und muss mich jetzt zwischen den Brüsten, die ich abdecken könnte, und meinem Intimbereich entscheiden. Ich versuche, mein Handtuch hochkant zu nehmen, doch es wird nicht besser, also entscheide ich mich dafür, meinen Intimbereich zu bedecken. Theo wird ja nicht jetzt im Flur sein.

Ich öffne die Tür und will gerade ins Schlafzimmer flitzen, da steht Theo vor mir. Natürlich tut er das, weil das Schicksal ein Idiot ist.

„Welch eine Begrüßung!" Er lacht, und ich funkele ihn wütend an.

„Geh mir aus dem Weg."

„Ich genieße den Anblick."

Und das tut er wirklich. Er mustert mich von oben bis unten, an meinen nackten Brüsten bleibt sein Blick besonders lang hängen, und ich kann fast spüren, wie er sich unter meine Haut brennt.

„Du verschwindest für drei Wochen oder so, kommst dann wieder und nutzt meine Situation hier schamlos aus?"

Er sieht ehrlich betroffen aus, aber nur einen Wimpernschlag lang. Dann lächelt er mich an, ehrlich, und sieht mir in die Augen. „Du bist genauso schön wie damals. Das ist verwirrend für mich, weil ich dich eigentlich vergessen möchte, und dann stehst du hier halbnackt vor mir."

„Aber doch nicht absichtlich", rufe ich und lasse dabei das Handtuch fallen.

„Ganz nackt“, grinst er, und ich funkele ihn an. Ich würde die Situation ja auch etwas witzig finden, wenn die Rollen vertauscht wären.

„Ich weiß, dass es für dich gerade unfassbar lustig ist. Aber bitte zieh dich auch aus oder aber lass mich vorbei.“

Er legt die Hand an seinen Gürtel, und ich bin skeptisch, das tut er jetzt nicht wirklich, oder? Dann tritt er aber tatsächlich einen Schritt zur Seite, und ich gehe in Richtung Zimmer. Dieser Typ macht mich fertig. Jetzt blickt er mir hinterher, und ich würde lügen, wenn ich behaupten würde, das macht nichts mit mir.

Die Begegnung will mir nicht aus dem Kopf. Soll ich ihn fragen, ob wir gemeinsam zum Wintermarkt gehen? Würde er sich überhaupt mit mir sehen lassen?

Als ich gerade meine Schuhe anziehe, höre ich die Tür. So schnell, wie er hergekommen ist, scheint er auch wieder verschwunden zu sein. Dieser Mann ist ein Mysterium für sich, er taucht auf, dann ist er weg, und das macht mich irre.

Ich versuche, meinen Atem zu beruhigen. Wünsche ich mir, dass er gar nicht mehr zurückkommt? Auf keinen Fall.

Kann ich damit umgehen, wenn er da ist? Nein.

Ich weiß nicht, was ich will, und das ist absolut beschissen, weil ich es so gern wollen würde.

Du willst ihn.

Diese kleine Stimme in meinem Kopf ist genauso hinterhältig wie das Schicksal. Die beiden sind in einem Team, da bin ich mir ganz sicher.

Kapitel Achtzehn – Sofia

Der Dorfplatz ist nur zehn Minuten Fußweg entfernt. Amelia hat einen Stand dort und wird wohl winterliches Gebäck verkaufen. Voller Vorfreude habe ich die Flyer in die Tasche gepackt.

Es hat aufgehört zu schneien, auch wenn es noch kalt ist, doch Schneeflocken im Gesicht wären jetzt nicht mein Favorit. Winter stört mich am wenigsten, wenn ich im Haus sitze, mich wärme, eine heiße Tasse Tee habe und dem Schauspiel draußen zusehen kann. Sobald ich allerdings raus muss, wird das Schneechaos zu einer Herausforderung.

Die Straßen sind geräumt, sodass man gut laufen kann. Ich erinnere mich an jeden blauen Fleck, wenn ich wieder einmal auf einer Eisfläche ausgerutscht bin. Der Winter und ich können uns also nicht besonders leiden, wir akzeptieren uns aber irgendwie.

Vom Dorfplatz höre ich schon Musik, ehe ich ihn sehe, und muss grinsen. Clarcton ist wohl auch die einzige Kleinstadt, die Mitte November schon Weihnachtslieder spielt und sich dabei augenscheinlich amüsiert.

Dreizehn kleine Buden sind im Kreis aufgebaut. In der Mitte tanzen Menschen miteinander. Ich bleibe einen Moment lang stehen, um den Anblick in mir aufzunehmen.

Die Holzhütten sind mit Lichterketten geschmückt, die den gesamten Platz warmweiß erstrahlen lassen. Holztische stehen an den Buden und sind mit blauen Tischdecken bedeckt. Es sieht aus wie ein Winterwunderland, man fühlt sich einfach nur wohl.

Ich gehe weiter, und als ich einen Stand entdecke, dessen blasslila Schild mir bekannt vorkommt, da weiß ich, wohin mich der Weg führt.

„Du bist gekommen, wie schön", lächelt Amelia. Jeremia arbeitet hinter ihr irgendwas und sieht mich nicht. Amelia drückt mir direkt einen Cupcake in die Hand, der aussieht, als wäre er von einem Schneeberg bedeckt.

„Klar, wenn in Clarcton schon mal etwas los ist, muss ich ja dabei sein."

Sie zwinkert mir zu.

„Wo sind die Kleinen?", frage ich und stelle mich an den Rand, damit Jeremia weiter die Kunden bedienen kann.

„Meine Mutter ist zu Besuch und passt auf, das wäre heute einfach zu viel gewesen." Sie beißt sich auf die Lippe, und ich nicke ihr verständnisvoll zu.

„Das verstehe ich", meine ich – und dann entdecke ich Theo im Augenwinkel. Er trägt eine braune Lederjacke, dazu eine Jeans. Wieso friert er nicht?

Viele Menschen drehen sich zu ihm um, und dann bin ich verwundert. Er wird in Umarmungen gezogen und dabei immer kleiner, seine Schultern fallen nach vorn.

„Wieso sieht er so traurig aus?", murmele ich, und Amelia wirkt verwundet darüber, dass er überhaupt gekommen ist.

„Es ist das erste Mal seit Arthurs Tod, dass Theodore überhaupt irgendwo auftaucht."

Ich runzele die Stirn, das klingt nicht wie der Theo, den ich kenne. „Standen sie sich so nah?", frage ich.

Amelias Augen weiten sich leicht, während sie eine Schneeflocke aus Esspapier auf einem Cupcake befestigt. „Sie waren unzertrennlich. Wir haben erst vor Kurzem erfahren, dass er nicht Arthurs leiblicher Enkel war. Jeder dachte, dass er zur Familie gehört."

Und ich nicht.

Die kleine Stimme in meinem Kopf ist wieder da, und ich kann nicht anders, als ihr Glauben zu schenken. Allmählich ahne ich, wie weh ich ihm getan haben muss. Aber mir war nicht bewusst, wie nah sie sich gestanden haben. Ehrlich gesagt habe ich mir darüber auch nicht so viele Gedanken gemacht.

Ich versuche, ihn unauffällig mit meinen Blicken zu verfolgen. Alle Dorfbewohner trösten ihn. Stille ist eingetreten, sie haben aufgehört zu tanzen und sich in einer kleinen Gruppe um ihn versammelt. Ich kann ihn nicht mehr sehen, und ich weiß nicht, wie er reagiert. Ist es ihm alles zu viel? Benötigt er den Trost?

Gerade fühlt es sich so an, als würde ich ihn nicht kennen.

„Magst du ein paar Flyer hierlassen? Jeremia ist super darin, Menschen zu überzeugen, ein Eis zu essen." Amelia lacht, als Jeremia sie böse anfunkelt, und ich nicke, gebe ihr einen Stapel Flyer und verabschiede mich dann.

Ich habe den Cupcake noch nicht einmal gegessen, weil mein Magen mit Steinen gefüllt ist. Werden mich die Dorfbewohner überhaupt akzeptieren?

Sie tun es, aber vorsichtig. Viele bleiben bei Theo, manche verirren sich zu mir, als ich gerade einen Crêpe esse.

„Und du eröffnest also morgen, ja?", fragt eine ältere Dame, die sich gerade neben mich gestellt hat.

Sofort lächle ich, professionell, doch distanziert. „Ja genau, um elf Uhr wird es das erste Eis geben."

Sie kräuselt die Lippen, und ich mache mich schon auf Kritik gefasst.

„Dann werden wir uns das mit dem Strickclub morgen direkt mal ansehen." Sie tätschelt meine Hand und läuft dann mit ihrem Rollator davon. Mein Herz hat Flügel, die vor Nervosität leicht flattern. Ich bin gespannt, wie der morgige Tag wird.

Ich habe Theo aus den Augen verloren und suche ihn. Die Menschen haben sich wieder verteilt, an den Ständen ist gleichmäßig viel los.

„Es sieht komisch aus, wenn du hier allein herumstehst. So funktioniert das mit der Werbung nicht." Auf einmal ist er neben mir, und ich zucke zusammen.

„Hast du wenigstens erzählt, dass ich ein schlechter Mensch bin?"

Theo sieht ehrlich verwundert aus. „Wie kommst du darauf?", fragt er, und als er mich intensiv anblickt, kommt der Drang auf, ihn an mich zu ziehen.

„Ich sehe doch, dass alle uns beobachten! Es tut mir leid, dass ich nicht wusste, wie wichtig dir Arthur war."

Schmerz flackert über sein Gesicht, seine Lippen pressen sich aufeinander. „Rede nicht über ihn", faucht er, und seine Hand, die gerade noch locker auf dem Stehtisch lag, ballt sich zur Faust.

Ich schlucke. Seine Wut vermischt sich mit Trauer, das kann ich sehen, die Mauer werden riesig, und ich kann sie nicht durchbrechen, dafür bin ich nicht stark genug.

Ich zwinge ein Lächeln auf mein Gesicht. „Dein Verlust tut mir leid, aber dass ich darüber nicht sprechen soll, macht alles Geschehene nicht ungeschehen. Ich werde morgen eröffnen und würde mich freuen, wenn du irgendwann akzeptieren kannst, dass ich hier bin."

Er schüttelt den Kopf. Es sieht fast so aus, als würden ihn meine Worte verletzen.

Ich lasse ihn dort stehen, verteile die Flyer auf den kleinen Tischen, und als ich den Dorfplatz verlasse, steht er noch immer dort. Er wirkt wie versteinert, und ich wünschte, ich könnte etwas tun, doch das kann ich nicht, solange er mich immer wieder von sich schubst.

Mir tut jeder Schritt weh, mit dem ich den Dorfplatz hinter mir lasse, weil ich weiß, dass wir uns wieder voneinander entfernt haben. Das ist nicht gut, ich kann das auch nicht mehr, doch ihn aufzugeben ist auch keine Option. Dennoch muss ich auch an mich und meine Gefühle denken, also muss ihm klar werden, dass ich nicht die Böse in der Geschichte bin.

Der Schock des Tages sitzt noch tief, als ich die Tür aufschließe und meine Jacke an die Garderobe hänge. Ich habe mir anhand der Fotos gedacht, dass Theo und Arthur sich gemocht haben, aber ich konnte nicht ahnen, dass es eine Vater-Sohn-Bindung gegeben hat. Dass Theo allerdings anscheinend in Arthur Halt gefunden hat, nachdem seine Eltern verstorben sind, sorgt dafür, dass es mir den Boden unter den Füßen wegreißt. Womit habe ich die Gelateria dann überhaupt verdient? Wieso hat Arthur in all den Jahren nicht einmal den Kontakt gesucht, um mich vorzuwarnen?

Hör zu, wenn ich nicht mehr bin, dann erbst du die Eisdiele, mein Baby. Außerdem musst du Theo einstellen, weil ich für ihn Familie bin.

Dann wäre alles klar gewesen – eine Aufgabe, die ich lösen könnte. Jetzt fühle ich mich einfach nur allein, ungewollt und nicht akzeptiert. Das ist auch der Grund dafür, dass ich ins Bett gehe und mich unter die Decke kuschele. Ich ziehe die Beine an.

Wieso verlangt mir alles mit Theo so viel Kraft ab? Warum bin ich nur immer körperlich so k.o., wenn ich mich wieder und wieder mit ihm streite?

Ich atme tief ein und aus, kann mich nicht beruhigen – erst als die Tür zuknallt und ich weiß, dass er zu Hause ist. Er läuft wohl in sein Zimmer, und ich vermisse die Nacht, in der ich neben ihm einschlafen konnte. Ich sehne mich so sehr nach ihm, dass ich mich an die Decke klammere, damit ich nicht aufstehe und mich zu ihm lege. Heute ist das Alleinsein besonders schwer, sehr schmerzhaft und zerstörerisch. Ich will für ihn da sein, und dass er mich nicht lässt, wird immer mehr zur Qual.

Ich stehe seit acht Uhr hier, die Zeit rast, und jedes Mal, wenn ich mir denke, ich habe es geschafft, dann fällt mir doch noch ein Punkt ein, der abzuarbeiten ist. Ich habe schlecht geschlafen. Wenn ich das allerdings der Eröffnung zuschieben würde, wäre es schlicht und ergreifend gelogen.

Ich stehe hinter der Theke mit den zehn Eissorten, die ich ausgewählt habe, und warte auf Kundschaft.

Ich warte.

Immer noch.

Ich drehe Däumchen.

Ich warte.

Es ist vierzehn Uhr, als die ersten Gäste eintrudeln: ein Mann mit einem kleinen Kind und einer älteren Frau. Ich schätze nicht, dass sie seine Partnerin ist, aber nett sehen sie auf jeden Fall aus. Ich stehe auf und gehe auf die drei zu.

„Setzt euch gerne irgendwohin. Wo immer ihr möchtet."

Ich lächle und höre, wie der Mann die Kleine Riley nennt. Sie sucht auf seine Bitte hin einen Platz aus. Ich bringe ihnen die Karte und gehe dann zurück hinter die Theke, um ihnen Zeit zu geben, sich die Eisbecher-Variationen anzusehen. Ich schmunzle, als ich sehe, wie die Augen der Maus aufleuchten. Sie zeigt auf einen Eisbecher, und ich nehme das als Aufforderung, zum Tisch zu gehen. Meine erste Bestellung, ich bin nervös.

„Der Laden hat doch mal einem älteren Herrn gehört, oder?"

Der Mann klingt nicht anmaßend oder distanziert, dennoch fühle ich mich fast unwohl bei der Frage. Ich brauche einen dickeren Panzer.

„Ja. Meinem Grandpa, den ich nie kennengelernt habe, aber ich bin in seinem Testament als Nachfolgerin bestimmt worden. Nun habe ich also im tiefsten Winter in der gefühlt kleinsten Stadt der Welt eine Eisdiele übernommen." Ich zucke mit den Schultern, um die Unsicherheit zu überspielen, kann aber meine zitternden Finger nicht verbergen, die meinen Stift umklammern.

„Du bekommst das hin. Glaube nur ganz fest daran." Er nickt mir zu, und das entlockt mir ein Lächeln. Nun ist es an der Zeit, die Bestellung aufzunehmen, denn ich spüre, wie das Mädchen langsam nervös wird.

„Wenigstens hat er seine Rezepte dagelassen. Also, was darf ich Ihnen Schönes bringen?"

Die Kleine bestellt einen Winnie-Pooh-Becher, die Dame einen Eiskaffee und der Mann einen Bananasplit.

Ich gehe zurück hinter die Theke, nehme eine Banane aus dem Kühlschrank und schneide sie in zwei Hälften.

Die Eiskugeln sind nicht so rund, wie ich sie mir gewünscht habe, doch letztendlich stehen nach rund zehn Minuten drei Eisbecher vor der Familie. Die Maus ist ganz entzückt. Letztendlich besteht ihr Eisbecher aus zwei Kugeln, ein wenig ungesüßter Sahne und ein paar Streuseln.

„Guten Appetit", wünsche ich, und sie bedanken sich fast im Chor. Dann gehe ich zurück auf meinen Platz. Ich sehe unauffällig zu den Dreien, und als ich das entzückte Quietschen des Kindes höre, da atme ich erleichtert auf.

Anscheinend schmeckt das Eis. Der Mann blickt zu mir und hält einen Daumen nach oben, ein Zeichen der Anerkennung und Wertschätzung für meine Arbeit.

Die Eisbecher mögen noch nicht perfekt sein, doch ich gebe mir die größte Mühe, und wenn ich das all meinen Gästen beweisen kann, dann wäre das schon viel wert.

Kapitel Neunzehn – Theodore

Feriencamp, vor dreizehn Jahren

Die Sonne sorgt dafür, dass wir schnell trocknen und dann zum Camp zurück gehen.

„Bleibst du bei mir?", fragt sie, kurz bevor wir den Eingang erreichen. Sie hat wieder meine Hand genommen, was mir unfassbar gut gefällt.

„Wir sollten vielleicht jeder noch in sein Zelt, in einer halben Stunde wecken sie uns."

„So meine ich das nicht. Ich mag dich, Theo."

Ich lächle, dass sie so offen mit mir spricht, gefällt mir.

„Ich mag dich auch, Schlumpfmädchen."

Mein Herz schlägt mir bis zum Hals, als sie meine Finger drückt und dann zu ihrem Zelt geht. Sie wird mir den Kopf verdrehen, wenn sie das nicht jetzt schon getan hat, und dafür bin ich bereit, denn sie ist es wert.

Wir sehen uns die ganze Zeit an, als wir gemeinsam an der großen Tafel sitzen, wo wir essen. Eigentlich ist es ein Holztisch, und das Frühstück besteht aus Bagels und Grillresten, aber ich bevorzuge kalte Milch und Cornflakes – das nennt sich Frühstück, und nicht kalte Bratwurst mit Käse.

Sofia lächelt jedes Mal, wenn mein Blick sie trifft, und ich auch. Es ist fast so, als hätten wir ein kleines Geheimnis.

„Heute steht Bogenschießen auf dem Programm, außerdem machen wir eine Wanderung." Der Leiter, der heute übrigens Camouflage in Pink trägt – ich wiederhole, dass es ein komischer Typ ist – spricht zu uns. Ich warte ja darauf, dass er irgendwann seinen Namen tanzt. Bogenschießen, das ist so gar nicht meins – denke ich zumindest.

„Ihr bildet bitte Zweierteams."

Wir müssen nichts sagen. Als wir nebeneinanderstehen, lächelt sie mich nur an. „Vielleicht hätte ich ja jemand anderen haben wollen", grinst sie mich an, spitzbübisch, frech.

„Dann such dir einen neuen Partner", antworte ich und verschränke meine Arme vor dem Körper.

„Nö, jetzt bist du ja schon hier."

Sie traut sich ganz offenbar nicht, meine Hand zu nehmen, und weil ich mich nicht dazu überreden kann, in ihre Privatsphäre einzudringen, nehme ich auch nicht ihre. Ich mag es, wenn wir uns halten, auch wenn wir das schon jetzt ohne Hände tun können. Ich bin verrückt nach ihr.

„Ich bin kein Fan davon, grundlos auf eine Scheibe zu schießen." Ich würde viel lieber mit ihr durch den Bach laufen, sie ansehen, einfach nur ... ich schweife ab.

„Das wird Spaß machen", versucht Sofia, mich zu überreden, und ich ziehe eine Augenbraue nach oben, werfe ihr einen skeptischen Blick zu.

„Das glaubst du doch selbst nicht."

Ich sehe genau, dass sie das Ganze nicht wirklich begeistert, weil ihr Lächeln gezwungen wirkt, als würde man es von ihr erwarten.

„Du weißt, dass es okay ist, an manchen Dingen keinen Spaß zu haben?"

Sie zuckt die Schultern und lässt sie dann hängen. „Vielleicht" flüstert sie.

„Hör zu, wir versuchen es jetzt, und wenn es blöd ist, stehlen wir uns davon, okay?"

Ich liebe es, wie sie mich daraufhin ansieht, wieder mehr Leuchten in den Augen. Ich gebe ihr zuerst den Bogen in die Hand, weil ich mich nicht blamieren will. Ich habe das hier noch nie gemacht, und während andere offen für Neues sind, setze ich mehr auf Altbewährtes. Ich mag manchmal eher an einen alten Mann erinnern als an einen Jugendlichen, doch ich mag gewisse Routinen.

Einer der Betreuer, Jack, erklärt uns, wie wir den Bogen richtig spannen. Ich sehe dabei lieber Sofia an: Sie hat die Zunge zwischen ihre Lippen geklemmt, ein Zeichen dafür, dass sie konzentriert ist. Der Bogen sieht viel zu groß für sie aus, es ist einfach nur niedlich.

Sie spannt den Bogen, dann legt sie den Pfeil auf. Ich sehe zu den Zielscheiben. Ich bin kein Brillenträger, aber sie sind so weit weg, dass ich mir nicht vorstellen kann, dass irgendjemand trifft.

„Und los", ruft Jack, und fast gleichzeitig lassen alle los.

Und dann bin ich verdutzt. Das darf nicht wahr sein. Sofia trifft wirklich die Mitte der Scheibe, während die Pfeile der anderen im Gras landen.

„Wie ...?", hauche ich, und Sofia sieht genauso verwundert aus, wie ich mich fühle.

„Du scheinst ein Profi zu sein", sagt Jack, als er vorbeiläuft und ihr auf die Schulter klopft.

Sofia wird gleich drei Meter größer, so stolz ist sie, und ich bin es auch.

Ich muss nicht erwähnen, dass sie auch jedes weitere Mal trifft und alle locker abhängt. Die Aufmerksamkeit gefällt ihr nicht, denn umso mehr sie angesehen wird, desto mehr zittert sie.

Ich lege meine Arme auf ihre Schultern und ziehe sie an mich. Sie atmet schwer, anscheinend scheint Bogenschießen anstrengend zu sein. Bisher genieße ich es, ihr zuzusehen, und drücke mich davor, selbst schießen zu müssen.

„Beruhig dich, es ist positive Aufmerksamkeit", murmle ich an ihre Wange, weil ich mich nicht traue, sie zu küssen. Also die Wange, nicht Sofia, wobei auch da ein Wunsch ...

„Aufmerksamkeit ist nie was Gutes." Das Bittere in ihrer Stimme überrascht mich, es klingt sehr bedrückt, und ich frage mich, welche Erfahrungen sie gemacht hat, dass sie so denkt.

„Du hast sie dir aber verdient, sieh doch, was du geschafft hast." Doch als sie sich aus meinen Armen windet und einen weiteren Pfeil abfeuert, ist mir bewusst, dass sie nicht drüber reden mag. Wieso wirkt dieses Mädchen in manchen Momenten so unfassbar tough und in anderen Augenblicken so verletzlich, dass ich nicht weiß, wie ich mit ihr umgehen soll? Mit Selbstbewusstsein komme ich klar, doch Verletzlichkeit macht mir Angst.

Wieso?

Weil ich das Gefühl habe, dass sie jemanden braucht, der ihr wirklich zuhört und für sie da ist.

Kapitel Zwanzig – Sofia

Ich liege im Bett. Tatsächlich lief der erste Tag ganz gut, mehr aber auch nicht. Wenigstens ein paar Eisbecher habe ich verkauft, aber dennoch frustriert es mich sehr. Ich darf den Kopf nicht jetzt schon in den Sand stecken, auch wenn das gerade verlockend ist. Es klopft an der Tür, und ich stöhne auf. Ich habe keine Lust, jetzt in Theos Augen sehen zu müssen. Wahrscheinlich ist er froh, dass es nicht läuft.

Ich stelle mich schlafend und antworte nicht, dafür fehlt mir heute einfach die Kraft. Ich versuche ein Stirnrunzeln zu unterdrücken, als sich die Tür öffnet und das Licht aus dem Flur in mein Gesicht strahlt. Ich höre seine Schritte, merke, wie vor mir ein Schatten auftaucht, und halte die Luft an. Ich würde gerne die Augen öffnen, aber ich bin zu fertig. Müdigkeit lähmt mich wie die Angst davor, Triumph in seinen Augen zu sehen, das würde ich nach dem durchwachsenen Tag heute nicht verkraften. Gleichzeitig denke ich mir, dass es hätte schlechter laufen können, nämlich ganz ohne Kunden. Das wäre eine totale Katastrophe geworden. Ich bin froh, dass sich Eis eine Weile hält.

„Ich habe es nicht geschafft zu kommen heute. Ich war wieder einmal nicht stark genug." Er flüstert, und es ist fast so, als würde er mit sich selbst sprechen. Ich liege ganz still, damit er nicht bemerkt, dass ich wach bin.

„Jedes Mal, wenn ich dir in die Augen sehe, dann tut es mir weh. Wusstest du, dass sie dieselbe Farbe wie die deines Grandpas haben? Er war alles für mich, nachdem meine Eltern gestorben sind. Dass du jetzt hier bist …“ Seine Stimme stockt, als würde er sich selbst nicht eingestehen wollen, was er gerade gesagt hat. Als lasteten seine Worte zu schwer auf seinen Schultern. Wenn ich den Mut dazu hätte, würde ich die Augen öffnen, nur um ihn dann in eine Umarmung zu ziehen.

„Das macht mich einfach fertig“, sagt er, und es kostet mich so viel, nicht zu reagieren. „Dabei wünsche ich mir so sehr, dass ich zulassen kann, dass es mich freut. Du bist zurück. Mein Schlumpfmädchen wieder in meinem Leben, etwas, das ich mir nie vorstellen konnte, aber mir jeden einzelnen Tag in den vergangenen Jahren gewünscht habe.“ Ein Schluchzen entfährt seiner Kehle, und alles in mir zieht sich zusammen. Soll ich ihn trösten? Zerstöre ich alles, wenn ich jetzt die Augen öffne? Der Zwiespalt in mir wird größer, weitet sich zu einer Schlucht aus, die es mir unmöglich macht, sie zu überwinden.

„Die Dämonen sind riesig. Alle, die ich je geliebt habe, haben mich verlassen. Sind gestorben oder wie du nie mehr aufgetaucht. Ich kann nicht zulassen, noch einmal so verletzt zu werden, das ist …“ Damit bricht seine Stimme, und ich höre ihn weinen, kann hören, wie es ihn zerreißt.

Ich schlage die Augen auf und tue nicht mal so, als wäre ich verschlafen. Er kniet vor meinem Bett, und ich streiche ihm die Haare, die ihm ins Gesicht gefallen sind, zurück. Seine Wangen sind tränennass, und ich bin nicht in der Lage, etwas zu sagen, stattdessen ziehe ich ihn zu mir hoch.

Wir liegen im Bett, ich schlinge wortlos meine Arme um ihn.

Ich halte ihn einfach und versuche, ihn zu trösten, auch wenn das ein größeres Stück Arbeit wird und nicht mit einer Umarmung getan ist.

Keine Ahnung wie lange es dauert, bis seine Schultern nicht mehr beben und er langsam zur Ruhe kommt. Ich weiß nur, dass er so verletzt ist und deshalb direkt in den Schlaf gleitet, was mir leider nicht gelingt.

Stattdessen mache ich mir Gedanken, über das, was er gesagt hat. Niemals hätte ich erahnen können, wie tief sein Schmerz sitzt, wie groß die Dämonen sind, von denen er verfolgt wird. Von dem schlagfertigen Theo, den ich kennengelernt habe, ist nicht mehr viel übrig. Mir ist klar, dass wir darüber reden sollten, aber ich weiß nicht, ob ich in der Lage bin, ihn zu heilen. Außerdem wäre da ja auch noch die Sache mit der Eisdiele, die mich noch immer verletzt – dass er mir nicht geholfen hat und es auch nicht vorhat.

Ein Blick auf die Uhr zeigt mir, dass in weniger als fünf Stunden mein Wecker klingelt, um den zweiten Öffnungstag vorzubereiten. Es ist schwer, mich in den Schlaf zu zwingen, doch mit Theo, der leicht schnarcht und damit mein Herz höherschlagen lässt, ist es noch viel schwieriger.

Der Wecker klingelt, und ich habe das Gefühl, ich wäre erst vor fünf Minuten eingeschlafen. Theo schreckt gleichzeitig mit mir hoch, und an seinem verwirrten Gesichtsausdruck erkenne ich, dass er sich erst einmal orientieren muss.

„Guten Morgen", flüstere ich, und er sieht mich an. Seine Augen sind verquollen, was sowohl an den Tränen als auch am Schlaf liegt, der noch in ihnen verwoben ist.

„Hey", nuschelt er nur, und ich kann nicht glauben, dass er nicht sofort die Flucht ergreift. Manchmal ist es, als hätte ich es mit einem verletzten Tier zu tun, das erst lernen muss, Nähe zuzulassen.

„Gut geschlafen?", frage ich ihn, weil ich nicht möchte, dass die Stille uns erneut übermannt, wie sie es schon so oft getan hat.

„Ja. Danke für ... du weißt schon." Seine Wangen färben sich rot, ich lege eine Hand an eine und streiche darüber.

„Du brauchst dich nicht dafür bedanken", murmele ich, und er lehnt seine Stirn an meine.

„Mache ich es kaputt, wenn ich dich jetzt küsse?", haucht er, und ich schüttele den Kopf. Meine Finger zittern, und mein Herz pocht mir bis zum Hals. Obwohl wir uns neulich schon einmal geküsst haben, ist das jetzt ein ganz anderes Szenario.

Er drückt seine Lippen so sanft auf meine, dass ich es kaum spüre. Federleicht, wie das Schlagen eines Schmetterlingsflügels, genauso fühlt es sich an. Ich erwidere den Druck vorsichtig. Der Kuss ist anders. Nicht hitzig, nein, nicht einmal sonderlich erotisch oder anzüglich. Dieser Kuss kommt aus dem Tiefsten der Seele, er umarmt uns beide und hält uns fest. Er erinnert mich ein wenig an unseren ersten Kuss im Feriencamp.

Als wir uns voneinander lösen, da blicken wir uns in die Augen. Es ist ein stummes Versprechen, das wir uns geben. Wir rennen nicht mehr voreinander weg, wir lassen die Nähe zu, die wir brauchen. Und wenn es zu viel wird, dann werde ich ihn darum bitten, es mir zu sagen und die Mauer, die den ersten Riss bekommen hat, nicht erneut zuzuspachteln.

Ich stehe in der Eisdiele und bereite alles vor. Wir haben eine Weile gebraucht, um aus dem Bett zu kommen, weshalb ich es nicht geschafft habe, zu frühstücken. Mein Magen knurrt, und mit dem wachsenden Hunger sinkt meine Laune.

Es wird sowieso niemand kommen, wofür bin ich überhaupt hier? Ich hätte einfach bei Theo im Bett liegen bleiben können. Noch eine halbe Stunde, und meine tägliche To-do-Liste hat noch zu viele offene Punkte. Ich wische mir den Schweiß von der Stirn, obwohl es nicht sonderlich warm ist und ich einfach nur gestresst bin.

Ich befülle die Slushmaschine und stelle die Eissorten raus. Wie verwerflich wäre es, wenn ich mir jetzt einfach einen Eisbecher herrichte und als Frühstück in mich reinschaufle?

An meine Nase dringt der Duft von Rührei, und ich stöhne gequält auf, als mein Magen knurrt.

„Ich hab dir Frühstück gemacht", sagt Theo, als er zur Hintertür reinkommt – mit einem Berg von Rührei und sogar Bagels.

Ich würde ihn am liebsten umrennen und umarmen, könnte ihn gerade küssen, doch dann würde das Frühstück runterfallen und mir wäre nicht geholfen. „Dich schickt der Himmel." Ich grinse, vergesse für einen Moment die Liste und setze mich an einen Tisch. Theo schiebt mir den Teller hin.

„Wollen wir teilen?", frage ich, bevor ich mich auf das Frühstück stürze, und er schüttelt den Kopf.

„Hab immer wieder abschmecken müssen und bin dann schon halb satt gewesen." Er lacht verlegen und streicht sich eine Strähne aus der Stirn.

„Mehr für mich", grinse ich und Theo nickt, dann spieße ich ein Stück Ei auf und lasse es mir schmecken.

„Wie lief gestern die Eröffnung?", fragt er mich, und ich merke, wie er nervös ist. Er scheint sich hier noch immer wohlzufühlen, doch gleichzeitig ist es verständlich, dass irgendetwas fehlt. Immerhin hat er sonst mit Arthur in der Gelateria gestanden, und jetzt bin ich da, irgendwie fehl am Platz und gleichzeitig auch nicht. Verwirrend beschreibt unsere Situation wohl am besten.

„Na ja, ich habe nicht so viel verkauft", gebe ich zu, und die Wellen des Versagens strömen auf mich ein.

„Sofia, wir haben Winter, es ist gut, wenn überhaupt jemand kommt. Trotzdem solltest du dir vielleicht überlegen, zu reduzieren und auf winterliche Sorten umzusteigen."

Ich gebe zu, dass ich das auch schon überlegt habe, doch gleichzeitig habe ich nicht erwartet, dass er mir so einen Vorschlag macht. „Ich habe mir Arthurs Rezepte durchgelesen und mich jetzt erst einmal auf seine liebsten spezialisiert. Als Ehrung an ihn und auch für die Gäste, weil sie da einfach die Top-Qualität erwarten." Ich beiße in den Bagel, der außen knusprig und innen weich ist. Ich liebe Gebäck einfach.

„Ja, aber im Winter hat auch er umgeschwenkt. Es gab dann eben Lebkuchengeschmack statt Sauren Apfel. Eine Eisdiele ist ein Saisonbetrieb, und auch wenn es Arthur ausgezeichnet hat, ganzjährig geöffnet zu haben, war das mehr Herzblut als wirklicher Profit."

Ich bin dankbar dafür, dass Theo sich mir endlich öffnet und ein wenig aus dem Nähkästchen plaudert.

„Wie hat sich die Gelateria denn überhaupt gerechnet? In der Kleinstadt ist doch eine Eisdiele nicht rentabel, oder?"

„Arthur war so bekannt für seine ganzjährigen Öffnungszeiten, er hat nur Premiumzutaten verwendet, Saisonalität lag ihm am Herzen. Das hat ganze Touristenbusse angezogen, die Clarcton oft als Zwischenstopp gewählt haben."

„Du hast recht, sobald die Sorten leer sind, mache ich mich daran, die Wintersorten auszusuchen. Biskuits sind derzeit total im Trend, ich denke, damit kann man arbeiten."

„Ja, und damit bekommst du dann Reichweite in den Social-Media-Kanälen und wirst sichtbarer. Klassisches Eis verkauft sich leider nicht mehr annähernd so gut wie dieses ganze fancy Zeug." Er rümpft die Nase, und ich kann mein Grinsen nur schwer hinter meinem Rührei verstecken.

„Du bist kein Fan von so neumodischen Dingen, hm?"

„Nein. Ganz und gar nicht, und das weißt du."

„Routinen sind wichtig." Ich lache, und seine Augen leuchten für einen Moment auf, vermutlich erinnert er sich gerade ebenso wie ich.

Er hat mir damals im Feriencamp ja fast schon einen Vortrag darüber gehalten, wie wichtig Routinen für den Menschen sind. Ich glaube, ich fand ihn damals ziemlich langweilig und weiß nicht einmal mehr genau, was er alles gesagt hat, nur dass er es ziemlich ernst genommen hat und ich eher weniger. Ich habe ihn dauerhaft zum Lachen gebracht, und dann hat er immer wieder gestockt und von vorn angefangen.

Wir sind beide schon immer ein komisches Duo gewesen, gleichzeitig unfassbar stark, doch vor allem eins: immer füreinander da.

Kapitel Einundzwanzig – Sofia

Theo geht, sobald die ersten Gäste kommen, dennoch sind es große Fortschritte, die wir gemeinsam machen, und das freut mich ungemein. Durch das sonnige Wetter, auch wenn es eiskalt ist, kommen doch einige Gäste in die Eisdiele. Unter anderem mit Kindern, und ich merke wieder einmal, dass die Eisbecher bei den Kleinen super ankommen und strahlende Kinderaugen der größte Dank sind.

Als ich abends die Eisdiele abschließe, bin ich stolz auf mich. Die Einnahmen haben sich seit gestern verdoppelt, und wenn zwischendurch niemand da war, habe ich mir verschiedene Geschmacksrichtungen ausgedacht, die jetzt im Winter gut ankommen könnten. Ich möchte sie unbedingt mit Theo besprechen.

Der Schlüssel im Schloss dreht sich, und ich betrete die Wohnung. Ein herrlicher Duft nach Tomaten liegt in der Luft, und mein Magen zieht sich zusammen. Ich sollte mir zukünftig unbedingt etwas überlegen – ich muss auch mal Mittag essen, das wäre keine schlechte Idee. Es wird noch eine Weile dauern, bis sich eine Routine eingeschlichen hat.

Ich ziehe mich im Zimmer kurz um, bevor ich in Richtung Küche laufe. Im Türrahmen bleibe ich stehen und entdecke Theo, der am Herd steht. Er summt eine Melodie, die ich nicht kenne, und seine sonst immer angespannten Schultern wirken heute nicht ganz so verkrampft. Ich halte für einen Moment inne, um ihn zu betrachten. Es ist eine schöne Abwechslung, ihn ein wenig entspannter zu sehen und nicht wie sonst grimmig und in schlechten Gedanken versunken. Irgendwann scheint er meinen Blick zu spüren und dreht sich zu mir um. Jetzt erst bemerke ich, dass er eine pinke Schürze trägt, und verkneife mir ein Grinsen.

„Ich hoffe, dir gefällt der Anblick“, grinst er, und ich nicke nur. „Hast du Hunger mitgebracht?“, fragt er dann noch.

„Und wie, auch wenn dein Frühstück schon vorzüglich war.“

Er lächelt, und ich erkenne den schüchternen Jungen von damals. Ich war meist diejenige, die in die Offensive gegangen ist, und manchmal vermisse ich das furchtlose Mädchen, das ich einmal gewesen bin. Das hat sich durch den Tod meines Dads geändert. Es hat mich geprägt, wie plötzlich er aus dem Leben gerissen wurde. Dann kam Mike, der nicht gut war für mich. All das zusammen hat einen toxischen Cocktail ergeben, der mich zu einem unsicheren Menschen gemacht hat.

„Setz dich, in zehn Minuten ist die Ratatouille fertig.“

Ich setze mich an den Tisch, wo schon Getränke bereitstehen und zwei Teller. Er hat also damit gerechnet, dass wir gemeinsam zu Abend essen, und das sorgt für ein Herzpochen meinerseits.

„Wie war dein Tag?“, frage ich ihn und finde es absurd, wie normal sich dieser Abend anfühlt, obwohl er so ganz anders ist als unsere letzten.

„Ganz okay, ein wenig langweilig ehrlich gesagt, und deiner? Ich habe öfter mal die Eingangsglocke gehört.“

Stimmt, das Glöckchen ist ziemlich laut, und ich habe schon überlegt, es abzunehmen, weil ich abends im Bett, zumindest war es gestern so, immer noch sein Klingeln höre.

„Es war mehr los, dazwischen habe ich an Rezepten gefeilt, die ich mit dir teilen wollte."

Er dreht sich zu mir um, verbirgt nicht vor mir, dass ein Strahlen seine Augen erreicht und sogar ein kleines Lächeln seine sonst so ernsten Lippen findet.

„Super gerne, ich habe darüber auch schon nachgedacht."

Ist das wirklich wahr? Ist es langsam aber sicher möglich, mich mit ihm über die Eisdiele zu unterhalten, ohne dass es ihm wehtut?

„Woher kommt der Sinneswandel?", hake ich nach. Theo fährt sich durch die Haare.

„Ich weiß es selbst nicht, okay? Lass uns aber essen, ich habe einen Bärenhunger." In diesem Moment kommt er mit der Pfanne auf mich zu und füllt mir eine große Kelle voller Ratatouille auf. Es riecht nicht nur himmlisch nach den verschiedensten Gewürzen, auch das Farbspiel der Gemüsesorten sorgt für ein schönes Bild.

„Ich habe noch Ciabatta dazu gebacken, mit Kräuterbutter bestrichen und dann in der Pfanne angeröstet. Magst du auch?"

Dieser Mann ist einfach wunderbar.

„Klar, gerne." Ich lächle, und dann serviert er mir auch noch das Brot, und es riecht noch besser als das Gemüse.

„Wann genau bist du denn so ein guter Koch geworden?", frage ich ihn, obwohl ich das schon mal gefragt habe.

„Arthur war ein hervorragender Koch, aber konnte es irgendwann nicht mehr. Dann hat er es mir beigebracht, ich habe ihm sowohl in der Eisdiele viel geholfen als auch oben in der Wohnung."

Er scheint in der Erinnerung versunken, als er die Pfanne abstellt, und hält inne.

„Ihr wart ein gutes Team, oder?", frage ich vorsichtig, weil ich ihn nicht verschrecken will.

„Ja, irgendwann werde ich dir das auch alles erzählen, aber lass uns jetzt essen."

Er setzt sich mir gegenüber, spießt ein Stück Aubergine auf und fängt an zu essen. Sein flehender Blick und die Stimme, die zu brechen drohte, sorgen dafür, dass ich ihm nicht weiter auf die Nerven gehe.

Wir essen wortlos, und es ist das erste Mal, dass die Stille nicht ohrenbetäubend laut ist, sondern fast schon angenehm.

Wir verbringen den gesamten Abend zusammen. Loki liegt schnurrend auf meinen Oberschenkeln, während Theo mit ausgestreckten Beinen neben mir sitzt und sich entspannt anlehnt. Das l-förmige Sofa ist wirklich praktisch. Ich kraule das warme schwarze Fell des Katers, um mich zu beruhigen. Ich habe mich dazu überreden lassen, einen Horrorfilm zu gucken. Wieso? Keinen blassen Schimmer, vielleicht ein Anflug von vorgespielter Furchtlosigkeit. Ich wollte wohl die harte Frau raushängen lassen, dabei mache ich mir seit der ersten Szene vor Angst fast in die Hose.

Wenn ich den Plot richtig verfolge, dann sind wir allerdings noch nicht mal am Höhepunkt angelangt, denn obwohl schon genug Menschen auf die absurdesten und ekeligsten Weisen verstorben sind, treibt der Killer noch sein Unwesen. Ich schlucke und kralle mich ein wenig zu doll in Lokis Fell, der daraufhin faucht und Abstand nimmt. Theo sieht mich an.

„Alles okay, Sofia?", fragt er, und ich nicke nur und versuche, ihm ein Lächeln zu schenken, das im selben Augenblick wieder verrutscht, als ich die Axt auf das wehrlose Mädchen zurasen sehe.

„Du bist kein Fan von Horrorfilmen, oder?" Theo pausiert den Film, was mich leise aufseufzen lässt.

„Doch, es geht schon", schwindele ich, und Theo beißt sich auf die Lippen, wahrscheinlich, um sich ein Lächeln zu verkneifen.

„Du hast Loki gequetscht, bist total angespannt. Warum sagst du mir nicht, dass du so was nicht magst? Das ist kein Problem, dann sehen wir uns was anderes an."

Ich schüttele erneut den Kopf, weil ich nicht mit der Sprache rausrücken will. Es ist sowas von dem Klischee, dass Frauen Angst bei Horrorfilmen haben, dass es mir schon fast peinlich ist. Das nervt mich, weil ich Klischees nicht mag, und deshalb schwindele ich lieber, auch wenn es mich alle Selbstbeherrschung kostet, ihm die Fernbedienung nicht aus der Hand zu reißen, als er mit einem neckischen Blick wieder auf Start drückt.

Mein Herzschlag beschleunigt sich. Ich muss nicht erwähnen, dass es mir sonst lieber ist, wenn Theo dafür sorgt und nicht zwielichtiges Dunkel und ein geisteskranker Mörder in freier Wildbahn. Ich bin Fan von

Crime-Serien, da kann es auch blutig werden, doch sobald Horrorelemente mit reinspielen, dreht irgendwas in meinem Kopf durch.

Als der Abspann läuft, entspanne ich mich und wische mir den kalten Schweiß von der Stirn. Ich werde diese Nacht wohl mit beruhigender Musik einschlafen und ein kleines Licht brennen lassen.

„Ich finde es schön, wenn wir Zeit miteinander verbringen", sage ich, als Theo aufsteht.

„Ich gebe es nicht gerne zu, aber ich auch." Er schenkt mir über seine Schulter hinweg ein kleines, schiefes Lächeln und winkt mir dann unbeholfen zu.

„Gute Nacht, Schlumpfmädchen."

Nun ist er an der Reihe, mein Herz höherschlagen zu lassen.

Erst am nächsten Morgen fällt mir auf, dass ich die neuen Eissorten gar nicht mit Theo durchgesprochen habe. Als mein Wecker klingelt, merke ich, dass ich besser geschlafen habe als erwartet. Anscheinend hing mir der Tag mehr in den Knochen als der Axtmörder, der sich nicht in meinen Träumen gezeigt hat.

Heute kommt Amelia vorbei. Sie haben mittlerweile einen freien Tag eingeführt, und die Babys sind ein paar Stunden in der Betreuung. Ich freue mich sehr darauf, sie zu sehen und auch mit ihr über Theo zu reden. Die Spannung zwischen ihm und mir ist kaum auszuhalten, und auch wenn wir uns langsam aufeinander zu bewegen, kommt es mir immer noch so vor, als wünschten wir uns eine Nähe, die wir uns nicht eingestehen. Ich kann nicht leugnen, dass ich etwas für ihn empfinde. Was ich schon immer getan habe.

Anscheinend ist es also so weit und ich brauche den Rat einer Freundin.

In den vergangenen Jahren ist es mir schwergefallen, Freundschaften zu knüpfen, weil ich so vorgeschädigt war. Ich meine, der einzige Mensch in meinem Leben, den ich als Freund bezeichnet hätte, hat sich trotz eines Versprechens nie mehr gemeldet. Die Mauer um mich herum habe ich also schon mit fünfzehn Jahren angefangen zu bauen, nur selten habe ich überhaupt jemanden durchdringen lassen. Als ich dann noch Dad verloren habe, war der Himmel der Beziehungen leer, und ich konnte mich nicht mit jemand anderem austauschen. Er ist gestorben, als ich zweiundzwanzig war. Ich war dennoch völlig verloren. Dankbarkeit macht sich in mir breit, anscheinend bin ich langsam wieder in der Lage, jemanden in mein Leben zu lassen.

Ich springe unter die Dusche, bevor ich mich auf den Weg nach unten mache. Diese kurze Strecke zur Arbeit hat wirklich allerhand Vorteile.

Kurz darauf stehe ich an der Theke und bin froh, dass sich am dritten Tag langsam eine Routine einschleicht. Ich weiß genau, welche Handgriffe ich als erstes tun muss, wann ich welche Geräte einschalten sollte, damit alles fertig ist, bevor die Gäste kommen. Manche Sorten neigen sich dem Ende zu, und ich bin dankbar, dass ich nur wenige Portionen vorbereitet habe.

Amelia ist punkt elf Uhr der erste Gast. Ihre roten Haare sind unter einer weißen Mütze versteckt, und ich hebe die Augenbrauen. Wo ist ihr Ehemann?

„Hi, Jeremia ist heute unterwegs, er macht eine Marketingaktion für Clarissas Petshop. Deshalb bin ich allein hier."

Bewunderung macht sich in mir breit, und ich frage mich, ob ich es wagen kann, Jeremias Hilfe auch mal in Anspruch zu nehmen. Die finanziellen Mittel werden allerdings auch knapp, und da ich nicht weiß, wie lange ich die Zeit noch überbrücken muss, bis ich Gewinne einfahren kann, möchte ich nichts in Aktionen investieren, von denen ich nicht weiß, wie viel sie mir bringen. Andererseits wäre es vielleicht auch gut, die Werbetrommel zu rühren, weil ich dann mehr verdienen könnte. Schon fühle ich mich wieder überfordert. Es ist wirklich zum Haare raufen.

„Schön, dass du da bist", sage ich deshalb nur und genieße die liebevolle Umarmung, in die sie mich zieht.

„Wie liefen die ersten Tage?", fragt sie und macht es sich bequem, wobei ihr Blick immer wieder zum Handy schweift.

„Gut, nicht überragend, aber es ist halt auch Winter."

Sie blickt mich mitfühlend an. „Nicht gerade der beste Zeitpunkt, um eine Eisdiele zu übernehmen."

Ich kann nur nicken. Touché. Was soll ich dazu auch sagen?

„Meinst du, wir könnten zusammen etwas organisieren?" Nach Hilfe fragen ist manchmal ganz einfach.

„Darüber habe ich auch schon nachgedacht."

Ich sehe förmlich, wie Amelia in den Businessmodus umsteigt, und völlig überraschend fängt sie an, mir von ihren Plänen zu berichten. Von einem gemeinsamen Fest – wir könnten Arthurs Winterfest als Vorbild nehmen und es auf die Adventssonntage umlegen, an denen wir dann gemeinsam Eis und Kuchen anbieten – eine perfekte Mischung. Aus dem Winterfest werden

Adventsfeste, die die Menschen in Weihnachtsstimmung bringen sollen.

Außerdem macht sie mir noch einen anderen Vorschlag. „Ich brauche verschiedene Eissorten, damit ich bei mir Hot Brownies und Blondies anbieten kann, in den Karten wird erwähnt, dass sie von dir sind, und wir kaufen sie dir zu Festpreisen ab. Jeremia kann sie mit unserem Pick-up abholen, das wäre kein Problem."

Sie erläutert mir in wenigen Worten meine Vorteile, die ich so unterschreiben würde. Es wäre eine feste Einnahmequelle für mich, und abgesehen davon würden die Stammgäste der Cakery ihre Aufmerksamkeit auch der Gelateria schenken.

Als Amelia geht, kommt eine Schulklasse, und ich habe keine Zeit, mich zu freuen, weil der Stress losgeht.

Verdammt. Dreißig Schüler warten auf ihre Eisbecher, und ich bin völlig überfordert. Die Freude des Morgens ist verflogen, und als ich sehe, wie die Lehrerin erst auf ihre Uhr blickt und dann erhobenen Hauptes zu mir, da zucke ich zusammen wie ein kleines Mädchen, das zum ersten Mal gemaßregelt wird. „Wir müssen in fünfzig Minuten den Bus erwischen, das werden Sie ja wohl hinbekommen."

Es ist keine Frage, dennoch nicke ich und verschwinde wieder nach hinten.

Ich kenne nur eine Person, die mir jetzt aus der Patsche helfen kann, und sie wird nicht erfreut sein.

Kapitel Zweiundzwanzig –

Theodore

Feriencamp, vor dreizehn Jahren

Die erste Woche des Feriencamps ist vorbei. Zur Feier des Tages und weil die ersten Freundschaften geschlossen wurden, soll heute Abend ein kleines Fest stattfinden. Eigentlich verläuft alles immer gleich: Ab zwanzig Uhr ist Bettruhe, und für Sofia und mich bedeutet das, wir schleichen uns zum jeweils anderen. Wenn ich gedacht habe, nach dem zweiten Tag könnte das zwischen uns nicht enger werden, habe ich mich getäuscht. Wir hängen wirklich immer aufeinander. Die Betreuer interessiert es nicht, die haben anderes zu tun. Zum Beispiel die Jungs davon abzuhalten, sich die Köpfe einzuschlagen, weil der Fußball im See gelandet ist und sich niemand getraut hat, ihn rauszuholen. Außerdem bin ich fast siebzehn und Sofia nur knapp zwei Jahre jünger. Den See haben sie uns gestern gezeigt, und ich habe genau gesehen, wie Sofias Augen wieder gestrahlt haben. Wir wollen uns heute nach der Feier am See treffen, dort gibt es einen Steg – keinen Vergleich zu dem Bach, der mittlerweile unser fester Treffpunkt geworden ist.

„Deine Gedanken schreien mich an."

Ich zucke zusammen, als Sofia urplötzlich neben mir auf dem Stamm Platz nimmt. Habe ich schon einmal erwähnt, dass sie mich an eine Fee erinnert, lautlos, wunderschön und so fragil?

„Ich hab einfach nur die letzten sieben Tage Revue passieren lassen." Wie von selbst lege ich den Arm um sie, und sie bettet ihren Kopf an meiner Brust, wie sie es immer tut.

„Sie waren schön, oder? Aber es ist beängstigend, wie schnell sie vergehen." Ihre Stimme ist traurig, und ich verziehe die Lippen.

„Die Zeit rast in den besonderen Momenten immer. Wenn wir auf etwas warten, dann zieht sie sich wie Kaugummi, und wenn wir sie gerne stoppen würden, dann vergeht sie umso schneller."

„Ich mag die Zeit nicht", schnaubt sie, und ich lächle, weil sie dabei so süß klingt.

„Sie kann uns bestimmt auch nicht sonderlich leiden, immerhin wird grundsätzlich über sie gemeckert."

Sofia sieht zu mir auf. Wir haben uns bisher mit keinem anderen lang unterhalten. Komisch, mag man meinen, aber ich bin so glücklich darüber, sie zu kennen, dass ich niemanden brauche.

„Sofia, Theodore, los, die Pizzen formen sich nicht von allein." Jack, der Betreuer, steht auf einmal da und wir fahren auseinander.

Stimmt, heute soll es Pizza vom Grill geben. Es wird bestimmt Jahre dauern, bis alle versorgt sind, und wie ich Sofia kenne, wird ihre Laune spätestens in einer halben Stunde am Tiefpunkt angelangt sein. Hunger und sie sind eine explosive Mischung.

„Wieso macht man für eine Million Jugendliche Pizza, die nicht geteilt wird, damit alle erstmal was haben, sondern alle essen schön eigensinnig die eigene Pizza, von der dann die Hälfte kalt wird?"

Ich wusste es, nach exakt dreiundzwanzig Minuten fängt Sofia langsam an, hin und her zu tigern. Ich bin froh, dass meine Eltern mir so viele Snacks in den Rucksack gepackt haben, die ich weitgehend ihr überlasse. Auch jetzt strecke ich ihr einen Müsliriegel entgegen, den sie dankbar annimmt.

„Du bist wirklich der Beste, Theo." Sie beißt so beherzt in den Riegel, als wäre sie schon fast verhungert.

Wir haben unsere Pizzen belegt, ich habe mich für Thunfisch entschieden, dazu Zwiebeln. Fisch gibt es zu Hause nicht so oft, weil mein Dad ihn nicht mag, weshalb ich es dann hier ausnutze. Sofia hat sich für die Variante mit vier Käsesorten entschieden. Man muss den Betreuern wirklich lassen, dass sie sich mit dem kulinarischen Angebot Mühe geben. Verhungern, auch wenn man das bei Sofia manchmal meint, muss niemand.

Mittlerweile sind acht Kinder abgereist, die Heimweh bekommen haben, andere sind krank geworden, das volle Programm liegt hinter uns. Es sind jetzt noch ungefähr vierzig Camper hier, die Betreuer nicht mitgerechnet. Ich mag, dass unser Camp sich verkleinert, denn umso mehr wir waren, desto öfter wurden Sofia und ich in unterschiedliche Gruppen gesteckt. Es ist nicht schön, wenn ich nicht bei ihr sein kann. Das klingt verrückt, aber in den vergangenen Tagen ist sie zu einem notwendigen Bestandteil meines Lebens geworden, und wenn ich ehrlich bin, dann kann ich es mir nicht vorstellen, wie es sein wird, wenn wir uns nicht mehr täglich sehen.

Nach dem Abendessen – es ist mittlerweile dunkel geworden, so lange hat es gedauert, alle hungrigen Mäuler zu stopfen – wird das Lagerfeuer noch mal ordentlich angeheizt. Die bunten Lichterketten, die batteriebetrieben sind, was ich sehr interessant finde, werden eingeschaltet, und Musik kommt aus den Lautsprechern, die sonst den ganzen Tag nur beruhigende Klänge verbreiten. Warum man sie hier überhaupt braucht, in einem Wald, in dem die Natur die schönste Melodie spielt, kann mir niemand beantworten, aber gut, ich organisiere das Ganze nicht.

Die Betreuer haben sich umgezogen. Campleiter Klaus, der sonst Tarnoptik trägt, hat heute ein grünes Hemd an. Es sieht cooler aus als sonst.

Ich stelle mir manchmal vor, dass er in einer Hütte wohnt, um ihm herum nichts außer die Natur, und wahrscheinlich duscht er im See. Kinder scheinen nur nicht so sein Ding zu sein, denn mit mir unterhält er sich manchmal, doch von den Jüngeren hat er bisher Abstand genommen. Ich kann ihn verstehen, sie sind anstrengend. Manchmal habe ich mir eine kleine Schwester gewünscht, doch nach diesem Ferienlager ist mir klar, dass ich froh bin, ein Einzelkind zu sein.

„Wieso siehst du so angespannt aus?"

Sofia steht neben mir. Auch sie hat sich umgezogen, trägt eine grüne Hose mit einem weißen Top. Es ist noch so warm, dass sie keine Jacke braucht, dennoch hat sie sich eine um die Hüften gebunden. Ich weiß, dass sie schnell friert. Wie von selbst wandert meine Hand an den Knoten um meine Taille, wo ich den

Hoodie befestigt habe. Ich werde ihn ihr später geben, wenn ihr Jäckchen nicht mehr ausreicht.

„Ich hab mir Gedanken gemacht, wo Klaus wohl wohnt, wenn er nicht hier ist."

Wir feixen gerne über ihn, und Sofias Mundwinkel heben sich. „In einer Hütte, das ist doch klar. Er hat zehn Katzen und dazu noch Wölfe, die ihn besuchen."

„Meinst du, er hat Familie?"

„Die Katzen."

Wir sehen uns an und lachen los. Es ist totales Klischee, aber irgendwie würde es zu ihm passen. Er ist einfach ein Freak, nicht im schlechten Sinne, sondern eher im durchgeknallten.

Irgendwann fangen die Leute um uns herum an, sich zur Musik zu bewegen. Ein Partylied wird gespielt, und die Kids versammeln sich rund ums Feuer. Ob Sofia mit mir tanzen würde?

Mein Herz schlägt bis zum Hals. Seit dem Moment am See, als ich sie zu lange angeblickt habe – mittlerweile ist das schon fünf Tage her –, habe ich mir sie öfter vorgestellt. Wir berühren uns, ich halte ihre Hand, da unsere Finger sich fast schon automatisch finden. Aber mit ihr zu tanzen wäre trotzdem irgendwie anders, besonders, gar einzigartig, und ich weiß nicht, ob ich mich traue, sie zu fragen.

„Komm, wir tanzen", sagt sie auf einmal, und ich lache auf. Es ist wie immer, ich denke etwas und traue mich nicht. Sofia dagegen macht es einfach. Ich bewundere das so sehr an ihr und bin neidisch auf diese Fähigkeit. Ich bin mir sicher, dass ich hier im Camp einiges lerne, unter anderem, dass ich aufhören sollte, mich vor Reaktionen zu fürchten. Was hätte sie sagen sollen? Nein? Okay, ich wäre kurz verletzt gewesen und dann hätte ich es dabei belassen. Aber Sofia? Sie sagt, was sie denkt. Sie fragt, wenn sie etwas will, und all das sind Eigenschaften, die ich sehr an ihr schätze.

Ich führe sie in die Nähe des Feuers. Das Orange beleuchtet ihr Gesicht, und ich mag es sehr, wie schön sie aussieht. Immer. Sie tut es immer.

Mein Herz schlägt mir bis zum Hals, als sie ihre dünnen Ärmchen um meinen Hals schlingt und ich meine Hände an ihre Taille lege. Der Musiklehrer in unserer Schule – er ist eher vom alten Schlag – hat sich immer dafür eingesetzt, dass wir tanzen lernen. Ich war ihm nie dankbar dafür, doch jetzt bin ich es.

Wir bewegen uns im Takt der Musik, nein eigentlich sogar viel zu langsam. Ich kann nicht einmal sagen, welches Lied spielt, denn mit ihrem Blick hält sie mich gefangen. Sie legt eine Hand an meine Wange, die Hitze schießt sofort hinein, nicht nur wegen des Feuers, um das wir tanzen. Nein, weil sie mich berührt und mich mit ihrem Blick noch mehr anheizt.

Ich lecke mir über die Lippen, weil sie ganz trocken geworden sind.

Wir wiegen uns im Takt der Musik. Sofia tritt mir immer wieder auf die Füße, aber das macht nichts. Es könnte keinen perfekteren Augenblick geben als diesen. Unser Tanz, das Feuer, die Musik. Alles wird zu einem berauschenden Strom, in dem ich festhänge und den ich nicht verlassen will.

Als die Musik stoppt und um uns herum alle applaudieren, da erwache ich, bin zurück in der Realität.

Ich will Sofia schützen, will mit ihr weggehen, weil sie Aufmerksamkeit nicht mag. Es wäre nicht Sofia, wenn sie nicht voller Überraschungen stecken würde, denn sie nimmt meine Hand in ihre und verbeugt sich. Sie lässt zum ersten Mal Aufmerksamkeit zu, und ich könnte in diesem Augenblick nicht stolzer auf sie sein, deshalb verbeuge ich mich mit und mir wird klar: Verdammt. Meine Eltern hatten recht, ich habe mich verliebt im Feriencamp.

Sofia Tremplay hat den Platz in meinem Herzen eingenommen, und ich habe eine Heidenangst davor, wie groß meine Gefühle für sie noch werden.

Kapitel Dreiundzwanzig – Sofia

Es ist vielleicht die dümmste oder aber die beste Idee meines Lebens, nach oben in die Wohnung zu rennen, während die Eisdiele voll ist. Anders weiß ich mir jetzt aber wirklich nicht zu helfen.

„Theo", rufe ich, sobald ich die Tür aufgestoßen habe. Ich höre Pianoklänge, habe aber keine Zeit, mich in ihnen zu verlieren, immerhin warten unten zwei Lehrer und dreißig Kinder auf ihre Eisbecher. Ich renne in sein Zimmer, ohne anzuklopfen, ich habe keine Zeit für Höflichkeit. Ich brauche ihn und ich kann nur hoffen, dass er die Notwendigkeit erkennt und mich nicht auflaufen lässt. Bitte, wenn der Theo noch in ihm steckt, den ich damals kennenlernen durfte, dann wird er mir helfen.

„Schulklasse, zweiunddreißig Becher, dazu genervte Lehrer. Bitte hilf mir." Meine Stimme stockt, die Worte überschlagen sich, und ich atme schwer, weil ich so gerannt bin.

Er dreht sich langsam zu mir um. Am Rande nehme ich wahr, dass er kein Shirt trägt. Wieso spielt er halbnackt Keyboard? Ich darf mich nicht ablenken lassen, deshalb schließe ich kurz die Augen.

„Was?", fragt er nach

Ich blicke auf die Uhr, die an der Wand hängt und kontinuierlich weiter tickt.

„Unten sitzt eine Schulklasse, die Zeitdruck hat, ich schaffe es nicht allein. Bitte, hilfst du mir?" Ich beiße mir auf die Lippe, weil ich die Anspannung sonst nicht aushalte. „Ich habe keine Zeit zu diskutieren, hilf mir oder lass es", fauche ich, als er mich da stehen lässt, verzweifelt und genervt. Ich drehe mich um, da höre ich, wie etwas raschelt, und blicke über die Schulter.

„Du kannst die Eisdiele nicht unbeaufsichtigt lassen, Sofia. Geh runter, bin in fünf Minuten da."

Dankbarkeit breitet sich in mir aus, fließt wie warmer Honig durch meine Adern, und ich lächle ihn an. Er starrt einen Moment zu lange zurück. Ich erkenne Unsicherheit und vielleicht sogar ein wenig Furcht in seinen Augen, doch ich kann mich jetzt nicht darum kümmern, auch wenn ich ihm für immer dankbar sein werde.

Ich sprinte die Treppe nach unten, höre die lauten Kinderstimmen, die langsam ungeduldig klingen, und sehe auf meinen Zettel. Ich kann schon einmal Früchte schneiden und dann hoffen, dass Theo mehr Durchblick hat, als ich es je haben werde.

Er braucht nicht einmal zwei Minuten, bis er auftaucht, schnappt sich eine Schürze, die dort hängt, mir aber viel zu groß ist. Sie passt ihm perfekt, weshalb mir bewusstwird, dass es wohl seine ist. Er sieht nervös aus, was ich vor allem daran erkenne, dass er sich die Hände an der Schürze abwischt, dann zieht er die Handschuhe über.

„Du kümmerst dich um das Obst, ich bereite die Becher vor. Dann verteilst du es darauf, ich übernehme die Dekoration. Ran an die Arbeit, Sofia."

Ich war noch nie so dankbar wie in diesem Moment, daher ist es okay, dass er mich kommandiert, weil ich einfach den Faden verloren habe. Ich sehe auf die Liste. Ich benötige fünf Bananen, ein paar Haselnüsse und dann auch noch Kiwis.

Ich schneide in Rekordgeschwindigkeit das notwendige Obst klein. Im Schnellschritt gehe ich nach vorne an die Theke und bleibe kurz stehen. Theo wirft gerade eine Eiskugel in die Höhe und fängt sie mit dem Becher.

Wie bitte? Sowas kann er?

Die Kinder sind verstummt, alle kleben an der Scheibe und versuchen, jeder seiner Bewegungen zu folgen, genau wie ich.

„Wer hat eine Mickey Maus bestellt?", ruft er, und mehrere Kids heben die Hände. „Dann wollen wir die Maus mal formen."

Ich sehe verblüfft zu, wie er die perfekt runde Kugel formt und dann auch noch kunstvoll in den Becher wirft, dann nimmt er eine Kugel Vanilleeis als Kopf und zwei kleine Kugeln Schoko als Ohren. Ich bin beeindruckt, so schön sind meine Becher nie geworden.

„Die Früchte, Sofia."

Ich erwache aus meiner Starre. Zum Glück erkenne ich, was in welchem Becher fehlt, und verteile die Früchte darauf. Es fällt mir schwer, nicht zu Theo zu sehen, weil er den Kindern weiter eine Show bietet und sie damit von der Wartezeit ablenkt.

„Nun kommen wir zu Pinocchio."

Er nimmt eine Eiswaffel von der Ablage, und dann landet eine Kugel Eis darauf. Wie macht er das? Im Nu sind die Eisbecher fertig, und gemeinsam verteilen wir sie bei den Kindern, wenigstens das bekomme ich hin.

Ein mulmiges Gefühl breitet sich in mir aus, als ich an den Tisch trete, wo die Lehrer sitzen, die mich vorhin noch angepampt haben.

„Wenn der Mann nicht gekommen wäre, dann wäre das wohl nicht möglich gewesen. Keine Ahnung, wie Sie Besitzerin der Eisdiele werden konnten." Die Lehrerin, die vorhin schon so erpicht auf die Uhr gestarrt hat, provoziert noch einmal.

Es fühlt sich an, als hätte sie mir einen Dolch ins Herz gerammt, und weil das nicht reicht, noch einmal umgedreht, nur um ihn tiefer zu versenken. Ich beiße mir auf die Lippe und stelle die Becher auf den Tisch, dann eile ich nach hinten, weil ich spüre, wie sich die Tränen des Zorns in meinen Augen bilden. Diese Genugtuung muss ich den beiden nicht geben.

Theo folgt mir. Ich spüre seine kalten Hände auf meinen Oberarmen, dann dreht er mich um.

„Was ist los?", fragt er und legt dabei den Kopf schief. In diesem Augenblick überkommen mich alle Gefühle, als würden sie mich in einen Wirbelsturm reißen.

Glück.

Überforderung.

Neid.

Liebe.

Ich denke nicht darüber nach, sondern schlinge meine Arme um seinen Hals und ziehe ihn an mich. Unsere Lippen prallen aufeinander. Es ist ein Versuch, mitten im Sturm etwas zu finden, an dem ich mich festhalten kann. Ich rechne nicht damit, doch als er mich an den Hüften näher an sich zieht, da merke ich, wie sich die Tränen ihren Weg suchen. Wir küssen uns in der Eisstube, und ich weiß eines: Ich liebe diesen Mann und ich habe es immer getan. Egal wie sehr ich meine Gefühle noch verleumde, ich brauche ihn in meinem Leben. Das muss auch er spüren, denn unser Kuss wird inniger.

Es ist unser ehrlichster Kuss. Ich fühle mich gleichzeitig beflügelt und als würde man mich nach unten ziehen, ich fliege und falle gleichzeitig. Ein Rausch, während ich mich verliere und finde.

Seine Lippen sind weich, seine Zunge tanzt mit meiner, während er mit einer Hand über meinen Rücken fährt. Ein Schauer überkommt mich, als er mit den Fingernägeln über meine Wirbelsäule streicht.

Die Glocke am Eingang ertönt, und wir fahren beide auseinander. Meine Wangen sind heiß, und ich streiche mir durch die Haare, um meinen Dutt zu richten. Er sieht mich an, ein kleines, schelmisches, fast schon spitzbübisches Lächeln auf den Lippen, dann zwinkert er mir zu und geht nach vorne. Es dauert keine fünf Sekunden, da begrüßt er den Gast schon mit einem lockeren Spruch.

Ich brauche noch weitere zehn, um zu Atem zu kommen und mein donnerndes Herz zu beruhigen.

Heute war mit Abstand der beste Tag. Was vor allem daran liegt, dass der Strickclub vorbeigekommen ist und sich so gefreut hat, Theo in seinem Element zu sehen, dass das Trinkgeld exorbitant hoch ausgefallen ist. Abgesehen davon hat sich die Neuigkeit direkt über den Buschfunk im ganzen Dorf verbreitet, und die Leute sind gekommen, nur um ihn zu besuchen. Dabei sind uns direkt Sorten ausgegangen und wir mussten Vanille sogar nach Feierabend nachproduzieren. Jetzt

bin ich fix und fertig, als ich die Tür abschließe, und
lehne meine Stirn an die kühle Scheibe.

„Das war ein super Tag", sagt Theo hinter mir, und ich
drehe mich zu ihm um.

Ein Lächeln stiehlt sich auf meine Lippen, und ich
merke, wie die Anspannung von mir abfällt. „Nur wegen dir", sage ich kurz und schlicht, und er schüttelt
den Kopf.

„Du machst deine Arbeit gut, und es ist auch nicht
fair, was die Lehrerin zu dir gesagt hat. Du bist noch am
Anfang, dafür ist es super. Du hättest meine ersten Tage
erleben müssen."

Ich ziehe beide Augenbrauen nach oben, weil ich mir
nicht vorstellen kann, dass der perfekte Theo auch mal
angefangen hat. Er arbeitet mit großer Selbstverständ-
lichkeit, dazu empfiehlt er den Gästen genau die richtigen Becher. Natürlich stellt er die dann ganz nebenbei
her. Ich weiß nicht, ob ich jemals so gut sein werde wie
er.

In seinen Augen liegt ein Glitzern, ein Funken Hoffnung, den ich die ganze Zeit gesucht und nicht gefunden habe. „Ich habe die erste Woche mehr auf dem Boden verbracht, weil ich versucht habe, die klebrige Eis-
paste aufzuwischen, die ich verursacht habe, als stehend an der Theke."

„Du lügst." Ich verschränke die Arme vor der Brust,
und er kommt auf mich zu. Ich lehne mich gegen die
Tür.

„Nein, wirklich. Es war eine völlige Katastrophe, und
wenn Arthur nicht gewesen wäre, hätte ich aufgegeben." Seine Stimme verändert sich, sobald er den Namen meines Großvaters erwähnt. Er wird dann

ruhiger, verliert sein Strahlen, weil die Trauer es nicht zulässt, an die guten Zeiten zu denken. Ich schlucke. Er vermisst ihn so sehr, dass es fast greifbar ist.

„Ihr seid ein gutes Team gewesen, das merkt man. Ich kann dir ihn nicht wiederbringen, aber Theo, du bist ein Naturtalent."

Ich hole Luft, bevor ich erneut ansetze. „Die Leute lieben dich, wirklich. Du machst den Besuch hier einfach zu einem Erlebnis." Ich schlucke, weil ich noch einmal allen Mut aufbringe. „Ich bitte dich ein letztes Mal, nein, ich flehe dich an. Bitte arbeite mit mir in der Eisdiele, wir können uns die Arbeit teilen."

Er zuckt zusammen. Ich kann nicht erkennen, was meine Bitte in ihm auslöst, weil er sich sofort wegdreht.

„Ich habe mir das immer gewünscht, sie zu übernehmen. Es war wie ein Schlag ins Gesicht, als der Notar hier aufgetaucht ist und gesagt hat, dass du kommen wirst."

„Er hat mir eigentlich gesagt, dass ich gehen muss. Ich hätte nicht hier wohnen dürfen, aber ich konnte nicht gehen, weißt du? Es war schon ein großer Schock für mich, dass ich die Gelateria nicht bekommen habe."

„Wir sollten die Eisdiele zusammen leiten. Ich möchte das mit dir gemeinsam machen, egal was mit uns ist." Der letzte Teil des Satzes rutscht mir schneller heraus, als ich es mir überlegen kann. Ich sollte dringend mein Hirn einschalten, bevor ich rede. Das muss auf meine To-do-Liste für spätere Zeiten; sie wird immer länger.

„Uns?" Er dreht sich wieder zu mir um. Heute fühle ich mich beflügelt von meinem Mut, deshalb gehe ich auf ihn zu.

„Ich empfinde noch immer zu viel für dich, Theo. Das habe ich damals und werde es bestimmt auch noch für eine lange Zeit tun. Ich kann dir auch gerne die drei Worte sagen, denn sie entsprechen der Wahrheit."

Er legt mir einen Finger auf meine Lippen. „Das ist zu viel. Du kannst mir nicht die Eisdielenleitung anbieten und dann noch dich dazu. Das verkraftet mein altes Herz nicht." Er sieht mir so ernst in die Augen, dass wir einen Wimpernschlag später beide lauthals loslachen.

Die Situation ist so verrückt, genau wie wir es sind und vielleicht schon immer waren. Unsere Geschichte war noch nie normal oder gar irgendwie leicht. Wir haben uns gefunden, von Anfang an sind wir zu einer Einheit verschmolzen. Dann ist etwas Schreckliches passiert. Wir haben uns verloren.

Ich habe bis zu dem Tag, als ich in Clarcton angekommen bin, nicht an das Schicksal geglaubt. Vielleicht war das auch ein Fehler, doch was sonst, außer das Schicksal, soll uns erneut zusammengeführt haben?

„Wir müssen uns morgen ein neues Konzept überlegen. Das mit den vielen Früchten funktioniert nicht, das macht die Eisdiele unattraktiv. Wir müssen auf Saisonales setzen."

Selten hat mich ein einziges Wort in einem Satz so glücklich gemacht, doch an dem Wörtchen mit den drei Buchstaben kann ich seine Reaktion und seine Antwort erkennen.

Wir.

Ein Team. Eine Einheit. Zusammen.

Genau wie damals und doch komplett anders. Es fühlt sich auch so anders an. Aus dem verrückten Herzklopfen ist noch etwas Tieferes geworden. Es ist Liebe, die man nur einmal im Leben findet und die danach nie wiederkommt.

Sie steht vor mir und sieht gerade so lässig aus, als hätte er mir nicht gerade gesagt, dass er mit mir gemeinsam die Eisdiele führen will. Vielleicht bin ich gerade nur im Freudentaumel, doch es kommt mir vor, als würde er noch etwas anderem eine Chance einräumen. Es gibt wieder ein *Uns*, und das ist das beste Gefühl. Deshalb werfe ich mich in seine Arme, und dann halte ich ihn einfach fest.

Die Umarmung ist eine der Art, die einen bis in die Tiefen der Seele berührt. Ich brauche das gerade, so wie ihn.

Kapitel Vierundzwanzig – Sofia

„Los, raus aus den Federn."

Irgendwas, nein irgendwer, rüttelt mich an der Schulter und reißt mich aus dem Schlaf. Ich öffne die Augen und brauche einen kurzen Moment, bis ich Theo erkenne. Er ist schon komplett angezogen, hat eine Tasse in der Hand und sieht mich an. Ein bisschen creepy, wie er dasteht. Ich bin stolz auf uns, weil wir gestern nicht gemeinsam schlafen gegangen sind. Wir sind wie Glas, leicht zerbrechlich, und wenn man uns zu sehr bewegt, ist die Wahrscheinlichkeit noch größer, dass wir auseinanderbrechen. Das möchte ich nicht.

„Wie viel Uhr ist es?", murmele ich, als er mir die Decke wegzieht und ein kalter Schauer über meine nackten Beine fährt. Dieser Mistkerl, wie grausam kann ein Mensch denn bitte sein?

„Sieben Uhr dreißig, ich bin schon seit einer Stunde wach. Jetzt los, ich habe Kaffee gemacht." Er streckt mir die Tasse entgegen, die ich sofort umklammere wie einen Rettungsring, während ich ihm einen bösen Blick schenke.

„Wir öffnen um elf. Warum so früh?"

Wir haben gestern noch lange zusammengesessen, haben uns einen Film angesehen, dieses Mal einen Thriller, keinen Horrorstreifen. Demnach verstehe ich erst recht nicht, wie er jetzt schon so fit sein kann.

Der Kaffeegeruch und der bittere Geschmack auf der Zunge sorgen dafür, dass ich langsam unter die Lebenden zurückkehre.

„Gib mir zehn Minuten, dann bin ich da."

„Fünf."

Er grinst mich an, während ich ihn mit dem Mittelfinger verabschiede, damit ich mich kurz frisch machen kann.

Sieben Minuten später sitze ich auf einem Stuhl und sehe auf den Tisch. Er ist voller Dokumente, Skizzen, allem möglichen Zeug, das mein müdes Gehirn nicht verarbeiten kann.

„Wie lange genau bist du schon wach?"

Er kratzt sich am Hinterkopf und zuckt mit den Schultern. „Eine Stunde, aber die Ideen habe ich in den letzten Wochen gesammelt."

„Wie bitte?"

„Ich habe nie den Glauben an die Gelateria verloren, ich habe dauerhaft Ideen gesammelt und … ich weiß nicht, aber ich konnte dir am Anfang nicht helfen."

Ich verstehe ihn, auch wenn es mir schwerfällt. Die Trauerphasen sind hart, und wenn wir ehrlich sind, dann knabbert er noch immer am Verlust. Dankbarkeit durchströmt mich, weil er mich einfach glücklich macht, indem er hier ist und die Sache mit der Gelateria mit mir gemeinsam angeht. Zusammen, wir beide. Ich schweife ab, deshalb schüttele ich kurz den Kopf, um meine Gedanken zu sortieren.

„Ich habe verschiedene Sorten ausgewählt, als du unten warst. Ich habe mir sogar eine kleine Eismaschine gekauft."

Ich lache, weil es so süß ist, wie er es sagt.

„Du hättest einfach unten arbeiten können“, betone ich deshalb noch einmal, und er schüttelt den Kopf.

„Konnte ich nicht“, sagt er nur, und weil ich ihn jetzt nicht verschrecken will, schweige ich dazu.

„Abgesehen davon habe ich mir über die Wintersaison Gedanken gemacht. Wir sollten die Öffnungszeiten anpassen.“

Ich bin verwundert. Immerhin war es bisher das Aushängeschild der Eisdiele, dass sie auch über die Wintermonate geöffnet ist.

„Wir öffnen nur Mittwoch und von Freitag bis Sonntag. Es bringt nichts, weil wir einfach keine Gewinne einfahren.“

Für einen kurzen Augenblick sehe ich Schmerz in seinen Augen aufflammen und lege eine Hand auf seinen Unterarm, streiche mit dem Daumen darüber.

„Arthur hat es nicht übers Herz gebracht, aber wir müssen an den Erhalt der Eisdiele denken.“

Ich nicke, natürlich hat er recht, doch auch ich habe mich bisher nicht getraut, das anzusprechen, weil ich dem Vermächtnis nicht noch mehr bitteren Beigeschmack geben wollte. Bisher habe ich mich nicht in der Position gesehen, solche Entscheidungen zu treffen. Es fühlt sich fast so an, als wäre es mit ihm an der Seite anders, wir machen das gemeinsam.

„Was tun wir dann in den Wintermonaten? Müssen wir uns Nebenjobs suchen?“

Ich versuche einen kühlen Kopf zu bewahren und Theo zuckt mit den Schultern.

„Das werden wir sehen müssen, ich habe auch ein bisschen was angespart.“

„Ich habe ja auch was überschrieben bekommen, vielleicht reicht das erstmal.“

„Außerdem habe ich das mit der Cakery mitbekommen. Das ist ein Megadeal.“ Er lächelt mich an, in seinen Augen glitzert Stolz, der mich direkt tief ins Herz trifft.

„Woher weißt du ...“

„Ich bin Stammgast dort. Die Törtchen sind super, und ich habe in den letzten Wochen oft dort gearbeitet, die Atmosphäre in der Cakery ist einzigartig.“

Klar, irgendwo war er die ganzen Tage. Ich fasse es nicht, dass Amelia mir nichts davon gesagt hat.

„Sei nicht sauer auf sie, ich habe sie fast täglich darum bitten müssen, dass sie dir nichts verrät.“

Als hätte Theo meine Gedanken lesen können. Dennoch hätte sie mich ja mal vorwarnen können. Ein bisschen überfordert bin ich in diesem Augenblick nämlich schon, immerhin hat er hier ein komplettes Konzept erarbeitet. Genau das, womit ich seit Wochen kämpfe und was ich nicht wirklich hinbekommen habe.

Ich bin nicht genug.

Das Gefühl kommt ganz plötzlich, überrollt mich, und ich merke, wie die Kälte in mir aufsteigt. Er ist so viel besser als ich. Meine Sicht verschwimmt, und ich schließe die Augen, weil der Schwindel mich übermannen will.

Es ist Jahre her, dass ich das Gefühl des Versagens so sehr gespürt habe wie in diesem Augenblick. Dennoch fühlt es sich auf absurde Weise vertraut an, weil ich es kenne. Es hat mich jahrelang begleitet, ich wurde regelmäßig davon überrollt, doch die Macht, die es jetzt hat, ist enorm. Ich fühle mich nicht wohl, mein Atem geht schneller. Druck bildet sich auf meinen Ohren, so dass ich nur noch ein Rauschen wahrnehme.

Ich bin nicht genug. Ich arbeite so hart, und niemals werde ich so gut sein wie er. Neid, eine zweite Emotion, die mir nicht gefällt, verbündet sich mit der Versagensangst, und ich reiße die Augen auf, damit ich einen Punkt fixieren kann.

Schemenhaft erkenne ich Theo, der vor mir kniet, beide Hände liegen auf meinen Oberschenkeln, und er redet auf mich ein. Auch wenn ich nicht verstehe, was er sagt, klammere ich mich an ihm fest. Ich suche seinen Blick, halte seine Hände. Meine Fingernägel graben sich in seine Haut, und ich merke, wie er mich langsam zurückholt. Wie ein Rettungsring im Meer, den ich endlich greifen konnte, zieht er mich aus den Gefühlen von Panik, Versagen und Ängsten, die ich so lange wegschieben konnte.

Es dauert noch einige Minuten, bis der Druck verschwindet und ich endlich wieder richtig zu mir komme.

„Wieder da?"

Woher weiß er …? Ich nicke nur, weil ich noch keine Worte finde.

„Du hast mir Angst gemacht. Kannst du mir erzählen, was der Auslöser war?"

Ich beiße mir auf die Lippe, denke einen Moment darüber nach, bevor ich den Kopf schüttele. Was soll ich auch sagen? Dass er so viel mehr kann als ich? Dass Neid eine meiner Eigenschaften ist, die ich zwar hasse, aber nicht ablegen kann? Wie soll ich ihm beschreiben, was ich fühle, wenn ich es selbst nicht verstehe? Dann nicke ich und fange an zu erzählen.

„Ich habe Aufmerksamkeit noch nie gemocht. Das lag vor allem daran, dass ich in der Schule oft fertig gemacht wurde. Ich war schon immer die Kleinste, das ist etwas, was sich nicht verstecken lässt. Dafür wurde ich angegriffen, das hat mich vielleicht schon in der Kindheit geprägt." Ich schlucke. „Dann als mein Dad gestorben ist, da wurde das schlimmer. Ich hatte immer wieder das Gefühl nicht genug zu sein, nicht groß genug, nicht stark genug, um die Trauer zu bewältigen. Dann war ich nicht hübsch genug, und irgendwie hat sich das hochgeschaukelt und es fing an, und ich habe geglaubt, dass ich gar nichts mehr erreichen könnte." Es ist schwer, die Worte laut auszusprechen. Theo legt eine Hand auf meinen Oberschenkel und streicht darüber, gibt mir damit die Kraft, um weiterzusprechen. „Ich glaube, es ging eigentlich schon mit meiner Mutter los. Ich war ihr nicht genug, als dass sie bei mir geblieben ist. Sie ist gegangen, hat ihre Tochter hinter sich gelassen. Dabei habe ich sie geliebt, da bin ich mir sicher. Jeder Mensch, der mir was bedeutet hat, ist gegangen. Seitdem ist die Angst vor dem Versagen noch größer geworden. Wie soll ich jemals etwas erreichen, wenn ich doch nie genug bin?"

Ich bin ein wenig verwundert, dass ich mir das erste Mal selbst eingestehen konnte, was mit mir los ist.

„Sofia, hör mir mal zu." Theo spricht leise, mit Bedacht, und ich blicke in seine Augen. „Du bist genug, hörst du? Deine Mutter ist nicht gegangen, weil du ihre Tochter warst, sondern weil sie sich anscheinend nach irgendetwas gesehnt hat. Für deine Größe kannst du nichts, und auch für die ganzen anderen Dinge wie den Tod deines Dads. Du darfst dir nicht an allem die

Schuld geben." Er atmet tief durch. „Sogar das mit der Gelateria hast du bisher echt gut gemeistert. Wir schaffen das gemeinsam, okay?"

Wir verschränken die Finger miteinander und ich lege meinen Kopf an seine Schulter. Ich fühle mich freier, jetzt wo ich mir meine Probleme eingestehen konnte. Manchmal hilft es, etwas laut auszusprechen, um sich bewusst zu werden, was einen bewegt.

Er steht auf, und ich trinke einen Schluck meines Kaffees, kann nur hoffen, dass es jetzt vorbei ist. Ich muss mich damit abfinden, dass alles und jeder um mich herum mehr wert ist als ich. „Los, erzähl mir von deinen Ideen", sage ich mit einem unsicheren Lächeln auf den Lippen.

Er sieht mich einen Moment zu lange an, dann nickt er, und ich erkenne das Glitzern, das ich so gerne in seinen Augen finde.

„Also, zuerst habe ich mir überlegt, wir machen eine komplette Winterkarte."

Ich lehne mich zurück und genieße es einfach nur, ihm zuzuhören. Es ist beeindruckend, welch genaue Vorstellungen er hat. Sogar Einkaufslisten für die Lieferanten sind geschrieben, und den kompletten Überblick hat er auch.

Wir beschließen, dass wir eine Woche schließen, damit wir das neue Konzept erstellen können. Halbherzig daran arbeiten ist schlichtweg nicht möglich, außerdem wird das Wetter derzeit immer schlechter. Draußen wütet ein Schneesturm, und ich bin mir nicht sicher, ob die Gäste da überhaupt kommen wollen.

„Meinst du, es hat Sinn, heute zu öffnen?", frage ich.

„Solch ein Sturm ist zu dieser Jahreszeit relativ normal."

Ich bin verwirrt. „Das macht ihr jeden Winter mit?", frage ich deshalb.

Theo lacht leise, dann nickt er. „Tatsächlich muss man sich daran gewöhnen. Wusstest du, dass Jeremia wegen eines Schneesturms hier gelandet ist?"

Meine Augen weiten sich. „Nicht wirklich, oder?"

„Doch, du musst Amelia mal bei Gelegenheit fragen, die beiden haben eine echt außergewöhnliche Liebesgeschichte."

„Sie sind auch ein unschlagbares Paar. Ich bewundere sie sehr, man hat das Gefühl, die Harmonie gehört bei ihnen einfach dazu."

„Ja, aber auch sie hatten es nicht immer leicht."

Ich nicke. Das ist das Verrückte an der Liebe: Auf andere wirkt sie oft so vollkommen, irgendwie wahrhaftig, doch ehrlich gesagt ist jede Beziehung Arbeit. Oder? Gibt es auch die Möglichkeit, dass es eben nicht so ist?

Ich habe in den vergangenen Jahren nicht viele Erfahrungen gesammelt mit Beziehungen; die Mauern um mich herum sind gut gebaut. Ich lasse niemanden näher an mich heran. Theo ist die Ausnahme. Ich habe nie jemanden geliebt außer ihn. Das mag verrückt klingen, doch es ist die Wahrheit. Das bedeutet nicht, dass ich andere nicht gemocht habe, hin und wieder war ich auch ein wenig verknallt, aber mehr war es nie. Manchmal frage ich mich, ob ich etwas in meinem Leben verpasst habe, weil ich immer gehofft habe, Theo wieder zu bekommen. Die Suche nach ihm hat mich ewig begleitet, doch ich hatte keinerlei Möglichkeit, ihn zu finden. Dass er kein Fan von Social Media ist und bis heute nirgendwo einen Account hat, war auch nicht hilfreich.

Ich sehe zu, wie er den Behälter mit dem Vanilleeis einräumt, und halte für einen kurzen Moment inne.

Seine Haare sind noch verstrubbelt, genau wie damals, nur so viel länger. Der Bartschatten wird dunkler, und ich erinnere mich gut daran, dass er damals nach den drei Wochen die Bartstoppeln am Kinn hatte. Sie haben so gekitzelt beim Knutschen.

Ich schließe die Augen, weil ich ihn dann noch so vor mir sehe. Er hat einen Mut geweckt, von dem ich nicht geahnt habe, dass er überhaupt in mir steckt. Gemeinsam sind wir gewachsen, in den drei Wochen habe ich mich so kennengelernt wie nie mehr danach. Ich glaube, mit fünfzehn war ich mir selbst am nächsten, und es fühlt sich gut an, dass ich nun wieder auf diesem Weg bin.

Durch Theo an meiner Seite habe ich die Möglichkeit, die Sofia zu sein, die ich in den letzten Jahren so sehr vermisst habe. Ich kann nicht glauben, dass ich das denke, doch es ist die Wahrheit.

Ich habe mich in den Jahren, in denen er nicht bei mir war, selbst verloren. Jetzt ist alles anders, ich atme wieder richtig. Mein Herz schlägt in einem gleichmäßigen Takt.

„Was ist los?", fragt er mich. Klar, ich starre ihn an, deshalb ist es eine berechtigte Frage, auch wenn sie mich aus meinem Gedankenstrudel reißt.

„Ich bin in den Jahren, in denen du nicht bei mir warst, nie wieder die mutige Sofia gewesen."

Er kommt auf mich zu. „Das stimmt nicht. Wenn du Angst gehabt hättest, wärst du gar nicht erst nach Clarcton gekommen. Du bist hergefahren, ohne eine Perspektive. Verstehst du nicht, dass du auch ohne mich mutig warst?"

Ich schüttele den Kopf, beiße mir auf die Lippe. Das stimmt nicht, er ist derjenige, der den Mut in mir entfacht. Er ist der Mann, der dafür sorgt, dass ich wieder Träume zulasse, die ich so lange vergraben habe. Vielleicht hat er recht. „Aber mit dir fühlt es sich so leicht an."

Er sieht mir tief in die Augen. „Wir waren schon immer alles für den anderen, und die Jahre ohneeinander haben daran nichts geändert, oder?"

Seine Stimme ist leise, vorsichtig, doch er sagt die Wahrheit. Mein Herz schlägt schneller, springt fast schon aus meiner Brust, und ich kann nicht glauben, dass er das gesagt hat.

„Nein. Auch an meinen Gefühlen hat sich nichts geändert. Du bist immer noch alles für mich." Flüsternd verlassen die Worte meine Lippen, und ich lege meine Hände auf seine Brust. Sein Herz donnert mindestens genauso schnell wie mein eigenes.

„Warum verschwenden wir unsere Zeit dann überhaupt noch damit, uns einzureden, wir würden uns nicht mehr lieben?"

Ich lächle leicht, als seine Worte an mein Ohr dringen, bevor er an meinem Ohrläppchen knabbert.

„Ich habe nie bestritten, dass ich dich liebe."

Wir sehen uns in die Augen, der Moment wird zur Ewigkeit.

Der Kuss, der nun folgt, ist so viel mehr als nur ein Kuss.

Er ist ein Versprechen, weil wir beide das sind, was wir schon immer waren. Zwei Liebende, die nur gemeinsam fliegen können, weil beide nur einen Flügel besitzen. Nun sind wir auf dem Weg in Richtung Wolke Neun, weil uns Sieben nicht ausreicht.

Kapitel Fünfundzwanzig – Theodore

Feriencamp, vor dreizehn Jahren

Natürlich schleichen wir uns davon, als die Musik versiegt. Mein Herz donnert noch immer in meiner Brust, und ich bin aufgeregt, voller Adrenalin.

In dieser Nacht weiß ich einfach, ich kann alles schaffen. Wir sind unbesiegbar. Ich halte Sofias Hand, und wir rennen wir in Richtung See. Wir lachen dabei, und ich war noch nie in meinem Leben so vollkommen, alles ist perfekt.

Wir sind frei, fliegen gemeinsam, und ich liebe Sofia. In sieben Tage hat sie das geschafft, von dem ich nicht geglaubt habe, ich habe mich verliebt. „Das war unglaublich. Du bist unglaublich", rufe ich, und dann bleiben wir stehen.

Der See ist nur leicht durch Laternen beleuchtet. Das Licht ist schummrig, irgendwie kuschelig, und ich hoffe sehr, dass sie keine Angst in der Dunkelheit bekommt. Ich werde sie beschützen, das sollte ich immer tun. Es ist meine Bestimmung, für sie da zu sein.

„Ist dir kalt?", frage ich sie, und sie nickt.

Ich löse den Knoten und gebe ihr meinen Pullover. Sie zieht ihn über. Er ist ihr viel zu groß, geht ihr bis über die Knie, und als sie die Kapuze aufsetzt, fangen wir beide an zu lachen.

Ihr Kopf wird komplett verdeckt. Ich lege meine Hände an ihre Wangen, sodass die Kapuze leicht verrutscht, und sie sieht mich an.

Ich verliere mich erneut in ihren Augen – das passiert immer. Sie ist der Ozean, in dem ich am liebsten schwimme. Ich drehe komplett durch, sobald ich in ihrer Nähe bin.

Es ist die krasseste Achterbahn der Welt, und das immer wieder und wieder, immer schneller und schneller. Ich kann nicht begreifen, dass sie das alles in mir auslöst.

„Ich glaube, ich habe mich in dich verliebt", sagt sie auf einmal, und in diesem Augenblick bleibt meine Welt stehen.

Das Adrenalin verfliegt und macht etwas anderem Platz, mit dem ich nicht umgehen kann. Viele kleine Ameisen in meinem Bauch sorgen dafür, dass alles kribbelt. Sogar meine Fingerspitzen, mit denen ich über ihre Wange streiche. Ihre Haut ist so zart, und ich kann nicht glauben, dass wir hier sind. Dass wir uns gefunden haben.

„Ich habe mich auch in dich verliebt", sage ich wie ein Idiot. Ich wiederhole nur ihre Worte, weil ich mehr nicht sagen kann.

„Das ist der Moment, in dem du mich küssen sollst." Sie kichert, und mir geht der Arsch auf Grundeis. Ich befeuchte meine Lippen noch mal, nur um mir im nächsten Moment über den Mund zu wischen, weil ich sie nicht vollsabbern will.

Wieso gibt es keine Anleitung dafür, wie man das macht? In meinen fast siebzehn Jahren habe ich mich noch nie zu einem Mädchen so hingezogen gefühlt, dass ich es küssen wollte. Ich atme zu schwer, fühle mich, als würde ich einen Marathon laufen, und gleichzeitig bin ich ganz ruhig. Verwirrend, die gesamte Situation.

Letztendlich ist sie diejenige, die sich zu mir hochreckt. Unsere Lippen finden sich. Es fühlt sich komisch an, ihre zittern und sind ganz kalt, gleichzeitig ist ihr Atem warm.

Es dauert nur einen kurzen Moment, doch ich werde mich immer an ihn erinnern.

Als wir uns lösen, sehen wir uns kurz an, bevor sie mich erneut an sich zieht und unsere Lippen miteinander verschmelzen.

Kapitel Sechsundzwanzig – Sofia

Der Arbeitstag war anstrengend. Während Theo die meiste Zeit damit beschäftigt war, Schnee zu schippen, damit überhaupt Gäste den Weg in unsere Gelateria finden können, habe ich weiter am neuen Konzept gearbeitet. Dazu gab es Stunden voller Diskussionen und Augenrollen und wir, die wirklich auf der Bestenliste der Sturköpfe stehen, haben immer noch keinen Mittelweg gefunden. Außerdem haben mich die Kopfschmerzen seit der leichten Panikattacke heute Vormittag nicht mehr losgelassen, was dafür sorgt, dass alles doppelt und dreifach anstrengend und vor allem kräftezehrend ist.

Theo geht schon nach oben in die Wohnung, während ich im Büro den Laptop ausschalte. Endlich Feierabend. Ich sollte den Tisch dringend abwischen, irgendwie klebt alles. Zwar bin ich müde, doch ich raffe mich auf, hole einen Lappen und gehe zurück an den Arbeitsplatz. Ich säubere erst die Oberflächen, dann nehme ich die Schreibtischunterlage hoch. Was ist das? Ein Umschlag liegt darunter. *Sofia & Theo* steht darauf, und ich lasse den Lappen fallen. Was hat das zu bedeuten? Ich muss ihn unbedingt Theo zeigen. Zwei Treppen nehme ich auf einmal. Als ich in der Wohnung ankomme, höre ich das Klappern von Töpfen.

„Ruh dich aus. Du bist bestimmt platt", ruft Theo aus der Küche.

Für einen Moment vergesse ich den Brief.

Die Erschöpfung nimmt alles in mir ein, ich fühle mich tonnenschwer, und Theo drückt mir einen Kuss auf meine pochende Stirn, als ich die Küche betrete. Der Schmerz wird ein bisschen besser.

„Leg dich hin, ich bringe dir gleich einen Tee und koche bereits. Heute ist ausruhen angesagt, du bist auch ganz blass." Sorge huscht über sein Gesicht, und ich drücke ihm einen kurzen Kuss auf die Lippen.

„Womit habe ich dich nur verdient?"

Er lächelt leicht und scheucht mich davon. „Ab auf die Couch, Sofia", ruft er mir hinterher, und mein Herz stolpert. Er ist so viel für mich, und ihn wieder zu haben, ist einfach die beste Therapie für meinen verlorenen Mut.

Ich ziehe meine Jeans aus und lege mich dann nur in Shirt und Slip auf die Couch, decke mich zu und bette meinen Kopf auf das Kissen. Die pochenden Schmerzen lassen mich meine Augen schließen, und ich kneife mir in die Nasenwurzel. Ich hasse es, wenn sie mich so überrollen. So kommen immer, sobald ich zu viel nachdenke. Ich kann die verschiedenen Schmerzarten mittlerweile schon bei der ersten Welle unterscheiden.

Heute sprechen sie einfach nur von Überforderung und der vielen Arbeit. Es war heute alles ein bisschen zu viel, auch die Entwicklung mit Theo, die natürlich etwas Schönes ist.

Mein Handy vibriert. Ich öffne die Augen und greife danach. Eine Textnachricht.

Theo und du führt die Eisdiele nun zusammen?

Amelia. Kein großer Small Talk, sondern direkt gefragt, was sie wissen will. Das mag ich.

Ja. Außerdem glaube ich, wir sind es auch irgendwie. Also zusammen.

Meine Finger zittern leicht, als ich die Worte tippe, weil ich Angst habe. Sobald man sein Glück mit jemand anderem teilt, wird es real. Werden wir den Anforderungen eines Paars gerecht? Habe ich vielleicht sogar zu viel hineininterpretiert, und wir sind gar nicht zusammen?

Ich will gerade die Nachricht zurückrufen, als die zwei Häkchen auch schon blau werden und somit anzeigen, dass sie gelesen wurde. Verdammt. Ich sollte nicht gleich mit Glück prahlen, das noch so zerbrechlich ist. Unser viertes Blatt am Klee wächst gerade erst.

Herzlichen Glückwunsch. Das wurde aber auch Zeit.

Darauf folgt eine Reihe von Emojis, von küssenden Paaren bis hin zu einer Braut ist alles dabei.

Danke. Auch wenn mich die Braut ein wenig überfordert.

Ich setze einen zwinkernden Smiley dahinter und bekomme eine Reihe an Lachsmileys als Antwort. Ich stecke mein Handy weg, und in dem Moment kommt Theo herein. Auch er hat sich umgezogen. Die Jogginghose sitzt auf den Hüften und die Füße sind nackt, Fußbodenheizung sei Dank. Außerdem trägt er ein Shirt, das seine Oberarme betont. Er sieht so gut aus. Ich werde mich wohl nie daran gewöhnen, dass er in den vergangenen Jahren noch an Attraktivität gewonnen hat.

Er hat eine dampfende Tasse in der Hand, in der ein Teebeutel hängt. In der anderen Hand hat er Tabletten, und ich lächle, weil er dabei sehr konzentriert aussieht.

„Ich hab die Tasse zu voll gemacht." Er lacht leise und stellt sie dann ab.

„Du trägst drei Eisbecher auf einmal, aber eine Tasse ist ein Problem?"

Er schenkt mir einen vernichtenden Blick. „Kälte ist mir lieber als eine kochendheiße Flüssigkeit, die mir eventuell die Hände verbrühen könnte."

„Das verstehe ich", sage ich, und er setzt sich neben mich.

„Wir hatten nicht mehr so viel da. Ich hab Nudeln mit grünem Pesto gemacht, also bin gerade dabei. Ich hoffe, das ist okay für dich."

Ich setze mich auf und nicke. „Ich weiß eh noch nicht, wie viel ich essen kann."

Er sieht mich mit verständnisvollem Blick an und legt seinen Kopf leicht schief. „Hast du das öfter?"

„Kopfschmerzen?"

Nicken.

„Leider ja. Wenn ich mir zu viel zumute, dann kommen sie in Schüben. Heute war einfach eine Achterbahn, weißt du?"

„Meinst du, ich bin daran schuld? Habe ich dich überfordert?"

Er klingt ehrlich besorgt, und das finde ich süß, gleichzeitig zeigt er mir damit, dass ich ihm wichtig bin, und vielleicht ist das genau, was ich gerade brauche.

„Nein. Ich hab heute einfach zu viel an die Gelateria gedacht und das mit uns gleichzeitig ... ich bin so glücklich."

„Ich auch. Der Tag war sehr intensiv, da hast du recht."

Ich nehme eine Tablette und spüle sie mit einem Glas Wasser runter, das noch auf dem Tisch steht. Ich kann nicht glauben, was heute alles passiert ist. „Amelia freut sich für uns", platzt es aus mir heraus, und im nächsten Moment habe ich Angst vor seiner Reaktion. Wer ist auch so kindisch und erzählt am ersten Tag direkt allen, dass man zusammen ist? Also klar, nicht allen, aber vielleicht war es trotzdem ein Fehler. „Es ist mir einfach rausgerutscht, dass wir jetzt zusammen sind." Ich schlage mir gegen die Stirn, was meinem Kopf natürlich nicht gefällt, und Theo nimmt meine Hände in seine.

„Ich kann mir vorstellen, dass sie sich freut, sie lag mir immer in den Ohren, weißt du?"

„Du bist also nicht böse, dass ich ihr davon erzählt habe?"

„Nein. Aber jetzt noch mal offiziell." Er sieht mir tief in die Augen. Ich bin gespannt und frage mich, was nun kommt.

„Sofia Tremplay, willst du mit mir zusammen sein?"

„Ich dachte schon, du machst mir jetzt einen Antrag." Ich lache verunsichert.

„Damit überfordere ich dich nur noch mehr."

Ist das ein kleiner, enttäuschender Stich in meiner Brust, weil er mich nicht nach fünf Stunden fragt, seine Frau werden zu wollen? Ich muss wirklich verrückt sein.

„Natürlich will ich deine Freundin sein." Ich lächle, und dann küsst er mich.

Es erinnert mich so sehr an damals, an unseren ersten Kuss. Ich schwelge in der Erinnerung. Nach dem Kuss sehen wir uns einfach nur an ... bis ein beißender Geruch an meine Nase dringt.

„Sag mal, waren die Nudeln schon auf dem Herd?"

Wie er aufspringt und losrennt, ist mir Antwort genug. Ich versuche, ein Lachen zu unterdrücken, dann lasse ich mich nach hinten in die Kissen fallen und schließe die Augen.

Theo und ich, wir sind ein Paar. Wirklich. Wieder. Ich habe dreizehn Jahre auf diesen einen Augenblick gewartet.

Dreizehn Jahre lang habe ich mir eingeredet, ich würde jemand anderen lieben können, auch wenn mein Herz die ganze Zeit bei ihm war. Dreizehn Jahre lang war er derjenige, der mich verrückt gemacht hat, ohne dass er da war. Dreizehn Jahre bis zu diesem Augenblick, und ich frage mich, was jetzt noch passieren soll. Alles ist perfekt.

Dreizehn Jahre hat es gedauert, bis ich mein Zuhause gefunden habe.

Wir essen Nudeln, danach sitzen wir einfach nur nebeneinander. Er hat einen Arm um mich gelegt, meinen Kopf bette ich an seiner Schulter, und er malt kleine Kreise auf meinen nackten Oberarm.

Die Tablette in Kombination mit dem Essen und dem Tee hat Wunder bewirkt, und mir geht es schon besser. In diesem Moment fällt mir der Umschlag wieder ein.

„Ich muss dir noch etwas zeigen, ich habe vorhin was gefunden." Schnell rappele ich mich auf und hole den Brief, den ich vorhin auf dem Garderobenschränkchen abgelegt habe.

„Was ist das?“, fragt Theo und setzt sich auf.

„Ich habe vorhin unten noch den Tisch abgewischt und dabei einen Umschlag gefunden, auf dem unsere beiden Namen stehen.“

Theos Augen weiten sich, und er nimmt ihn mir aus der Hand.

„Das ist Arthurs Schrift.“

Wir setzen uns nebeneinander, und mit zittrigen Fingern öffnet Theo den Umschlag. Seine Stimme ist dünn, als er mir den Brief vorliest.

Liebe Sofia,
lieber Theodore,
wenn ihr diesen Brief findet, dann bin ich nicht mehr da. Ich weiß nicht genau, wann ihr diese Zeilen lesen werdet, ob ihr euch gerade erst wiedergetroffen habt oder schon eine Weile miteinander verbringt. Ich habe den Umschlag mit Absicht versteckt.
Theo. Du bist der stärkste Mensch, den ich kenne. Du hast so viel Liebe in dir, dass ich froh bin, einen Teil davon bekommen zu haben. Du warst wie ein Sohn für mich, und ich hoffe, dass du tief in deinem Herzen verstehst, wieso ich dir die Gelateria nicht vermacht habe. Du hast von dem Schlumpfmädchen gesprochen, zwar erst circa ein Jahr nach dem Tod deiner Eltern, weil sich dann deine Welt langsam wieder angefangen hat zu drehen, doch du hast so oft von ihr geredet. Es hat fast zehn Jahre gedauert, bis ich herausgefunden habe, dass du tatsächlich von meiner Enkeltochter sprichst. Klar, ich hätte sie einfach kontaktieren können und einladen, aber auch ein alter Mann hat manchmal so große Angst, dass dieser Weg, wenn ich nicht mehr bin, mir einfacher Erscheint.

Sofia? Du bist die Enkeltochter, die ich nie kennengelernt habe, von der ich mir aber sicher bin, dass du ein guter Mensch bist. Ich hatte nie das beste Verhältnis zu deiner Mutter, sie war schon immer sehr eigen. Von dir erfahren habe ich erst sehr spät, liebste Sofia. Die Entscheidung deiner Mutter zu gehen habe ich nie verstanden, doch ich war genauso feige wie sie. Vielleicht hatte sie das von mir.

Wie oft habe ich zum Telefonhörer greifen wollen, um den Kontakt zu dir zu suchen, doch was hätte ich denn sagen sollen? Ich habe mich nicht getraut.

Als Theo in mein Leben kam und ich ihn mühsam aufgebaut habe, kam mir angesichts meiner Krankheit die Idee, euch beide wieder zusammen zu bringen, auf eine vielleicht etwas unverständliche Art.

Ich hoffe sehr, dass es funktioniert. Die Gelateria ist mein Baby, ich denke, ihr könnt daraus etwas Großes machen.

Ich liebe euch beide sehr.

Es tut mir leid, dass ich zu feige war, Sofia.

Es tut mir leid, dass ich dir dein Schlumpfmädchen noch weitere drei Jahre verheimlicht habe, Theodore.

Bitte verzeiht mir noch einmal.

In Liebe,

Arthur.

Die Tränen fließen über meine Wangen und auch über Theos; der Brief sorgt für einen ganz anderen Blickwinkel auf die Situation.

„Er hat uns wieder zusammengeführt", flüstert Theo, und dann halten wir uns fest, verarbeiten das Gelesene erst einmal.

Schicksal, das ist das Einzige, das diese Situation beschreiben könnte.

Kapitel Siebenundzwanzig – Sofia

Wir liegen gemeinsam auf der Couch, der Brief befindet sich auf dem Tisch, und mittlerweile ist die Stille zu laut, deshalb durchbreche ich sie.

„Erinnerst du dich noch an unseren ersten Kuss?", frage ich ihn auf einmal.

„Ja, er war perfekt. Auch wenn ich mir jahrelang vorgeworfen habe, dass ich von einem Mädchen geküsst worden bin und nicht die Initiative ergriffen habe." Er lacht leise, was dafür sorgt, dass sein Körper vibriert, und ich hauche ihm einen kurzen Kuss auf den Hals.

„Ich war damals so mutig", flüstere ich.

„Muss ich dir jetzt wirklich aufzeigen, wieso du stark bist?"

Ich schüttele den Kopf.

„Weißt du, manchmal wünschte ich mir, du könntest dich einen Tag durch meine Augen sehen." Er hält inne. „Dann würdest du verstehen, wieso du der Mittelpunkt meines Lebens bist. Wieso ich dich so bewundere, und wie unendlich toll du bist."

Ich drücke seine Hand und halte sie fest; wir verschlingen die Finger miteinander. „Ich habe Angst", gebe ich zu. Heute ist der Tag der Ehrlichkeit.

„Wovor?"

„Dich noch einmal verlieren zu müssen. Ich weiß nicht, ob mein geschädigtes Herz das erneut verkraftet." Meine Stimme ist zittrig und unsicher, ich habe keine Ahnung, wieso ich ihm von meinen Zweifeln erzähle. Immerhin fresse ich sonst eher alles in mich hinein. Theo hat mich verändert, schon wieder. Erneut zum Positiven. Wie werde ich sein, wenn er wieder weg ist? Schaffe ich es noch mal?

Nein.

„Ich werde nicht gehen. Clarcton ist mein Zuhause, und mit dir hier ist es vollkommen."

In diesem Moment hüpft Loki auf seinen Schoß, streckt ihm den Hintern entgegen und legt sein Köpfchen auf meinem Oberschenkel ab.

„Jetzt, wo hier auch noch die Familie ist, die ich mir immer gewünscht habe, was soll ich denn da noch wollen?"

Ich merke erst, dass ich weine, als eine Träne in Lokis schwarzem Fell landet und der Kater mich empört ansieht. „Tut mir leid", murmle ich, mehr zu mir selbst als zu dem Kater, der sich langsam wieder entspannt.

„Sofia, ich weiß nicht, wie ich dir beweisen kann, dass ich es ernst meine. Du bist mein Leben, und ich bin mir sicher, dass ich ein riesiger Idiot war. Der Schmerz war größer als alles andere, er hat mein ganzes Ich eingenommen."

Ich verstehe ihn, ich weiß ja selbst nicht, wieso ich schon wieder anfange, alles zu zerdenken.

Theo rappelt sich auf, Loki springt empört von der Couch und stolziert davon. „Ich liebe dich, Sofia Tremplay. Ich würde dich, wenn es nach mir ginge, morgen heiraten, um dir zu beweisen, dass das mit uns für immer hält. Du bist mein Leben. Wir haben dreizehn Jahre darauf gewartet, uns erneut lieben zu dürfen. Jetzt ist es so weit, und du zweifelst, das verstehe ich." Er holt Luft, und ich drücke meine Lippen auf seine. Ich stecke alle meine Zweifel in diesen Kuss, und als Theo mich auf seinen Schoß zieht, da schafft er genau das, was ich gerade brauche: Die Gedanken in meinem Kopf verfliegen, weil ich ihn spüre und weiß, was wir wollen. Also sehe ich ihn an, bitte stumm um Erlaubnis.

Er reibt sein Becken an meinem, was dafür sorgt, dass mein Atem schneller geht und ich mit meinen Lippen den Weg zu seinem Ohr hinauf küsse. „Bring mich in dein Schlafzimmer und liebe mich", murmle ich, und er braucht keine Sekunde, um mich mit Leichtigkeit hochzuheben.

Er schafft es irgendwie, die Tür zu öffnen, ohne mich runterzulassen. Ich knabbere währenddessen an der empfindlichen Stelle an seinem Hals, was er damals schon gemocht hat. Auch jetzt spüre ich, wie sich Gänsehaut auf seinem Körper bildet.

„Du machst mich verrückt", murmelt er und lässt mich auf der Matratze nieder, nur um dann sein Shirt abzustreifen.

Ich ziehe meins auch aus. Wir sind viel zu nervös, aufgeregt und alles, was man noch fühlen kann. Es dauert einen Augenblick, bis er nackt vor mir steht, und zwei, bis er sich über mich beugt und ich ihn an meinem Oberschenkel spüre.

„Dreizehn Jahre, bis ich das noch einmal tun durfte."

Ich halte den Atem an, während er mit seinen Lippen an meinem Hals entlangstreift und sich den Weg zu meinen Brüsten bahnt. „Ich habe mir so oft vorgestellt, wie du wohl aussehen wirst. Du bist noch schöner geworden, Sofia." Er knabbert an meinem linken Nippel, während er die andere Brust in seine Hand nimmt. Dann sieht er mich nochmals an, als würde er stumm um Erlaubnis bitten. Als ich nicke, zieht er ein Kondom über, das er aus der Schublade geholt hat.

Das ist das Stichwort, und als er im nächsten Moment in mich eindringt, da ist das Feuerwerk um uns herum perfekt.

„Ich liebe dich", rufe ich in die Stille der Nacht und frage mich, wie ich es in den Jahren ohne ihn überhaupt geschafft habe, zu existieren.

Wir lieben uns die gesamte Nacht, weil wir nicht genug davon bekommen. Zwischendrin nicken wir ein, dann weckt der eine den anderen, und es geht von vorne los.

Deshalb bin ich verwundert, dass es hell ist, als ich letztendlich aufwache. Das Pochen zwischen meinen Beinen erinnert mich an die vergangenen Stunden, und meine geschwollenen Lippen sprechen für sich.

Dreizehn Jahre habe ich davon geträumt, erneut mit Theo intim zu werden. Unser erstes Mal war perfekt, keine Frage, doch es war auch von Lachern geprägt, gleichzeitig war es so neu und aufregend. Jetzt sind wir routinierter. In dieser Nacht haben wir uns kennengelernt und herausgefunden, was der andere mag. Ich habe nie so offen kommuniziert, was ich begehre, doch mit Theo fühlt es sich normal an, darüber zu sprechen.

„Guten Morgen, Liebe meines Lebens", flüstert er und zieht mich an sich. Er liegt hinter mir, und ich schmiege mich an ihn, während er meinen Nacken liebkost.

„Guten Morgen, mein Schatz“, murmle ich und bin über den Kosenamen fast selbst überrascht, aber er kommt so natürlich über meine Lippen, fühlt sich nicht fremd an, und an dem Grinsen beim nächsten Kuss erkenne ich, dass es ihm auch gefällt.

„Frühstück?“ Er klingt noch leicht verschlafen. Ich drücke mein Becken an seins, und es dauert nicht lang, da verschmelzen wir erneut, auch wenn mein Magen knurrt.

Wir schaffen es erst gegen Mittag aus dem Bett und in die Küche, und das auch nur, weil Loki Hunger hat und irgendwann an der Schlafzimmertür kratzt. Dennoch freut sich auch mein Magen auf etwas Essbares – mein anderer Hunger ist für den Moment gestillt.

„Wir sollten heute einkaufen“, sagt Theo, und ich ziehe einen Schmollmund.

„Ich will die Wohnung nicht verlassen“, flüstere ich, und er grinst mich an.

„Hör auf mich schon wieder so angesext anzusehen. Wir brauchen Nährstoffe, sonst hält mein armer alter Körper das nicht aus.“

Wir lachen los, dann haut er ein Ei in die Pfanne. Ich liebe es, wenn er Rührei macht.

Loki mampft fröhlich in der Ecke und ich sehe ihm zu. Der Kater ist mir ans Herz gewachsen. Generell habe ich mich verändert, alles ist anders geworden, seitdem ich in diese Kleinstadt gestolpert bin, um mein Erbe anzutreten.

„Ich würde ein bisschen Schärfe ans Ei bringen. Ist das okay?“ Theo dreht sich zu mir um und lässt beide Augenbrauen tanzen.

„Ich weiß, wie heiß du sein kannst“, antworte ich mit betont rauchiger Stimme, was uns nur mehr prusten lässt.

Letztendlich schaffen wir es dann tatsächlich, etwas zu frühstücken, nicht jedoch, ohne uns heiße Blicke zuzuwerfen. Das Ei, das er mit Käse und Jalapeños verfeinert hat, war tatsächlich feurig. Irgendwie heizt das die Stimmung nur noch mehr an, und ich genieße diese Ausgelassenheit. Es fühlt sich perfekt an, und wenn ich Momente für schlechte Tage sammeln müsste, dann würde ich gerne die letzten zwölf Stunden nehmen.

„Nach dem Frühstück Meeting am Couchtisch?“, frage ich zwischen zwei Gabeln, und Theo nickt.

„Mit Zwischenstopp im Bad, weil ich dringend eine Dusche brauche.

„Ich würde mich anschließen.“ Ich grinse, und er zieht die Augenbrauen erneut nach oben. Bei ihm wirkt das sexy. Wie auch sonst alles, was er tut. Wahrscheinlich liegt es einfach am Theo-Charme, den er versprüht und der eine aphrodisierende Wirkung auf mich hat. Ganz klar, daran muss es liegen.

„Du weißt, dass wir dann länger brauchen, als wenn wir nacheinander duschen.“

Ich sehe ihn empört an und stemme beide Hände in die Hüften. „Wir sind nicht einmal einen Tag zusammen und du gibst mir schon einen Korb? Ich dachte, wir hätten von wahrhaftiger Liebe gesprochen.“

Natürlich scherze ich nur, doch als er aufsteht und mich an die Küchenzeile drückt, da spüre ich, was er wirklich will.

„Wasser sparen wir natürlich durch das gemeinsame Duschen, du hast recht.“ Er fährt unter mein Höschen, das ich mir vor dem Frühstück übergezogen habe, auch wenn ich mir fast schon sicher war, dass es früher oder später wieder überflüssig werden wird.

Als er sich auf einmal hinkniet und ich seine Zunge an meinem empfindlichsten Punkt spüre, da vergesse ich, was er gerade gesagt hat. Ich kann nur Lust empfinden, als er mich umkreist und mich dann nimmt.

Wir lieben uns. Gelehnt an der Küchenzeile. Gedrückt an die Wand im Flur. Unter der Dusche, dann auf den kalten Fliesen, weil das Bett so weit weg ist. Auf dem Sofa. Auf dem Fußboden, die Fußbodenheizung macht sich positiv bemerkbar. Wir lieben uns an diesem Tag oft, und wenn ich ehrlich bin, kann ich nicht genug von ihm bekommen. Und von der Liebe, die er mir gibt, mit jeder einzelnen Berührung, jedem Necken, allen Küssen. Wir sind eins, verschmolzen ineinander.

Ich muss nicht erwähnen, dass wir an diesem Tag keine Sekunde lang an die Arbeit denken.

Das sieht am nächsten Morgen anders aus, denn auch wenn die Spannung zwischen uns noch immer da ist und sich auch aufheizt, müssen wir irgendwie einen kühlen Kopf bewahren. Wir sitzen uns deshalb mit genügend Sicherheitsabstand in Form des Küchentischs gegenüber, auf dem die Unterlagen für die Gelateria liegen.

Zwar denke ich immer wieder an alles, was Theo gestern noch mit mir gemacht hat, doch heute müssen wir uns wirklich professionell verhalten. Eine kleine Ablenkung? Nein.

Ich ignoriere also das aufkommende Pochen zwischen meinen Beinen und nehme die Einkaufsliste in die Hand. „Bist du sicher, dass wir wirklich nur winterliche Sorten anbieten sollen?"

Er nickt. „Ich denke nicht, dass jemand im Winter Lust auf Pfirsich-Maracuja hat."

„Das ist doch aber völliges Klischeedenken. Lass uns wenigstens so etwas wie Kirsche-Marzipan anbieten."

Er scheint darüber nachzudenken, und ich schreibe schnell einige Ideen auf. „Wir müssen weiterhin Vielfalt präsentieren, das macht die Gelateria aus. Natürlich passen wir die Sorten je nach Saison an, doch ich finde, Fruchteis sollten wir immer anbieten."

Letztendlich nickt er. „Du hast recht. Ich habe zu einfach gedacht. Da wäre noch die Slush-Maschine."

Ich werfe ihm einen bösen Blick zu. „Sie bleibt."

Er lacht. „Ich wollte nur mal sehen, ob du mit mir darüber reden willst."

„Nein."

Damit wäre das Thema geklärt.

Drei Stunden später haben wir ein genaues Konzept ausgearbeitet und bereits Bestelllisten an den Lieferanten gemailt. Wir sind uns sogar einig geworden über das Design der Winterkarten.

„Vielleicht könnte Jeremia diese Woche mal vorbeikommen, damit wir mit ihm über das Marketingkonzept sprechen können. Er ist Profi auf diesem Gebiet."

„Das ist eine tolle Idee", sage ich, klappe das Laptop zu und sehe, wie Theo gleichzeitig das Dokument auf dem Tablet schließt, mit dem er gearbeitet hat.

Ich bin ein bisschen überrascht, welch ein gutes Team wir abgeben. Unsere Diskussionen laufen mittlerweile stets auf professioneller Ebene ab. Gut, die *Ich liebe dich*s dazwischen hatten nicht unbedingt mit der

Arbeit zu tun, aber ich bin wirklich angetan von uns beiden. Das mag verrückt klingen, doch die Angst vor weiteren Katastrophen schrumpft.

„Hast du Lust, heute Abend mit mir auszugehen? Ich würde mich freuen, wenn wir mal ein richtiges Date haben könnten."

Ich bin sofort hellauf begeistert. Wir hatten nie die Möglichkeit, uns zu verabreden, immerhin hatten wir bisher nur die drei Wochen im Feriencamp, und auch hier in Clarcton sind die Möglichkeiten begrenzt. Mehr als ein gemeinsamer Ausflug zum Supermarkt oder in die Cakery ist nicht drin.

„Wollen wir zuvor noch am Petshop anhalten, der neu eröffnet hat? Vielleicht finden wir ein kleines Souvenir für Loki."

„Er hatte es in den letzten zwei Tagen echt nicht leicht mit uns", lacht Theo, und ich kann ihm nur zustimmen.

Wie oft hat er uns komisch angesehen, sodass wir ihn leider aussperren mussten, weil die Stimmung sonst nicht mehr sehr erotisch war? Wir sollten uns also dringend bei dem Kater entschuldigen. Ich kann nicht abstreiten, dass ich auch ein bisschen neugierig bin.

Es war ein Zeitungsartikel über den Petshop in der Clarctons Newspot, dem regionalen Blatt. Anscheinend war die Eröffnung am ersten Dezember, also vor einer Woche, ein großer Erfolg.

Vielleicht ist Clarissa, so heißt die Besitzerin laut Artikel, ja eine ganz liebe Person, und wir können uns ein wenig austauschen.

„Wir halten auf dem Weg auch in der Druckerei an. Immerhin sind wir uns im Flyerdesign einig geworden."

Die Druckerei scheint also auf dem Weg zu liegen.

Theo schürzt die Lippen, und ich weiß, dass er nicht mit den Schneemännern auf dem blauen Hintergrund einverstanden war. Aber wir wollen auch Kinder ansprechen, und wie funktioniert das besser als mit lustigen Bildern?

„Wir fahren in einer Stunde, ich habe den Tisch für neunzehn Uhr reserviert. Dann haben wir genug Zeit, um alles vorher zu erledigen.“

„Woher wusstest du, dass ich mit dir ausgehen will?“, frage ich, als ich mich auf seinem Schoß niederlasse. Sofort finden seine Hände meine Hüften.

„Als ob eine Frau zu mir nein sagen würde.“

Er wackelt wieder mit seinen Augenbrauen, und ich schlage ihm gegen die stahlharte Brust.

„Dann geh doch mit jemand anderem aus“, schmolle ich.

Er nimmt mein Gesicht in beide Hände. „Du weißt genau, dass du diejenige bist, mit der ich den Rest meiner Tage verbringen will. Und jetzt geh dich hübsch machen, ich kann sehen, wie du schon überlegst, was du anziehst.“

Dieser Mann kann noch immer meine Gedanken lesen, genau wie er es schon immer getan hat.

„Ich liebe dich, Theodore.“

„Ich liebe dich, Schlumpfmädchen.“

Wir küssen uns, dann mache ich mich auf den Weg.

Kapitel Achtundzwanzig – Theodore

Feriencamp, vor dreizehn Jahren

Enger als wir zuvor waren hätte ich nie für möglich gehalten, doch seitdem wir uns geküsst haben, ist alles anders. Intensiver. Sogar die Farben um uns herum leuchten mehr. Sofia strahlt, ein Funkeln liegt in ihren Augen, und das ist so schön, dass ich gar nicht beschreiben kann, wie sehr ich mich jeden Tag mehr verliebe.

Das Feriencamp ist in fünf Tagen vorbei. Langsam aber sicher schmerzt es, wenn ich sie nur ansehe. Immer wieder findet mein Blick sie, und die Traurigkeit ergreift von mir Besitz. Ich weiß nicht, wie ich es verkraften soll, sie nicht bei mir zu haben.

Für heute ist ein Fußballspiel geplant, und gemeinsam haben wir sogar eine Tribüne gebaut, um die Spieler anfeuern zu können. Es sind zwei Teams aus zwölf Kindern, einige sitzen auf der Bank. Wie bei einem richtigen Spiel. Das Feriencamp war anders als erwartet, schöner als ich es mir je hätte ausmalen können. Ich kann nicht glauben, dass ich jemanden gefunden habe, ohne den ich mir das Leben nicht mehr vorstellen kann.

„Du denkst schon wieder über alles nach, hm?" Sofia sitzt neben mir, gerade wird das Mittagessen vorbereitet. Wir grillen wieder mal. Sie legt ihre kleine Hand auf meinen Oberschenkel und streicht darüber. Ich fange sie ein, und wir verschränken wie selbstverständlich die Finger miteinander.

„Ich will dich in fünf Tagen nicht verlieren", krächze ich, weil schlagartig meine Kehle eng wird, sobald die Worte ihren Weg finden.

Ehrlichkeit, unsere oberste Priorität. Sofia spricht ihre Gedanken immer laut aus, und weil sie so unfassbar mutig ist, versuche ich dasselbe. Es ist komisch für mich, weil ich sonst gut darin bin, für mich zu sein. Meine Gedanken zu verschließen und nichts zu sagen, weil es so viel einfacher ist und nachfragen unmöglich macht.

Mich jetzt so zu öffnen, es kaum auszuhalten sie nicht bei mir zu haben, ist nicht nur ungewohnt, sondern auch wahnsinnig beängstigend.

„Es wird sich nur ändern, dass wir uns nicht mehr immer sehen. Mein Herz bleibt bei dir." Ihr zweiter Satz ist kaum zu hören, und sie lehnt ihren Kopf an meine Schulter. Ich lege meinen darauf, und wir starren in die Ferne.

Sicherlich werde ich mich jedes Mal an sie erinnern, sobald ich einen Wald sehe. Ihr Geruch und der nach Kiefernnadeln betören mich. Sofia ist so viel für mich.

„Theodore, wir brauchen noch deine Hilfe beim Tor. Kommst du?"

Klaus, der Leiter des Camps, steht vor uns.

„Klar."

Ich drücke Sofia einen Kuss auf die Stirn, die mir einen mitleidigen Blick schenkt. Als größter Teenager im Camp bin ich in den Mittelpunkt gerutscht, außerdem liegen genug Blicke auf mir und Sofia. Als würden wir gleich übereinander herfallen oder sonst irgendwas – die Kinder blicken uns immer an, wenn wir uns kurz küssen. Deshalb schleichen wir uns nachts zum See, um allein zu sein.

Ein kleines Lächeln umspielt meine Lippen, als ich an die Abende denke, die wir dort liegen und uns einfach nur festhalten.

„Ey, was läuft denn da zwischen Sofia und dir?" Jamie, einer der Älteren aus dem Camp, folgt mir, um beim Tor zu helfen.

„Es ist ziemlich ernst zwischen euch, hm?" Jamie stupst mich mit seiner Schulter an, freundschaftlich, spielerisch. Ich sehe ihn nur mit hochgezogener Augenbraue von der Seite an.

„Ich werde mit dir nicht über Sofia sprechen", stelle ich klar. Immerhin kenne ich ihn gar nicht wirklich und habe keine Lust, mit ihm überhaupt über irgendwas zu sprechen. Er ist nett, aber das bedeutet nicht, dass ich irgendwas von mir preisgebe.

„Verlier dein Herz nicht zu sehr an sie. Das ist ein gutgemeinter Ratschlag, es wird sowieso wehtun, doch wenn du dich in sie verliebst, verlierst du."

Er schlägt mir auf die Schulter, und ich bleibe stehen, es fühlt sich an, als wären meine Knochen zu Eis geworden. Fassungslos öffne ich den Mund, immer und immer wieder, doch keine Worte kommen heraus. Ich verenge die Augen, und meine Hände ballen sich zu Fäusten.

„Du kannst mir nicht sagen, was ich fühlen soll“, rufe ich und merke, wie mein Atem schneller geht, ich bin so wütend. „Außerdem hast du doch keine Ahnung von uns, weil wir anders sind. Wir werden das schaffen“, schreie ich, und Tränen brennen in meinen Augen, weil ich mich von seinen Worten angegriffen fühle. Er hat eine Wunde geöffnet und Salz reingestreut.

Seine Augenbrauen wandern nach oben, er scheint überrascht von mir, und ehrlicherweise bin ich es auch. „Ich wollte dir nur einen Tipp geben, mehr nicht.“ Er zuckt mit den Schultern, als hätte er gerade nicht gesagt, dass das mit Sofia und mir zum Scheitern verurteilt ist.

Ich schnaube noch einmal und dann drehe ich mich um und verschwinde in Richtung See. Sollen sie mich alle doch einfach in Ruhe lassen.

Der See hat eine beruhigende Wirkung auf mich, die Sonne wärmt meine Haut. Ich liege auf dem Steg, habe mein Shirt ausgezogen und neben mich gelegt. Die Arme verschränke ich unter meinem Kopf, die Augen habe ich geschlossen. Hat Jamie recht? Hat es überhaupt einen Sinn, noch die fünf restlichen Tage an der Liebesgeschichte festzuhalten? Wofür?

Mein Herz wird gebrochen werden, und die Warnung, der Ratschlag oder wie man es auch immer nennen mag, hat mich mehr beschäftigt, als ich angenommen habe. Vielleicht ist es falsch, so viel zu empfinden, doch habe ich darauf wirklich einen Einfluss? Sobald Sofia in meiner Nähe ist, da fühle ich mich anders. Besser. Sobald sie um mich herumschwirrt, bleibt die Welt für einen Moment stehen. Meine Blicke richten sich auf sie, alles andere verblasst. Es ist, als wäre sie die Farbe in meiner Existenz geworden, der Pinsel für mein Gemälde. Sie ist zu meinem Mittelpunkt geworden, und auch wenn es mir eine Heidenangst macht, dass meine Gefühle noch größer werden könnten, verschlingt mich die Panik, wenn ich dran denke, die letzten fünf Tage eben nicht mit ihr zu verbringen.

„Theo, solltest du nicht am Feld sein?"

Sofia. Allein ihre Stimme sorgt dafür, dass sich Gänsehaut auf meinen Armen ausbreitet, obwohl die Sonne für eine wohlige Wärme sorgt.

Ich reagiere nicht, weil ich Angst habe, dass sie wieder nur in meine Augen sehen muss, um zu verstehen, was mich bewegt. Dass die Worte aus mir strömen wie ein Wasserfall und ich ihr meine Gefühle offenlege, weil sie mich sowieso liest.

Ich merke, wie sie sich neben mich legt, ihr Kopf ruht auf meiner Brust. Einen Arm legt sie locker über meinen Bauch.

In diesem Augenblick verpuffen die Zweifel. Wie soll ich sie loslassen, wenn sie zu allem geworden ist, was ich mir jemals hätte erträumen können?

„Ich liebe dich, Theodore", flüstert sie auf einmal, und die Welt gerät aus den Fugen. Ich horche in mich hinein, und mir wird klar, dass das mehr ist als verliebt zu sein. Es muss so sein, immerhin liegt sie in meinen Armen und lässt alles andere verschwinden, was mich so eben noch aufgewühlt hat.

„Ich liebe dich, Sofia."

Sie küsst meine Brust, und ich lege meine Arme um sie, ziehe sie an mich und küsse dann ihre Stirn.

„Ein Stirnkuss verspricht, für immer beieinander zu bleiben."

Ich hauche viele Schmatzer auf dieselbe Stelle, was sie zum Kichern bringt. Die schönste Melodie des Universums.

„Wie sollte ich denn je wieder ohne dich sein wollen?", frage ich, und der nächste Kuss ist das wahre Versprechen.

Kapitel Neunundzwanzig – Sofia

Wie lange ist es her, dass ich mich so richtig in Schale geworfen habe? Ich stehe vor dem Spiegel, geduscht habe ich schon, und gerade konzentriere ich mich darauf, mir nicht die Mascara ins Auge zu rammen.

Es war mir immer wichtig, nicht ungeschminkt aus dem Haus zu gehen, doch irgendwie scheint sich in Clarcton niemand für so etwas zu interessieren. Es mag ein Klischee sein, doch die inneren Werte scheinen in der Kleinstadt zu regieren.

Mittlerweile schleicht sich das Gefühl ein, endlich angekommen zu sein. Mit meinem Make-up bin ich zufrieden, weshalb ich meine Haare noch zu Locken drehe. Wann habe ich das letzte Mal keinen Dutt getragen?

Als ich in den Spiegel sehe, brauche ich einen Moment, um mich wiederzuerkennen. Meine blauen Augen funkeln und werden durch den dunklen Lidschatten betont. Auf den Lippen trage ich nur einen farblosen Pflegestift, der sie ein wenig zum Glänzen bringt.

Ich lächle mir selbst zu, steige dann in das dunkelrote Strickkleid, das ich mit der Thermostrumpfhose kombiniere. Der Winter hier in der Kleinstadt ist ganz anders, als ich es je erlebt habe. Kälter, eisiger, und die Menschen scheinen richtig in dieser Saison aufzublühen. Ich frage mich, wann ich die ersten Plätzchen in der Cakery bekomme, und kann es nicht erwarten.

Als ich aus dem Bad komme, läuft mir Theo entgegen, und mir bleibt der Atem stehen. „Wow“, murmle ich.

Er trägt ein dunkelblaues Hemd und hat die Ärmel bis zu den Ellenbogen hochgekrempelt. Dazu hat er eine helle Chinohose mit Lederboots gewählt – Stil trifft auf Eleganz vermischt mit Lässigkeit. Dieser Mann ist so sexy.

„Das könnte ich auch sagen.“ Er lacht und mustert mich. Ich spüre das Kribbeln auf meiner Haut. Der Blick ist intensiv, er brennt sich unter meine Haut, und es fühlt sich an, als würde ich in Flammen stehen.

„Wenn wir nicht noch so viel zu tun hätten bevor wir essen gehen, würde ich dir das Kleid vom Körper reißen.“

Ich presse meine Beine zusammen, beiße mir auf die Lippe. Es kostet mich einiges an Selbstbeherrschung, ihm jetzt nicht vorzuschlagen, dass wir einfach im Bett bleiben – nackt. Stattdessen gehe ich an ihm vorbei, ernte einen Klaps auf den Hintern, der mich zum Kichern bringt, und schlüpfe in meine Winterjacke. „Hast du Loki heute schon gesehen?“, frage ich, als mir auffällt, dass der Kater noch gar nicht um meine Beine gestrichen ist.

„Ne, ich denke, er ist noch auf Tour. Wenn wir wieder da sind, ist er es auch, du weißt doch: Essenszeiten lässt er nie aus.“

Ich lächle und nicke, das stimmt. Um Punkt zweiundzwanzig Uhr, wenn es Zeit für seinen Mitternachtssnack ist, wird Loki unruhig. Manchmal glaube ich, er hat eine innere Uhr, die genau weiß, wann die Fresszeiten sind. Ich ignoriere das Kneifen in meiner Magengrube, und wir gehen gemeinsam in Richtung Auto.

Die erste Date-Nacht unseres Lebens.

Ich habe Kribbeln im Bauch, genau wie damals. Jeden Abend, wenn wir uns am See getroffen haben, war mir gleichzeitig heiß und kalt. Obwohl ich mein Herz immer auf der Zunge getragen und auch öfter meine Meinung kundgetan habe, war ich nervös. Auch die ersten Küsse waren zwar immer wunderschön, aber eher unbeholfen, doch als wir wussten, wie wir es am besten machen, war es noch besser. Jetzt ist es ähnlich. Ich bin schon auf Verabredungen gewesen, aber nie mit einem Mann, bei dem die Gefühle schon seit mehr als dreizehn Jahren bestehen.

Seine Hand liegt locker auf meinem Oberschenkel, Automatik sei Dank, und streicht immer wieder darüber. Meine habe ich auf seine gelegt und spiele mit seinen Fingern, während ich gespannt die Landschaft betrachte.

„Der Schnee macht das alles so majestätisch", hauche ich. Wir fahren gerade durch eine Allee, und es sieht aus, als wären die Bäume zugedeckt worden und hielten Winterschlaf. Der leichte Schneefall sorgt für eine majestätische Stimmung, und ich hätte mir nie vorstellen können, dass ich Schnee mal so schön finden könnte.

„Ja. Winter in Clarcton und Umgebung ist anders als irgendwo sonst. Hier ist es magisch, wie eine andere Welt."

Ich nicke. „Das stimmt wirklich."

„Mein erstes Jahr hier war gleichzeitig schön und tragisch. Es war halt Weihnachten allein." Seine Stimme stockt, und ich merke, wie schwer es ihm fällt, zurückzudenken. „Ich war erst ein halbes Jahr ... nein, noch nicht einmal, ich glaube, es waren drei bis vier Monate, bei Arthur. Das war ja alles ein reiner Zufall, und dann hat er mich mit seiner Liebe aufgepäppelt."

Seine Finger auf meinem Oberschenkel scheinen auf unsichtbaren Tasten zu spielen. Es hat ihn schon immer beruhigt, am Klavier zu sitzen, auch wenn er es sich nur vorgestellt hat.

„Er war so herzlich, ich ..."

Ich halte die Luft an, weil ich weiß, dass er sich gerade öffnet. Ein falsches Wort von mir, und er verstummt, deshalb tue ich nichts, außer auf seine Finger zu starren.

„Ich hätte im Nachbarort von Clarcton in eine Pflegefamilie gemusst. Immerhin war ich minderjährig, Vollwaise, und meine anderen Verwandten haben sich nicht geschert. Wir waren zu dritt auf der Beerdigung. Ich, die alte Katzenlady von gegenüber und ein Herr, der immer auf dem Friedhof war, um bei seiner Frau zu sein." Seine Finger zittern, während er weiterhin die lautlose Melodie spielt.

„Meine Eltern waren die besten Menschen der Welt, doch sie haben sich so sehr geliebt, dass es nur sie und mich gab. Niemanden hat es interessiert, als sie gestorben sind. Während meine Welt stehen geblieben ist, ging sie für alle anderen weiter, und ich war so wütend. Du hättest mich nicht wiedererkannt."

Wieso, frage ich mich stumm. Es ist verständlich, dass er verloren war, allein, mit sechzehn Jahren. Ich habe meinen Dad später verloren, und es hat meine Welt aus den Angeln gerissen. Kaum vorstellbar, was gewesen wäre, wenn das früher passiert wäre.

„Ich bin aggressiv geworden, habe alle um mich herum gehasst und die Pflegefamilie mich auch. Also bin ich abgehauen und kam nach Clarcton. Ich habe nach Essen gesucht.“

Ich hole scharf Luft. Er hat nichts zu essen gehabt? Mir war nie bewusst, wie sein Leben nach dem Camp verlaufen ist, aber selbst in den schlimmsten Momenten habe ich so etwas nicht geahnt.

„Arthur hat mich gefunden, er war natürlich nicht begeistert.“

Ein kleines Lachen, das bitter klingt und gleichzeitig wehmütig, dann spricht er weiter. „Er hat mich aufgenommen. Mir Arbeit gegeben, für mich gesorgt. Er war wie ein Großvater für mich und die Familie, die ich nicht mehr hatte.“

Die Sicht auf seine Hände verschwimmt, und ich kann nicht glauben, was er da sagt. Allmählich verstehe ich sein Verhalten. Erkenne sein Muster. Er hat zum zweiten Mal den Menschen verloren, der ihm wichtig war, und dann war er einfach mit seinen Gefühlen überfordert.

„Ich habe so hart gearbeitet. Es tat einfach unfassbar weh, als du kamst. Für mich warst du es nicht wert, sein Baby zu übernehmen.“

Ich drücke kurz seine Finger, um ihm zu signalisieren, dass ich ihn verstehe und weiß, was er meint.

„Die Trauer ist ein Arschloch, und ich kann manchen Tag immer noch nicht fassen, dass ich meine Eltern nie wiedersehen werde. Vor allem war ich der verliebteste

Junge, als ich ins Auto eingestiegen bin, und in einem Wimpernschlag habe ich alles verloren."

Ich hole Luft, als die Stille sich wie ein Nebelschleier über uns legt, versuche, die richtigen Worte zu finden. Floskeln bringen ihm seine Eltern nicht zurück, dennoch möchte ich irgendwie ausdrücken, was ich fühle.

„Ich kann mir nicht vorstellen, was du durchmachen musstest. Vor allem in so jungen Jahren. Ich bin da für dich." Klar, die Sätze reichen nicht aus für das, was ich ihm gerne sagen würde, aber für mehr fehlt mir die Luft.

„Ich hab mich verfahren", murmelt Theo auf einmal und biegt an der nächste Kreuzung ab.

Kein Wunder bei dem Thema, denke ich, und als wir uns einen Moment ansehen, sehe ich in seinen Augen, dass er weiß, ich verstehe ihn.

Wir haben uns mehr verfahren als gedacht. Ich habe keine Ahnung, wo wir überhaupt sind, und er war so in den Gedanken versunken, dass er nicht darauf geachtet hat. Deshalb streichen wir kurzerhand den Besuch im Petshop und beeilen uns auch in der Druckerei. Es dauert eine weitere Stunde, bis wir vor dem Restaurant stehen.

„Es tut mir so leid, du hattest dich so auf den Petshop gefreut." Theo wirkt zerknirscht, und als er den Wagen abgestellt hat, beuge ich mich zu ihm und gebe ihm einen Kuss auf die stoppelige Wange.

„Das Gespräch mit dir war viel wichtiger."

Von außen wirkt das Lokal urig: eine dicke Holztür, an der teilweise der Lack abgeblättert ist. Die Fassade hätte ebenfalls einen Anstrich nötig. Das Orange wirkt nicht mehr strahlend. Ich bin ein wenig verwundert, habe etwas Schickeres erwartet.

Theo bemerkt meinen Blick und streckt mir die Hand entgegen. „Lass dich darauf ein", sagt er nur.

Okay. Damit habe ich nicht gerechnet. Urig und heruntergekommen sieht innen wirklich nichts mehr aus. Uns erwartet ein längerer Flur. Der Boden ist in dunkler Marmoroptik gehalten, und Strahler an der Decke sorgen für ein warmweißes Licht. Schon jetzt wirkt es moderner, als es den Anschein hatte, und als Theo mein überraschtes Gesicht sieht, zwinkert er mir zu.

„Herzlich willkommen. Darf ich Ihnen die Jacken abnehmen?" Ein Mann mittleren Alters begrüßt uns, seine Haare sind schwarz und nach hinten gegelt, zu einer lockeren Jeans trägt er weiße Turnschuhe, irgendwie lässig. Theo nickt, und dann wird mir auch schon aus dem Mantel geholfen und wir werden zu unserem Platz geführt. Es gibt insgesamt nur achtzehn für maximal vier Personen, und das wirkt irgendwie familiär.

„Schön, Sie hier zu haben. Bitte, die Karte." Die lockere Art des Kellners sorgt dafür, dass ich mich entspanne. Irgendwie bin ich doch ein wenig nervös, wie ich hier sitze, gegenüber dem Mann meines Lebens. Bevor der Kellner sich zurückzieht, zündet er die Kerzen in der Mitte des Tisches an und nickt uns zu.

Ich sehe Theo an. Der Kerzenschein sorgt für eine angenehme Atmosphäre, und aus den Lautsprechern dringen leise Pianoklänge. Dabei konnte ich mich schon immer zurücklehnen, weil sie mich an ihn erinnern. Ihm jetzt gegenüber zu sitzen fühlt sich unwirklich an. Theodore ist wieder zurück in meinem Leben, mein Theo, der Junge, der mir das Herz gestohlen hat.

„Deine Gedanken sind laut." Er sagt genau das, was ich ihm immer an den Kopf geworfen habe.

„Ich kann mein Glück einfach nicht fassen, dich wieder in meinem Leben zu haben."

Sein Blick wird warm, er nickt nur, ich kann sehen, wie ihn die Worte in eine Umarmung hüllen. Der Moment verschwimmt, als der Kellner uns unterbricht und wir bemerken, dass wir noch nicht mal auf die Karte geschaut haben.

„Die Empfehlungen des Hauses zweimal und dazu einen passenden Wein."

Ich danke Theo mit meinem Blick – es ist mir peinlich, dass wir den Kellner nicht bemerkt haben.

„Unser erstes Date, hm?", murmelt Theo, und ich nicke.

„Hat ja auch nur dreizehn Jahre gedauert." Ich lache, und er beugt sich über den Tisch und nimmt meine Hand in seine.

„Ich möchte nicht der Zeit hinterhertrauern, die wir nicht miteinander hatten, sondern mich auf die konzentrieren, die vor uns liegt."

Wie schafft er es immer, die richtigen Worte zu finden, mit denen er mich berührt?

„Poet", grinse ich, und er tut so, als würde er einen Hut ziehen. Dann stoßen wir mit dem Rotwein an.

„Auf unser erstes Date und eine Liebe, die niemals endet."

„Auf den Jungen, der mein Herz gestohlen hat und es nie zurückgegeben hat."

Pling.

Die Vorspeise besteht aus einer traditionellen Erbsensuppe. Die Rindfleischeinlage gepaart mit den Kräutern zergehen auf der Zunge. Wie hat der Koch es geschafft, eine solche Geschmacksexplosion zu kreieren?

„Das ist wirklich köstlich", hauche ich, tunke ein Stück Brot in die Suppe und schlürfe bis zum letzten Löffel.

„Ich liebe es total, wenn eine Mahlzeit dich von innen wärmt. Ich glaube deshalb ist Suppe auch so beliebt."

„Stimmt, im Winter gibt es nichts Besseres."

„Das hier ist ein kanadisches Traditionsrestaurant, das Trends mit neuen Variationen kombiniert. Ich war bisher nur einmal hier, und es war so gut", schwärmt Theo, und ich lasse mich von ihm anstecken.

Es dauert nicht lange, bis der Hauptgang serviert wird.

„Was ist das denn?", frage ich, da mich das auf meinem Teller an Döner Kebab erinnert.

„Donair", antwortet Theo nur und beißt in seinen Fladen, sodass ich es ihm gleichtue. „Rindfleisch mit süßer Sauce, die mit Kondensmilch gemacht ist."

Während Theo erklärt, verliere ich mich im Geschmack. Die Süße vermischt mit dem Rauchigen des Rindfleischs und trägt mich auf Wolke Sieben. Theo sieht mindestens so glücklich aus, wie ich mich fühle, und ich frage mich, ob der Abend noch perfekter werden könnte.

Dessert. Meine Schwäche.

„Pouding Chômeur ist eine Spezialität, die in der Weltwirtschaftskrise entwickelt wurde, als die Leute nicht viel hatten." Theo entpuppt sich als Kenner der kanadischen Speisen, während ich immer noch von Pizzen und Burgern überzeugt bin.

Als ich den ersten Bissen nehme und der Ahornsirup meine Kehle hinunterläuft, stöhne ich genüsslich auf. Der Kuchen schmeckt himmlisch, besteht wohl wirklich aus einfachen Zutaten, aber genau die machen ihn aus.

„Ich würde ihn heiraten, wenn ich könnte", sage ich enthusiastisch und ernte einen bösen Blick.

„Ich hoffe doch sehr, dass mir die Ehre gebührt", sagt Theo. Er wirkt ehrlich berührt, und ich grinse ihn nur an.

„Welche Qualitäten hast du im Vergleich zu diesem Prachtstück von Dessert?"

Er sieht mir tief in die Augen. „Die werde ich dir später schon noch zeigen, Cherie."

Der Blick, den er mir dabei zuwirft, lässt meine Knie weich werden, und ich bin froh, dass ich sitze, sonst hätten sie jetzt wahrscheinlich einfach nachgegeben.

„Dann bin ich gespannt, ob du das Dessert übertreffen kannst."

Er zwinkert mir zu. „Glaub mir, den Namen des Puddings wirst du nicht in die Nacht schreien."

Kapitel Dreißig – Sofia

Der Abend bleibt mir nicht nur kulinarisch im Gedächtnis. Unser erstes Date hätte nicht schöner sein können, die romantische Stimmung, die Blicke, die Theo mir geschenkt hat. All das sorgt dafür, dass ich ihn niemals vergessen möchte.

Die Heimfahrt verläuft in angenehmer Stille, und ich hänge den Gedanken hinterher. Wie schön es ist, Theo endlich bei mir zu haben, die Zeit mit ihm zu genießen. Ich schiebe alle Zweifel beiseite, die mich in ihren Bann ziehen wollen, und versuche, den Moment zu leben. Bald eröffnen wir auch die Gelateria wieder, und ich kann es kaum erwarten, sie mit Theo an der Seite groß zu machen.

„Alles okay?", fragt Theo nach einer Weile.

„Ja und bei dir?", antworte ich und blicke ihn von der Seite an. Der Schnee ist dichter geworden und die Straße scheint rutschig zu sein. Er umklammert das Lenkrad fest, und ich spüre, dass er leicht angespannt ist.

„Ich fahr nicht so gern abends Auto, wenn es rutschig ist."

Klar, bei der Vergangenheit kann ich das nachvollziehen.

„Soll ich lieber?", frage ich, doch ernte ein Kopfschütteln.

„Wir sind in zehn Minuten da“, murrt er, und ich nicke, blicke wieder auf die Straße.

Es dauert eine halbe Stunde, bis wir zu Hause ankommen. Die Verhältnisse sind immer schlechter geworden und Sturm liegt in der Luft.

„Ich glaube, das wird keine gute Nacht.“ Meine Worte werden vom Wind fortgerissen, und ich merke, wie die Kälte unter meine Jacke kriecht und mich fest umklammert. Sturm war mir noch nie geheuer, Gewitter sind der Endgegner. Wenn der Donner zuschlägt, kann ich oft nicht schlafen.

„Ich passe auf dich auf“, lächelt Theo, als er die Tür aufschließt.

Er lässt mich vor, und wir gehen die Treppen zur Wohnung hoch. Ich freue mich, Loki wiederzusehen. Die Essenszeit ist schon eine Stunde her, was bedeutet, er wird warten und uns bestimmt mit bösem und abfälligem Blick empfangen. Die Treppen knarren unter meinen schneebedeckten Schuhen, und als ich die Wohnungstür aufstoße, sehe ich nach unten, um das Fellknäul zu begrüßen.

Er kommt nicht.

„Loki“, rufe ich, und als Theo hinter mich tritt, gehe ich einen Schritt beiseite.

„Er ist bestimmt eingeschnappt und wartet in der Küche auf sein Fresschen“, sagt er, und ich nicke, dennoch beschleicht mich das Gefühl, dass etwas nicht stimmt.

Wir streifen uns die Schuhe und die Jacken ab, ich zudem auch gleich die Strumpfhose. Durch das Essen bin ich aufgebläht, und sie nervt mich, weshalb ich mich nur im Strickkleid wohler fühle. Gemeinsam gehen wir in die Küche und finden sie leer vor.

„Etwas stimmt nicht", platzt es aus mir heraus. Sorge zeigt sich in Theos Blick. „Bist du dir sicher, dass wir ihn gestern gesehen haben?"

Theo denkt darüber nach und schüttelt den Kopf.

Gemeinsam suchen wir die ganze Wohnung ab. „Hier steht ein Fenster offen in der Kammer", ruft Theo, und damit wird uns klar: Loki ist entwischt.

„Wir müssen ihn suchen gehen, und zwar sofort", murmle ich.

„Ich frage mal nach, ob vielleicht Matthew helfen kann und Amelia."

„Nein, Amelia hat die Kids. Matthew ist der Feuerwehrmann, der hier zu Besuch war, oder?"

Theo nickt und ich kann sehen, wie ihn das Thema beschäftigt. Auch ich mache mir Sorgen. Wenn Loki etwas passiert ist, weil wir unaufmerksam und so auf uns konzentriert waren, dann wäre das fatal. Ich würde mir nie verzeihen, wenn dem Kater etwas zugestoßen ist und ich schuld bin.

Es dauert keine halbe Stunde, bis Matthew vor der Tür steht und sogar drei Kollegen im Schlepptau hat. Er ist noch ein Stück größer als Theo, hat ein charmantes Lächeln und kühle Augen, die auf einen Schmerz hindeuten, den ich nicht greifen kann. Meine Gedanken sind zu sehr bei Loki, als dass ich mich daran festhalten kann, was ihn bewegt. Ich habe ihn das letzte Mal ja nur kurz gesehen, doch ein richtiges Kennenlernen hätte ich mir eindeutig anders gewünscht.

„Wir teilen uns in Zweiergruppen auf. Theodore, du bleibst bei deiner Begleitung, da sie sich noch nicht so gut auskennt. Ihr nehmt den Wald von der linken Seite, bis zur Hütte. Wir fangen rechts an und ..." Er nickt zwei Kollegen zu. „Ihr übernehmt den Marktplatz."

„Jawohl, Chief."

Theo nimmt meine Hand, und mit schnellen Schritten laufen wir in Richtung Auto. Ich halte Lokis Lieblingsleckerlies so fest, dass die Plastikverpackung verräterisch knackt.

„Er taucht wieder auf, mach dir keine Sorgen", versucht mich Theo zu beruhigen, obwohl ich genau merke, dass er mindestens so viel Angst hat wie ich.

„Hör auf, mich beruhigen zu wollen, wenn es keinen Grund dafür gibt. Vielleicht sind wir schuld, dass Loki weg ist, weil er sich nicht mehr wohlgefühlt hat", platzt es aus mir heraus.

Theo bleibt stehen, wie vom Donner gerührt. „Wie kommst du darauf?"

„Wir haben uns in den vergangenen Tagen nur auf uns konzentriert, vielleicht war das falsch. Er fühlt sich nicht mehr geliebt." Ein Schluchzen entkommt mir, und Theo legt seine Arme um mich, tröstet mich, obwohl ich diejenige sein sollte, die ihn hält.

„Es ist nicht falsch von uns, und Loki ist bestimmt nur draußen auf Mäusejagd, ihm wird nichts zugestoßen sein. Beruhige dich." Er küsst meine Schläfe, und wir lösen uns voneinander. Schnell wische ich mir über die tränenverschmierten Wangen und hebe den Kopf.

„Lass uns unseren Kater finden."

Theos Worte berühren mein Herz.

Es ist stockdunkel, leicht nebelig, und wir machen uns auf den Weg zum Wald. Es ist besser, das Auto zu nehmen, immerhin sind wir dann schneller. Ich massiere meine Schläfen, die Kopfschmerzen pulsieren hinter meinem Schädel, und ich kann nicht glauben, dass Loki verschwunden ist.

„Ich …", höre ich auf einmal Theo neben mir und sehe ihn an. Schweiß steht auf seiner Stirn, er umklammert das Lenkrad fest und sieht aus, als wäre er gar nicht mehr ganz hier. Ich merke, wie er immer schneller wird und bin alarmiert.

„Theo, was ist los?" Ich setze mich aufrecht hin.

Er reagiert nicht, murmelt nur die ganze Zeit unverständliche Worte vor sich her. Irgendwas stimmt nicht. Und als ich ihn ansehe und die Angst in seinen Augen entdecke, ahne ich, was los ist.

Da vorne ist eine Kreuzung. Vorfahrt gewähren. Scheiße. *Der Unfall seiner Eltern!*

Es ist gerade alles zu viel für ihn. Ich überlege nur für einen Bruchteil, dann hole ich tief Luft. „Es ist alles okay, Theo. Du musst langsamer werden, da vorne ist ein Schild, siehst du?"

Er reagiert nicht, und mir fällt nichts anderes ein, als mein Handy zu nehmen und die Pianoklänge-Playlist zu öffnen. Im nächsten Moment erfüllt eine sanfte Melodie das Auto, während die Kreuzung näherkommt.

„Halt an, bitte", rufe ich, und endlich steigt er auf die Bremse, einen Wimpernschlag, bevor ein Truck die Kreuzung überquert. Ich atme schnell und sehe zu Theo, der meinen Blick erwidert.

„Ich … keine Ahnung", stammelt er, und ich lege meine Hand auf sein Knie.

„Alles okay", sage ich. Es bringt jetzt nichts, das weiter zu thematisieren.

„Ich hatte lange keine Probleme mehr mit dem Autofahren, aber heute war vielleicht alles ein wenig viel. Es tut mir leid, Sofia. Ich habe uns in Gefahr gebracht." Er schlägt mit den Händen aufs Lenkrad ein und ich steige aus, gehe ums Auto herum und öffne seine Tür. Wir stehen noch immer auf der Straße, doch es ist kein anderes Fahrzeug zu sehen. Ich nehme ihn in den Arm, so gut es eben geht.

„Alles in Ordnung", sage ich immer wieder, und es dauert nicht lange, da scheint er es mir zu glauben.

Wir tauschen die Plätze und probieren, uns wieder auf die Suche zu fokussieren. Ich bin selbst noch durch den Wind, doch versuche, einen kühlen Kopf zu bewahren, stark zu sein, darin war ich noch nie so gut. Doch in diesem Moment schaffe ich es, jetzt müssen wir unseren Kater finden.

Wir durchforsten den Wald zu in der Hoffnung, dass unser erstes Date nicht in einer Katastrophe endet.

Meine Stimme ist heiser. Die Hände sind kalt, obwohl ich die dicksten Handschuhe trage. Der Schnee wird immer höher, und ich zittere. Es sind bereits zwei Stunden vergangen. Regelmäßig haben wir mit den anderen Kontakt, doch bisher hat niemand auch nur eine Spur. Zum Glück hat die Feuerwehr bisher keine Einsätze reinbekommen, sodass wir noch immer zu sechst nach dem Kater suchen. Normalerweise wäre der Schnee eine Hilfe, man könnte Pfotenabdrücke entdecken, doch durch den rasanten Schneefall sieht man selbst von den Fußspuren nichts mehr, die wir hinterlassen.

„Wir finden ihn nicht, es ist stockdunkel", murre ich. Die Müdigkeit steckt mir in den Knochen, eine gefährliche Mischung mit der Kälte, und ich bin einfach schlapp. „Loki“, rufe ich erneut, doch mir bleibt langsam die Stimme weg.

Auf einmal dringt ein Geräusch an mein Ohr.

„War das ein Knacken? Hast du das auch gehört?“, fragt Theo, und auch ich bin direkt wieder hellwach.

„Ja, das kommt glaube ich von rechts.“

Wir gehen in die Richtung, und während Theo nach Loki ruft, raschele ich mit seinen Lieblingsleckerlies, um ihn anzulocken.

„Vielleicht ist es taktisch besser, still zu sein, damit wir hören, ob es nochmal knackt.“

Damit hat Theo recht. Eine Gänsehaut überzieht meinen Körper. Was wenn es sich nicht um den Kater handelt, sondern um ein wildes Tier? Ich habe gehört, es ist sogar möglich, dass hier Rentiere im Wald hausen. So einem jetzt gegenüberzustehen, hat nichts mit meiner romantischen Vorstellung von Rudolph, dem Kumpel vom Weihnachtsmann, zu tun.

Wir sind mucksmäuschenstill, irgendwo in der Ferne ruft eine Eule durch die Nacht. Es ist schon ein bisschen gruselig hier, aber für Loki nehme ich das in Kauf. Auf einmal höre ich etwas, das einem verzweifelten Maunzen nahekommt. Theo und ich sehen uns an und deuten dann gleichzeitig in eine Richtung, bevor wir losgehen.

Im Wald steht eine Hütte, sie ist nicht weiter beleuchtet, doch mittlerweile sind wir uns sicher, dass hier jemand feststeckt.

Das Maunzen kommt von innen. Theo zögert keine Minute und geht auf die Tür zu. Mein Herzschlag beschleunigt sich, das Pochen spüre ich bis in meinen

Kopf, ich kann kaum atmen, weil ich so angespannt bin.

Die Tür ist nicht verschlossen, zum Glück, immerhin müssen wir uns keine Gedanken darüber machen, einen Einbruch zu begehen.

Verzweifelt suchen wir nach einem Lichtschalter, den wir dann auch finden. Als sich etwas Flauschiges an meine Beine drückt, schluchze ich erleichtert auf. Das schwarze Fell ist ein wenig zerzaust, sehe ich, als ich mich zu Loki hinunter beuge und ihn auf meine Arme nehme. Theo lässt sich neben mir nieder, und der Kater drückt sich immer wieder an uns, wahrscheinlich ist er durch ein Fenster reingekommen, das dann zugefallen ist. Eine andere Erklärung findet mein müder Kopf derzeit nicht.

„Gott sei Dank ist dir nichts passiert", murmelt Theo und scheint selbst ganz ergriffen zu sein. Wir sehen uns Loki genauer an, können aber keine Verletzungen feststellen. Das Fell ist an der einen Seite nur dreckig, nichts, was sich der Kater nicht selbst wieder rausputzen kann.

Mir wird bewusst, dass wir in den letzten Wochen zu einer Familie geworden sind. Wir sind eins, gemeinsam unbesiegbar. Ich lehne meinen Kopf an Theos Schulter, und Loki lässt sich von uns beiden mit den Leckerlies füttern.

„Lass uns nach Hause gehen", murmelt Theo, und ich nicke, er hat recht. Es ist an der Zeit, Loki richtig zu füttern, und ich freue mich auf das wohlverdiente Bett.

Theo öffnet die Tür, und in diesem Moment gibt es einen lauten Knall. Er springt schnell weg, Loki rennt in die Ecke des Raumes, und ich bin gelähmt.

„Was war das?“ Ich sehe Theo an, der anscheinend unverletzt ist.

Unser Blick gleitet gleichzeitig zur Tür. Verdammt. Ein riesiger Schneeberg befindet sich davor.

„Der Schnee vom Dach hat sich gelöst, und jetzt sitzen wir hier fest.“

Wenn Theo darunter gewesen wäre … die schlimmsten Szenarien bilden sich in meinem Kopf, und ich verdränge die Bilder, gehe auf ihn zu und umarme ihn fest. „Bitte, geh nicht“, murmele ich nur, und er versteht und drückt mich fest an sich.

„Ich kann dich nicht verlieren“, haucht er.

Wir suchen lange nach einer Möglichkeit herauszukommen, aber es gibt keine Fenster in der Hütte. Der Schneeberg ist zu hoch und die Tür wird komplett versperrt. Ich will darüber klettern, doch ich sinke zu tief ein, auch für Theo ist es unmöglich.

„Ich rufe Matt an, dann können die Männer anrücken.“

Ich löse mich von Theo, meine Finger zittern noch leicht, es ist sehr kalt in der Hütte. Während er das Handy aus der Tasche zieht, sehe ich mich um. Sie ist echt hübsch, anscheinend wohnt hier ab und an sogar jemand. Ein kleiner Kamin steht in der Mitte des Raumes, ansonsten befindet sich eine Schlafcouch darin. Es ist nur ein Raum, eine winzige Küchenzeile sorgt für ein gewisses Ambiente. Nichts Großes, Besonderes, aber irgendwie dennoch urig und süß.

„Fuck“, höre ich Theo und drehe mich wieder zu ihm. „Was ist los?“

Er zeigt mir sein Handy. Keinerlei Balken. Wir sind nachts in einer Hütte eingeschneit. Es sind Minusgrade draußen, unsere Klamotten sind durchnässt, meine Füße sind Eisklumpen.

„Wir gehen drauf", meine ich todernst, und Theo schüttelt nur den Kopf.

„Sie werden uns suchen, wenn wir uns nicht melden. Hast du vielleicht Empfang?"

Ein Blick auf mein Smartphone lässt die Hoffnung schwinden. „Verdammt", murmele ich und Theo kommt auf mich zu.

„Sieh mal, ich mache den Kamin an, und dann wird das sogar ganz schön. Zum Glück haben wir gut gegessen", lacht er.

Ich kann es fast nicht glauben, aber in diesem Moment stiehlt sich auch ein kleines Lächeln auf meine Lippen. Der Tag war eine Achterbahnfahrt, wie soll es in unserem Leben auch sonst anders sein?

Das Glück war nicht wirklich auf unserer Seite, erst der Zwischenfall im Auto, jetzt der Schneeberg.

Unser Date endet zwar in einer Vollkatastrophe, doch wir sind zusammen, Loki ist nichts zugestoßen, und falls wir irgendwann hier rauskommen, haben wir unseren Kindern wenigstens etwas zu berichten.

Kapitel Einunddreißig – Theodore

Feriencamp, vor dreizehn Jahren

Allein ihre Anwesenheit sorgt dafür, dass die Zweifel nach und nach weniger werden. Wir bleiben auf dem Steg liegen, sehen in den Himmel, genießen die Ruhe um uns herum.

„Manchmal bekomme ich Angst vor den Gefühlen zu dir", murmelt Sofia, und ich male kleine Herzen auf ihre nackte Schulter. Sie trägt ein trägerloses Shirt, was mir gut gefällt.

„Ich auch."

„Ich habe große Angst davor, dass wir uns dann nicht mehr wiedersehen."

Ich kann richtig hören, wie ihre Stimme dünner wird, wie sie um Fassung ringt, und mir geht es genauso. Mein Herz zieht sich schmerzhaft zusammen, ich kann nicht glauben, dass ich jemanden so sehr lieben kann.

„Wir müssen uns wiedersehen", sage ich deshalb nur, weil ich zu mehr nicht fähig bin.

„Schläfst du heute Nacht bei mir?"

„Bist du sicher?" Uns ist beiden bewusst, was sie damit sagen will. Das Adrenalin steigt bis ins Unermessliche.

„Wenn unsere Zeit abläuft, möchte ich keinen Moment bereuen, weil ich zu feige war."

Ich hauche ihr einen Kuss auf den Hinterkopf und murmele: „Ich liebe dich, Schlumpfmädchen. Jeden Augenblick, auch nach dem Sommercamp."

Als ich unter der Dusche stehe, merke ich erst, wie nervös ich bin. Der Tag ist ereignislos verlaufen, wir haben das Fußballspiel verpasst. Das Abendessen war lecker, und Sofia und ich haben uns für eine Stunde nach der Ruhe in meinem Zelt verabredet.

Ich wasche mich äußerst gründlich, meine Finger zittern, als ich mich einseife.

Ist es jetzt wirklich so weit? Werde ich mit Sofia mein erstes Mal haben? In einem Zelt? Hoffentlich erwischt uns niemand. Ich bin so nervös, dass ich mich kaum darauf konzentrieren kann, mir den Schaum aus den Haaren zu waschen.

Mit wackeligen Knien gehe ich zurück ins Zelt. Ich hatte bisher immer gedacht, ich würde Kerzen aufstellen, irgendwo läuft Musik, keine Ahnung, aber an ein Zelt hatte ich nicht gedacht. Leider habe ich auch keine Kerzen dabei, außerdem bin ich mir sicher, dass es nicht von Vorteil wäre, das Zelt in Flammen zu setzen.

Ich mache leise Musik an, nur so laut, dass ich kaum etwas verstehe. Dann setze ich mich und warte.

Es dauert eine Ewigkeit, bis Sofia den Reißverschluss öffnet und ihren Kopf hineinsteckt.

„Komm schnell rein", flüstere ich und ziehe hinter ihr zu, damit niemand merkt, was wir vorhaben.

Sie sieht wunderschön aus, trägt wieder ein Kleid. Es ist noch immer wahnsinnig warm, und als sie eine kleine Tasche neben mich legt, frage ich mich, was drin ist.

„Ich habe mir einen Schlafanzug mitgebracht." Sie lächelt unsicher, und ich schenke ihr einen Kuss, um sie zu beruhigen, obwohl ich selbst total nervös bin.

Wir legen uns nebeneinander, drehen uns so, dass wir uns ansehen können. Das Zelt ist nicht für zwei Personen gemacht, und wenn wir mal ehrlich sind, dann wird das hier ziemlich eng.

„Irgendwie hab ich mir das lustiger vorgestellt." Sofia kichert leise, als sie merkt, dass wir uns aneinanderpressen müssen, um überhaupt zu liegen.

Mir kommt der Steg in den Sinn, und so formt sich die Idee.

„Komm mit", sage ich nur, und sie zögert nicht, sondern nickt mir zu, ein Funkeln in ihren Augen.

Wir liegen auf einer Decke auf dem Steg, an dem wir uns das erste Mal geküsst haben. Nur der Mond beleuchtet ihn schwach, und die Musik im Hintergrund in Form von Pianoklängen beruhigt meine Nerven.

„Es ist wunderschön hier", sage ich, und Sofia nickt, nimmt meine Hand in ihre und fängt an, mit meinen Fingern zu spielen.

„Wir kommen hierher zurück, ganz bestimmt."
Ich lege Überzeugung in meine Stimme, weil ich es möchte. Hierher zurückkommen wäre das perfekte Beispiel dafür, dass unsere Gefühle mehr sind als nur Spinnereien. Wir würden allen einen Mittelfinger zeigen, die gedacht haben, wir bekommen es nicht hin. Ich bin mir so sicher mit ihr, dass die Zweifel immer leiser werden und ich die Alarmglocken ausblende, damit ich meine Ruhe habe, die Zeit genießen kann, die uns bleibt.

Wir sehen uns in die Augen, dann beugt sie sich zu mir und küsst mich. Schon nur mit diesen leichten Bewegungen ihrer Lippen an meinen, ihrer Hand in meinem Nacken, der mich stürmisch an sie zieht, sorgt dafür, dass ich mich zusammenreißen muss, um nicht jetzt schon durchzudrehen.

Sie zögert kurz, als sie die zweite Hand auf meinem Bauch ablegt, und ich nehme sie in meine und gewähre ihr Eingang unter mein Shirt. Sie hat mich schon oft ohne Shirt berührt, vor allem beim Schwimmen, doch jetzt ist es anders. Ihr Atem ist zittrig, und als ich stumm um Erlaubnis flehe, auch sie berühren zu dürfen, bin ich erleichtert, als sie sie mir gewährt. Ich werde den Moment niemals vergessen, ich wusste schon davor, dass Sofia mein Mädchen ist, doch in diesem Augenblick, als wir eins wurden, da war mir klar: Es sind diese Momente, die für immer bleiben, weil sie so unfassbar groß sind. Sofia Tremplay, mein Schlumpfmädchen ist diese eine Liebe, von der ich niemals ahnen konnte, dass ich sie erleben werde.

Kapitel Zweiunddreißig – Sofia

Der Kamin fällt weg, weil kein Holz da ist. Es ist wirklich sehr kalt, und wir sind heilfroh, dass wir einige Decken auf dem Sofa entdecken, in die wir uns wickeln.

Loki hat es sich auf uns beiden gemütlich gemacht und schläft, während Theo und ich uns eng aneinanderschmiegen und trotzdem zittern.

„Meinst du, wir werden gefunden?"

„Ganz bestimmt, es könnte allerdings ein bisschen dauern."

„Warum endet alles immer in einer Katastrophe?" Meine Stirn lehne ich an seine Schulter, und die Beine würde ich gerne anwinkeln, belasse es aber in der unbequemen Position, da ich Loki nicht aufwecken möchte.

„Keine Ahnung, aber dafür haben wir wirklich Talent." Es ist ein bitteres Lachen, das über Theos Lippen kommt.

„Meinst du, wir erfrieren?", frage ich sicherheitshalber nochmal, damit ich weiß, ob ich ihm jetzt noch alle Geheimnisse anvertrauen muss und ihm versichern, dass ich nie wieder aufhören werde, ihn zu lieben.

„Dafür ist es nicht kalt genug", bibbert er, und ich weiß nicht, ob ich ihm glauben kann.

Als ich die Augen öffne, liegt Loki noch immer auf uns, und Theo neben mir schnarcht leise. Anscheinend hat sich mein Körper an die Kälte gewöhnt, oder aber wir haben uns doch ein wenig aufwärmen können. Ein Blick auf mein Handy zeigt, dass es sieben Uhr morgens ist, ich habe also ganz schön lange geschlafen dafür, dass wir in einem Iglu sitzen.

Ohne Theo zu wecken, wende ich den Kopf, doch die Schneewand ist nur minimal kleiner geworden. Klar, wie soll bei den Minusgraden auch etwas schmelzen?

Verzweiflung breitet sich in mir aus, langsam habe ich Durst. Ich sehe zu Theo hinüber. Er sieht noch genauso aus wie damals. Ich erinnere mich an den Morgen nach unserem ersten Mal. Wie lange habe ich ihn einfach nur angesehen, weil ich noch total im Himmel war?

Es wurde nicht kalt am Steg, und wir sind eingeschlafen. Zum Glück wurden wir nicht entdeckt, auch wenn ich mir nicht ganz sicher bin, ob es nicht alle anderen wussten. Er war so vorsichtig, behutsam, und nach diesem Tag haben wir oft miteinander geschlafen, wenn die Möglichkeit bestanden hat. Mit roten Ohren hat er mir erzählt, dass seine Eltern ihm Gummis eingepackt hatten, falls er jemanden kennenlernt, und dass er nie dachte, es würde so kommen.

Ich konnte damals die Gefühle für ihn schon nicht greifen, genau wie heute – sie sind so groß, dass ich manchmal nicht weiß, ob mein Herz vielleicht zu klein dafür ist.

Die Welt mag noch so beschissen sein, uns immer wieder Steine in den Weg legen wollen, aber wir beide haben erneut zueinander gefunden, und das ist mehr wert als irgendetwas anderes.

Ich wache auf, als ich ein lautes Poltern höre.

„Sofia, Theo, seid ihr hier?"

Ich kenne doch die Stimme, ist das etwa Amelia?

„Ja", rufe ich und merke, wie Theo aufwacht. Mir ist so kalt, auch seine Lippen sind ganz blau, und wir springen schnell auf. Loki macht es sich erneut auf der Couch bequem, als wäre alles wieder in Ordnung, nur weil wir da sind.

„Wir sind hier drin", ruft Theo, und ich höre die Panik in seiner Stimme.

„Die Feuerwehr ist auf dem Weg. Geht es euch gut?".

„Es ist kalt, sonst ist alles okay", rufe ich zurück, und Theo atmet auf.

„Wir werden gerettet." Das Funkeln in seinen Augen zeigt mir, wie erleichtert er ist. Anscheinend war er genauso verzweifelt wie ich, hat es nur nicht gezeigt.

Ich liebe ihn dafür, dass er versucht, der Starke zu sein, vor allem in den Momenten, in denen ich nicht weiterweiß.

„Heirate mich", rutscht es mir auf einmal heraus, und als die Worte im Raum stehen, kann ich sie auch nicht mehr zurücknehmen.

„Sofia", sagt er nur.

Jetzt oder nie. Ich nehme all meinen Mut zusammen. „Heirate mich, Theodore."

Ein Mundwinkel hebt sich. „Du hattest mich echt schon immer im Griff."

Ich ziehe die Augen Braue hoch. „Was soll das heißen?"

„Natürlich heirate ich dich. Aber eigentlich wollte ich dich das fragen."

Wir lachen und umarmen uns.

Eingeschneit in einer Hütte, auf der Suche nach dem Kater, haben wir uns verlobt. Unsere Geschichte war noch nie perfekt, doch für uns hätte sie nicht besser sein können.

Wir kommen glimpflich davon, verbringen nur achtundvierzig Stunden mit einer Erkältung. Auch Loki, den wir natürlich noch durchchecken haben lassen, weicht seit dem Tag nicht mehr von unserer Seite, ist aber quietschfidel.

Heute ist die richtige Neueröffnung. Die Schneeflocken treiben ihr Unwesen und passen hervorragend zu den neuen, winterlichen Sorten.

Wir haben unsere Helfer und Retter für heute eingeladen, denn nicht nur die Feuerwehr hat nach uns gesucht, sondern das halbe Dorf. Amelia und Jeremia, der Strickclub, alle waren unterwegs. Eine wahrhaftige Ehre, und nun, wo die Einwohner von Clarcton wissen, dass Theo und ich zusammen – nein verlobt – sind, scheinen sie langsam mit mir warm zu werden.

„Bist du bereit?", frage ich, als der Zeiger der Uhr auf zwölf steht, und Theo nickt.

„Bereit, wenn du es bist", sagt er, und ich öffne die Tür.

Ein Gefühl von Vorfreude breitet sich in mir aus. Es ist ganz anders mit ihm, viel schöner. Auch die Vorbereitungen haben hervorragend funktioniert in den letzten Tagen. Wir wussten genau, welche Stärken und Schwächen wir nutzen können und haben uns entsprechend aufgeteilt.

„Miss Andrews?“

Ich drehe mich zu Theo um. „Noch ist es nicht soweit, und außerdem weißt du doch gar nicht, ob ich nicht möchte, dass du Tremplay heißt.“

Er streckt mir nur die Zunge raus, und ich verschränke die Arme vor meiner Brust.

„Tse – du kannst mich mal, Mister Tremplay.“

Er grinst mich an, und dann lachen wir beide in dem Moment, als jemand die Gelateria betritt und ein Foto geschossen wird.

„So schnell hatte ich noch nie ein Titelfoto. Ich bin Lukas von der Clarctons Newspot, und Jeremia hat mich angerufen. Ich würde gerne ein Interview mit euch machen.“ Ein blonder, junger Typ strahlt uns an.

„Überraschung“, murmelt Theo an mein Ohr, und ich drehe mich zu ihm um.

„Ich ... du ...“, stammele ich nur vor mich hin und bin überwältigt.

„Kommen Sie rein“, sagt Theo währenddessen und bietet dem Gast einen Platz an.

Ein Interview am Eröffnungstag, das ist perfekt. Ich liebe diesen Mann. Und bei Jeremia sollte ich mich wohl auch bedanken.

Der Eröffnungstag ist mit nichts zu überbieten; die Gäste sind begeistert von den winterlichen Sorten. Wir verkaufen an dem einen Tag mehr als in der Woche, die ich allein offen hatte. Außerdem beeindruckt Theo natürlich auch mit perfekten Kugeln und einer Show, die das Eisessen zum Erlebnis macht. Als wir am Abend warten, dass die Tiefkühlpizza fertig wird, tun mir die Knochen weh. Der erste Tag war zwar toll, doch die

Füße brennen, und ich bin mir nicht ganz sicher, ob ich sie überhaupt noch richtig spüre.

„Du siehst fertig aus, mein Engel", murmelt Theo, als er sich neben mich setzt und mich auf seinen Schoß zieht.

„Heute war so viel los, es war auch alles so aufregend und ach, ich finde es einfach so schön, mit dir zusammen zu arbeiten."

Theo küsst meine Lippen und ich lehne mich in den Kuss, genieße seine Hand auf meiner Hüfte.

„Arthur wäre stolz auf dich gewesen", murmelt er nah an meinen Lippen und küsst mich dann erneut. Gänsehaut überzieht meine Arme, und ich denke an den Grandpa, den ich nie kennengelernt habe. Ich glaube mittlerweile, dass wir uns gut verstanden hätten. Ich finde es schade, dass ich nie das Privileg hatte, ihn zu kennen. Vor allem, weil jeder in Clarcton gut über ihn spricht.

Außerdem werde ich ihm wohl bis zum Schluss dankbar sein, weil er Theo damals gerettet und dafür gesorgt hat, dass der Waisenjunge etwas zu essen und eine Perspektive bekommt.

Theo löst sich von mir, und wir lehnen unsere Stirn aneinander, um uns anzusehen.

„Denkst du, es war Schicksal, dass wir uns noch einmal getroffen haben?", frage ich ihn.

„Klar, wie groß soll der Zufall sein, dass du die Enkelin des Mannes bist, der mich rettet? Meine Jugendliebe, auf die ich dreizehn Jahre gewartet habe, die ich nun heiraten und mit der ich viele kleine Theos haben werde."

Ich grinse ihn an. „Übertreib nicht, Loki reicht derzeit völlig."

Er winkt nur ab, und dann kichern wir beide.

Wir planen unsere Zukunft gemeinsam. Unsere Geschichte mag nicht perfekt gewesen sein, von Trauer durchzogen, verrückt, ein wenig durchgeknallt und ja, auch sehr spontan.

Immerhin habe ich ihm am Morgen nach dem ersten Date gefragt, ob er mich heiratet, aber für mich fühlt es sich einfach perfekt an.

Es gibt niemanden auf der Welt, der einem vorzuschreiben hat, wie du deine Beziehung leben sollst. Niemand hat das Recht dazu, zu sagen, wann der perfekte Zeitpunkt ist, um sich weiterzuentwickeln.

Ich liebe Theo, das habe ich gestern getan, werde ich heute und auch morgen tun.

„Wir müssen übrigens noch mal über das Namensthema sprechen."

Theo schaut mich ernst an und dann fange ich an zu lachen.

„Natürlich werde ich Miss Andrews sein."

Er grinst mich an, und dann küssen wir uns erneut, ein *Für immer*, das nun hoffentlich ewig währt.

Kapitel Dreiunddreißig – Theodore

Feriencamp, vor dreizehn Jahren

Noch eine Stunde, bis alle Eltern anreisen und ihre Kinder abholen. Ich blicke auf meine Schuhe, die Sofia bemalt hat. Wir haben in den letzten Tagen immer wieder versucht, Erinnerungen zu schaffen, Momente zu sammeln, an die wir uns klammern können. Gerade sitzt sie neben mir und malt kleine Kreise auf meinen Oberschenkel.

Die Stimmung heute ist schlecht, der Abschied naht, und wir fühlen uns einfach nur miserabel. Es gibt auch nichts, was uns aufheitern kann. Wir haben die Nummern getauscht, ich habe ihre direkt eingespeichert, und dann ist da auch noch der Zettel, den ich in meinen Schuh geklebt habe. Dort kann ich ihn nicht verlieren, außerdem nimmt Sofia die Hälfte meiner Klamotten mit.

„Damit es sich so anfühlt, als würden wir kuscheln", hat sie gesagt und sich noch zwei Shirts eingepackt.

Ich lehne meinen Kopf an ihren und ziehe sie an mich, meine Lippen verweilen an ihrem Haaransatz, und ich ringe mit mir, nicht jetzt schon in Tränen auszubrechen.

Mein Bauch tut weh, meine Finger zittern, und mein Kopf pocht. Körperliche Beschwerden, die den bevorstehenden Trennungsschmerz nicht abmildern, sondern nur verschlimmern.

Es dauert noch ewig, bis ich volljährig bin, ich weiß ja nicht mal, ob wir uns besuchen dürfen. Es sind genau dreihunderteinundvierzig Kilometer von ihr zu mir, das haben wir gegoogelt. Mit dem Zug sind das rund sieben Stunden, mit dem Auto fünf. Ich werde meinen Führerschein so früh wie möglich machen, dann kann ich sie besuchen. Noch habe ich keinen Schimmer, wie ich auch nur einen Augenblick ohne sie sein soll. Ich kann nur hoffen, dass wir Kontakt halten. Mein Herz springt mir aus der Brust bei dem Gedanken daran, ein Leben ohne sie zu führen.

„Du hörst nicht auf, mich zu lieben, oder?", keuche ich deshalb atemlos an ihren Scheitel und verdränge die Tränen, die sich einen Weg suchen wollen.

„Niemals. Wie sollte ich denn, Theo?" Auch ihre Stimme klingt erstickt. Unser Kuss schmeckt salzig. Es schmerzt so, sehr und auch wenn wir uns vorbereitet haben, sind wir noch lange nicht bereit dafür, jetzt Lebewohl zu sagen. Wir bräuchten mehr Zeit zusammen, ich will alles über sie wissen, möchte erfahren, was sie wütend macht. Außer nichts zu essen zu haben. Es gibt noch so viel mehr.

Die Zeit ist eine Idiotin, die Stunde vergeht zu schnell, alles vergeht so schnell, seit Sofia bei mir ist. Sie spielt gegen uns, diese Zeit, nur dass sie gewinnt und wir verlieren.

„Ihr müsst jetzt zu euren Eltern."

Jack sieht uns an, er wirkt ein wenig müde nach all den Tagen, und dennoch macht es mich wütend, dass er uns jetzt in die Welt entlässt, obwohl Sofia doch meine geworden ist.

Ich bringe sie bis zu dem Punkt, an dem wir uns trennen, weil wir die Autos entdecken.

„Ich will nicht gehen", hauche ich, und Sofia lässt alle Taschen fallen und umarmt mich.

„Versprich mir, dass du dich meldest."

Ich verstehe sie kaum, weil sie so doll weint.

Das ist der Moment, in dem mein Herz bricht. Ich hätte diese Gefühle nie zulassen sollen, der Schmerz ist unendlich, und jetzt gehen zu müssen, ist der Tropfen, der alles zum Überlaufen bringt.

„Natürlich, sobald ich zu Hause bin, schreibe ich dir."

Sie nickt und wischt sich die Tränen weg, es ist zwecklos, weil genau wie bei mir immer welche nachkommen.

„Ich liebe dich, Schlumpfmädchen. Das werde ich immer, ich werde dafür kämpfen, dass wir uns wiedersehen, okay? Wir sind stark, wir schaffen das."

Sie nickt. „Ich liebe dich, Theodore Andrews."

Dann küssen wir uns, und auch wenn ich mir wünschte, dass der Augenblick Ewigkeiten dauern würde, endet er zu schnell. Wir sehen uns noch einmal in die Augen, und dann dreht sie sich um und geht. Ich bleibe stehen, sehe ihr nach. Ich kann sie nicht gehen lassen, nicht jetzt schon, also renne ich ihr hinterher.

„Ich brauche noch einen Kuss", hauche ich, als ich atemlos bei ihr ankomme, und sie schenkt ihn mir. Er ist leicht, zitternd und gleichzeitig so schmerzlich, dass ich ihn wegstoßen will, weil er noch so viel mehr schmerzt als die gesamte Situation.

„Pass auf dich auf, Theo."

„Lass es nicht nach einem Abschied klingen", schluchze ich, und mittlerweile ist es mir egal, dass ich heule wie ein Schlosshund.

„Es ist einer, wenn auch nur ein vorübergehender."

Ich nicke, dann nehme ich noch einmal ihre Hand in meine und halte sie fest. „Unsere Geschichte ist nicht nur eine Sommerliebelei, ich liebe dich wirklich, Sofia."

„Ich liebe dich auch, Theo."

Wir küssen uns erneut, und dann ist der Moment gekommen, und ich drehe mich um. Jeder Schritt schmerzt, alles tut weh, mein Herz donnert, und ich würde alles dafür geben, mich umzudrehen und zu ihr rennen zu können. Es ist zwecklos, der Abschied ist unausweichlich, und ich weiß, dass ich es nur noch schwerer für sie mache.

Ich öffne den Kofferraum des Autos und feuere meine Sachen hinein, dann steige ich ein. Meine Eltern sehen mich an und ich erwidere den Blick. „Ihr habt nicht gesagt, dass Liebe so wehtut."

Meine Eltern sehen sich kurz an, bevor mein Vater den Wagen startet und losfährt.

„Was ist denn los?", fragt meine Mutter und legt mir eine Hand aufs Knie. Die Berührung erinnert mich an Sofia, nur dass ihre Hand so viel kleiner ist. Ich kneife die Augen zusammen, um irgendwie klarzukommen, doch es ist zwecklos.

„Ich habe jemanden kennengelernt", fange ich an und ahne noch nicht, dass das Letzte, was ich ihnen erzähle, ist, dass ich mich hemmungslos verliebt habe.

Ich kann nicht wissen, dass meine Welt in weniger als vier Minuten aus den Angeln gerissen wird.

Und was ich erst recht nicht erahnt hätte, ist, dass der Verlust noch so viel mehr schmerzt als die Liebe, weil er getränkt von ihr ist.

Kapitel Vierunddreißig – Sofia

Weihnachtsfest, zwei Jahre später

„Ich frage mich, wieso ich überhaupt versuche, Plätzchen zu backen, wenn wir in einer Bäckerei feiern", stöhne ich frustriert auf und hole die schwarzen Brocken aus dem Backofen. Hustend wedele ich den Rauch weg. Theo tritt von hinten an mich ran und zieht mich in seine Arme.

„Die Mühe zählt, mach dir nicht so viele Gedanken, Mrs. Andrews."

Seit wir im August geheiratet haben, kann er es nicht lassen, mich immer wieder bei meinem neuen Nachnamen zu nennen. Unsere Hochzeit war wunderschön, auch wenn die Einwohner in Clarcton ein bisschen erbost waren, dass wir keine perfekte Winterhochzeit abgehalten haben. Ich wollte aber kein dickes Kleid anziehen, mein Traum in Weiß war nun mal trägerlos und dünn, und ich bin froh, dass meine Vorstellung auch noch gut an mir aussah. Für uns war es die perfekte Hochzeit. Wir haben fast fünfzehn Jahre auf diesen Moment gewartet.

„Und was bringe ich jetzt mit? Ich wollte irgendwas selbst machen."

Ich lehne mich an ihn, versuche, die Ruhe zu übernehmen, die er ausstrahlt.

„Wie wäre es mit Eis? Darin sind wir besonders gut, wir haben noch Reste der Gewinnersorte.“

Ein Glücksgefühl durchströmt mich, wenn ich an den Erfolg denke. Wir haben im November bei einem Wettbewerb mitgemacht, bei dem außergewöhnliche Eissorten gesucht wurden. So haben wir Lotus mit Banane und Bacon gemischt und gewonnen, und haben dadurch einen Ansturm, den wir kaum zu zweit händeln können. Das große Schild in Gold, das wir neben dem Eingang platziert haben, zieht zusätzliche Aufmerksamkeit auf sich. Die Einahmen der letzten Monate lagen über denen des Vorjahres, und das freut uns riesig. Im letzten Jahr lief es immer besser, und jetzt, im zweiten Geschäftsjahr schreiben wir schwarze Zahlen. Derzeit läuft alles gut, und jetzt über die Feiertage haben wir uns zwei Wochen Urlaub genommen. Nach dem Weihnachtsfest möchten wir wegfahren, zu dem Wald, wo das Feriencamp stattgefunden hat, um dort in Erinnerungen zu schwelgen.

„Wir sollten los, oder?“, frage ich, als ich auf die Uhr sehe, und Theo nickt.

„Du willst dich bestimmt noch umziehen?“

Ich blicke an mir herab, stimmt, da war noch was. Meine Hose ist komplett mit Mehl verstaubt, Teig klebt an meinem Dekolleté, und ich lache leise. „Das sollte ich wohl.“

Theo küsst meinen Nacken. „Vielleicht sollte ich dir beim Ausziehen helfen“, raunt er, und als seine Hand in meine Hose gleitet, lehne ich mich an ihn.

„Das solltest du tun, mein geliebter Ehemann“, stöhne ich.

Wir sind etwas zu spät, als wir uns ins Auto setzen und auf den Weg zur Cakery machen. Ich trage ein weinrotes Kleid, dazu eine dunkle Strumpfhose und schwarze Boots. Theo hat sich in ein Hemd im selben Farbton geworfen und trägt dazu eine Chinohose, die ihm wahnsinnig gut steht. Ich bin ein bisschen nervös. Die Freundschaft zu Amelia ist im Laufe der letzten zwei Jahre immer größer geworden, mittlerweile versuchen wir, uns einmal wöchentlich zu sehen.

Die Zwillinge sind schon so groß, brabbeln vor sich hin und kommen immer mehr nach ihren zauberhaften Eltern. Wenn ich die beiden sehe, habe ich doch langsam Lust, selbst welche zu bekommen. Bisher ist das allerdings noch kein Thema bei uns gewesen, weshalb ich lieber schweige, als auf taube Ohren zu stoße.

Als wir an der Cakery ankommen, stehen schon drei Autos davor, wir müssten circa zehn Gäste sein. Ich sehe außerdem Matthew und Clarissa wieder – die beiden kommen auch oft bei uns vorbei, wenn Zeit ist. Clarissa ist die Besitzerin des Petshops, und mit einigen Umwegen ist sie mit dem Feuerwehrmann Matthew zusammengekommen. Die Welt in Clarcton ist wirklich klein, mittlerweile bin ich allerdings einfach froh, hier eine Familie gefunden zu haben. Wir sind alle so eng miteinander befreundet, dass wir sogar Weihnachten zusammen verbringen. Letztes Jahr haben Theo und ich es zu zweit genossen. Ich kann es nicht abwarten, alle wiederzusehen.

Wir steigen aus, wie selbstverständlich finden sich unsere Hände, und wir gehen gemeinsam in die Cakery. Heute haben sie auch geschlossen.

Die kleine Glocke an der Tür kündigt uns an, der Geruch von Zimt kitzelt in meiner Nase, und ich lächle. Es fühlt sich immer an wie nach Hause kommen, wenn ich die Cakery betrete.

„Schön, dass ihr da seid", sagt Amelia, kaum dass wir die Tür schließen, und schwebt auf uns zu. Die Umarmung ist wie immer herzlich, ein leichter Geruch nach Gebäck haftet an ihr, und ich küsse ihre Wange.

„Danke für die Einladung", sage ich und gehe dann auf den großen Tisch zu, an dem der Rest sitzt.

„Hi zusammen", sagt Theo hinter mir, und ich schließe mich an.

Die Frau ganz links muss Amelias Mutter sein, die kupfernen Haare sprechen zumindest für sich, und das Lächeln gleicht dem ihrer Tochter. Sie sieht verliebt zu dem Mann neben sich, und nach einer kurzen Vorstellungsrunde ist klar, dass sie Mrs. Ray ist.

Ansonsten sitzt noch Jeff am Tisch, ein Stammkunde sowohl in der Cakery als auch bei uns in der Gelateria. Wir begrüßen uns mit einer Umarmung, und dann steht Clarissa auf. Als wir uns umarmen, spüre ich ihren Babybauch.

„Ganz schön gewachsen seit dem letzten Mal, hm?"

Sie lächelt mich nur an. „Ja, das stimmt. Ist ja auch nicht mehr so lange."

Automatisch streicht sie sich über die Rundung, in der das kleine Wunder der beiden heranwächst. Matt ziehe ich ebenfalls in die Arme, und dann setzen wir uns an den Tisch.

„Mein Bruder ist hier drin", erklärt Riley, Matts Tochter, gerade den Zwillingen, und mit ihrer kleinen Hand streicht sie über den Bauch ihrer Stiefmutter.

Ich lächele die drei an und merke, wie Sehnsucht in mir aufsteigt. Ich sollte das Thema bald wirklich mal ansprechen, doch die Gedanken an das Finanzielle und auch die Umstellung mit der Gelateria machen mich einfach verrückt. Würden wir das überhaupt hinbekommen? Andererseits sitzen vor mir zwei Frauen, die selbstständig sind, es mit der Familie rocken oder noch werden, und demnach kann ich mir das auch gut vorstellen.

„Wie schön es wäre, wenn wir auch bald so was hätten, oder?", flüstert mir Theo ins Ohr, und ich merke, wie mein Herzschlag sich beschleunigt.

Ist das sein Ernst?

„Fragst du mich gerade, ob wir auch Nachwuchs haben möchten?", flüstere ich zurück.

„Wieso nicht?"

Ich grinse und nicke, beiße mir auf die Lippe, und er küsst meine Stirn.

„Ich kann die Übungsphase gar nicht abwarten." Er wackelt mit den Augenbrauen.

Ich werde rot und kann nur hoffen, dass niemand am Tisch es bemerkt. Wir werden ein Baby machen. An manchen Tag denke ich, dass ich nicht glücklicher sein könnte. Mein Leben hat sich zum Positiven gewandelt, und wenn ich mir vorstelle, wie ich vor mehr als zwei Jahren hier angekommen bin und alles auf den Kopf gestellt war, dann bin ich jetzt wirklich glücklich.

Es gibt traditionellen Truthahn mit Kartoffelbrei und Preiselbeersoße, in der ich am liebsten baden würde. Das Essen schmeckt großartig, für die Vegetarier unter uns gibt es Nussbraten, den ich ebenfalls probiere und für gut befinde. Und als zum Dessert die Leckereien der

Cakery präsentiert werden, esse ich so viel, dass mir danach übel ist. Fresskoma könnte man es auch nennen; es ist ein schöner Abend.

Danach geht es an die Bescherung, der Teil, der vor allem für die Kinder ein Highlight ist. Die Zwillinge sind total aufmerksam. Gemeinsam mit Riley, die wie eine große Schwester für sie ist, machen sie sich über die Pakete her. Es ist verrückt, wie viel sie geschenkt bekommen, wir Erwachsenen überreichen uns untereinander nur Kleinigkeiten. Uns ist wichtiger, dass die Kids schöne Momente haben.

Während Riley den Zwillingen aus dem neuen Märchenbuch vorliest, setzen wir uns auf die Couch, und die Präsente werden hervorgezaubert.

Jeremia schenkt Amelia eine neue Kette, an der drei Sterne hängen, mit den Namen der Kinder und seinem eigenen. Er bekommt von ihr einen Holzschlitten, wohl ein Insider, denn beide lachen los.

Ich schalte ein wenig ab. Ein bisschen aufgeregt bin ich schon, wie Theo auf mein Geschenk reagieren wird.

Als er an der Reihe ist, streckt er mir ein kleines Paket hin, und ich nehme es an mich. Das Schütteln erzeugt keine Geräusche, und ich sehe Theo mit großen Augen an.

„Was ist das?" Ich öffne die große, rosafarbene Schleife und ziehe den Deckel ab.

Es ist ein Armband. Ich runzele die Stirn und nehme es hinaus. Dann betrachte ich es ausgiebig, und Tränen schießen mir in die Augen. „Wow", hauche ich, als ich die Anhänger entdecke. Ein Zelt, das an unser Kennenlernen erinnert. Eine Eistüte, die für unsere Gelateria steht. Eine schwarze Katze, die Loki zum Verwechseln ähnlichsieht. Ein kleiner Schlüssel, der unsere Wohnung verkörpert. Und eine Sonne, die mich an die vielen Sonnenuntergänge damals auf dem Steg erinnert. Ein Brautpaar bildet den Abschluss.

„Jedes Mal, wenn etwas passiert, was uns prägt, bekommst du einen neuen Anhänger. Vielleicht als nächstes einen Schnuller." Er zwinkert mir zu, und ich werde rot, als ich den Applaus der anderen um uns herum mitbekomme.

„Das wäre schön", hauche ich nur, und Clarissa streicht sich über ihre Kugel.

„Dann wächst unsere Clarctonfamilie immer weiter", lächelt sie, und Amelia sieht Jeremia an, der ihr zunickt.

„Ich unterbreche das nur ungern, aber wir wollten euch heute auch noch was sagen."

„Wir sind wieder schwanger", platzt es aus beiden heraus, und nach kurzer Stille brechen alle in Gelächter und Applaus aus.

„Das ist ja wunderbar", sage ich, als ich Amelia in meine Arme ziehe.

„Ich bin erst im vierten Monat." Sie hebt ihr Shirt, und tatsächlich kann man eine leichte Wölbung erkennen.

„Baby", schreit Riley und rennt auf uns zu, um das Ohr an Amelias Bauch zu legen. Die Szene ist so herzallerliebst, dass mein Herz pocht.

„Ich habe auch noch was für dich", wende ich mich an Theo und strecke ihm den Umschlag entgegen. Er dreht ihn hin und her, kann damit offensichtlich nichts anfangen, und ich meine sogar, einen Hauch Enttäuschung in seinem Blick zu entdecken. „Mach ihn schon auf", drängele ich, und er tut es.

Dann fängt er an zu lesen. In diesem Augenblick stockt mein Herzschlag und ich fühle mich, als würde die Welt stehen bleiben.

„Nein", sagt er ungläubig, und ich nicke nur, beiße mir auf die Lippe, um ein Lächeln zu verstecken. „Das ist nicht wahr", haucht er wieder.

„In zwei Wochen wird die Gelateria den Eheleuten Andrews gehören, genau wie die Wohnung und das Grundstück."

Tränen glitzern in seinen Augen, als alle um uns herum still werden.

„Es ist der letzte Schritt, um alles offiziell zu machen. Es ist unsere Gelateria."

Er kommt auf mich zu, drückt stürmisch die Lippen auf meine, und wir vertiefen den Kuss, bis Amelia sich räuspert. „Denkt an die Kinder", tadelt sie, und wir lösen uns peinlich berührt voneinander.

„Ich schwöre es dir, wenn ich dich nicht schon geheiratet hätte, würde ich es jetzt tun."

„Wir haben uns unser Happy End wirklich verdient", murmele ich und lasse mich in seine Arme fallen.

Nach all den Jahren, in denen Verlust eine große Rolle spielte, in denen wir uns verloren und wiedergefunden haben, da habe ich eins nicht vergessen: die Hoffnung. Ich habe immer gehofft, dass es eines Tages wieder Theo und das Schlumpfmädchen gibt, und das das belohnt worden ist, wird mein größtes Geschenk bleiben.

Bis zu dem Tag, an dem eine kleine Blaubeere in meinem Bauch unser Leben ändern wird, aber das ist eine andere Geschichte.

Danksagung

Wow, das war jetzt also der Abschluss der *Verliebt in Clarcton*-Reihe und mit dieser Danksagung schließe ich das ganze ab. Irgendwie war die Reise wirklich wunderschön, zwar anstrengend aber ohne euch wäre es nicht möglich gewesen sie zu bestreiten.

Danke liebste Francesca vom dp Verlag, die mich als Ansprechpartnerin in allen Bänden begleitet hat. Danke für alles.

Liebsten Dank an das SL Lektorat, die aus den Büchern das beste rausgeholt hat.

Nun zu meinen persönlichen Dankeschöns:

Danke Robin, meine große Liebe. Mit dir gehe ich am liebsten Eis essen und genieße jeden einzelnen Augenblick, danke fürs in den Hintern treten.

Mama und Papa? Mit euch habe ich die schönsten Erinnerungen an meine Kindheit. Gemeinsam Eis essen, mit Krümel, unserem Hund spazieren gehen. Das sind alles Erinnerungen, an die ich mit einem Lächeln zurückdenke.

Danke an meine Schwiegereltern in Spe, Juliane und Ralph: für eure Unterstützung in allen Bereichen.

Die Omas, Irmgard und Gabi nicht zu vergessen. Ihr seid die besten.

Zum Schluss ist es mir ein wichtiges Anliegen allen Lesern zu danken, die auf dieser Reise dabei waren. Es waren so viel mehr, als ich mir erträumt habe.
Wir sehen uns in den anderen Büchern wieder.
Liebe Grüße
Eure Melody Rose
Oktober 2022

Kinder-Bueno-Eis-Rezept

Liebe Leserinnen,

Liebe Leser,

ich wollte euch auch in diesem Buch gerne etwas mit auf den Weg geben, doch komplizierte Eisrezepte fand ich einfach irgendwie blöd.

Im Sommer ging ein Trend durch die sozialen Medien, in dem ihr euch ganz einfach mit Kinder Bueno Eis am Stiel machen könnt und das möchte ich euch mitgeben. Ich habe das ganze bei @experimenteausmeinerkueche auf Instagram gesehen.

Zutaten:

- 200 ml Schlagsahne
- 1/2 Dose gezuckerte Kondensmilch
- 6 Bueno, egal ob white oder normal
- Eventuell Gewürze wie Zimt, Kakaopulver
- Holzstäbe

1. Sahne steif schlagen
2. Kondensmilch dazu geben und vermischen
3. Bueno in der Packung zerkleinern und die Sahnemischung hineingeben
4. Riegel aufrecht stehend einfrieren für 1-2 Stunden

5.   Holzstab reinstecken und nochmal für 4-5 Stun-
      den einfrieren
Ich persönlich denke das können wir noch super auf-
pimpen, in dem wir Zimt hinzufügen für die weih-
nachtliche Note. Oder Kakaopulver, was denkt ihr?!
Ich freue mich auf eure Kreationen.

Liebe Grüße
Eure Melody Rose